叶兰常随清风飞

[英]乔治·奥威尔 著　梁煜 译

KEEP
THE ASPIDISTRA
FLYING

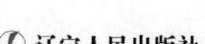
辽宁人民出版社

ⓒ 乔治·奥威尔　梁煜　2016

图书在版编目（CIP）数据

叶兰常随清风飞/（英）乔治·奥威尔著；梁煜译. —沈阳：辽宁人民出版社，2017.2
ISBN 978-7-205-08842-2

Ⅰ. ①叶… Ⅱ. ①乔… ②梁… Ⅲ. ①长篇小说—英国—现代 Ⅳ. ① I561.45

中国版本图书馆CIP数据核字（2017）第003832号

出版发行：	辽宁人民出版社
	地址：沈阳市和平区十一纬路25号　邮编：110003
	http://www.lnpph.com.cn
印　　刷：	北京嘉业印刷厂
幅面尺寸：	145mm × 210mm
印　　张：	10.5
字　　数：	218千字
出版时间：	2017年2月第1版
印刷时间：	2017年2月第1次印刷
责任编辑：	蔡　伟
装帧设计：	主语设计
责任校对：	吴艳杰
书　　号：	ISBN 978-7-205-08842-2
定　　价：	39.80元

目 录
Contents

Part One

钱，钱，钱。

高登和叶兰暗暗较上了劲，很多次他都偷偷地试图将它杀掉——让它缺水而死，把滚烫的烟蒂摁在它的茎秆上磨，甚至在它的土里混入盐。但这可恶的东西偏偏能长命百岁。

书　客 / 003

房　客 / 031

康斯托克家族 / 050

屋漏偏逢连夜雨 / 083

拉弗斯通 / 106

露丝玛丽 / 137

乘兴而来，败兴而归 / 166

Part Two

你赢了，叶兰！

他们知道自己只是在金钱的操纵下跳舞的傀儡吗？他们八成不知道。而且就算他们知道，他们哪会在乎？他们忙着出生、结婚、生子、工作、死亡。

否极泰来 / 207

乐极生悲 / 243

下去，下去！ / 274

战败，回归 / 298

尘埃落定 / 322

Part One

钱,

钱,钱

书 客

时钟敲响两点半。在麦基奇尼先生书店后的小办公室里,高登趴在办公桌上,打开一包四便士的"玩家范"香烟,又用拇指合上盖子。高登·康斯托克,康斯托克家族的最后一名成员,不过29岁,却已经老气横秋了。

在街对面的威尔士王子楼上,另一个距离较远的钟也叮叮咚咚地响了起来,清脆的声音划破了凝滞的空气。高登鼓了鼓劲,坐直身体,将香烟盒放入衣服内袋。他馋得要死,就想有口烟抽,可是口袋里只剩下四根了。今天才周三,他要到周五才有进账。要是今天晚上和明天一天都没烟抽,那可是太难熬啦!

明天的无烟时光现在就提前煎熬着他,他起身向门边走去——他身材瘦小,骨骼精细,行动之间透着一股焦躁。外套的右肘处开裂了,中间的一颗扣子也没了踪影;便宜、量产的法兰绒裤子已经污迹斑斑，皱皱巴巴。光从上面就能看出来，他的鞋底也该修修了。

裤兜里的钱币随着他起身的动作叮当作响。他能说出兜里钱币的确切数目。五便士半——两便士半外加一个三便士的钢镚。他停下来把那个可怜的小小的三便士硬币掏了出来，凝视着它。这该死的没用的东西！只有该死的傻瓜才会要呢！这是昨天他买烟时候的事。"给您找个三便士的硬币没关系的，对吧，先生？"那个售货的小贱货说得轻巧。他当然只能接受。"噢，当然，完全没关系！"他说。傻瓜，该死的傻瓜！

想到自己的全部家当不过五便士半，他就痛苦不堪，何况还有三便士根本花不出去。因为你怎么好意思拿三便士的硬币去买东西？这不是硬币，而是解开困窘谜团的谜底。把它从兜里掏出来会让你看起来像个彻头彻尾的傻瓜，除非是和一大把硬币一起拿出来才能遮羞。"多少钱？"你问。"三便士。"售货的姑娘说。然后你在口袋里摸索半天，终于把那个可笑的小玩意掏了出来。就它一个被孤零零地握在你的指尖，闪烁着微不足道的一丝光亮。售货的姑娘嗤之以鼻。她一下子就看出来这是你全身上下仅有的三便士。你看见她向硬币飞快地瞟了一眼——她是在想上面是不是还沾着一点圣诞布丁的残渣。于是你昂首阔步地走出了小卖店，而且永远也没脸再迈进那家店的店门。不！我们决不会用掉这枚三便士的硬币。就用那两便士半，用那两便士半坚持到周五。

此时正值孤寂无聊的饭后时光,估计不会有什么顾客过来。他孤身一人,只有七千本书和他做伴。办公室门外的小房间里漆黑一片,散发着灰尘和陈旧纸张的气味,屋里的书满坑满谷,却大多是卖不动的陈年旧书。靠近天花板的最上面一层书架上摆放着一卷卷四开本的绝版百科全书,它们都悄无声息地倒着沉睡,活像公墓里的一列列棺材。高登撩起通往隔壁房间、布满灰尘的蓝色门帘。这一间比之前那间亮堂些,是个租书屋。这是深受书虫喜爱的那类"阅览费两便士,无须押金"的租书屋。当然了,这里除了小说以外啥都没有。而且都是些什么小说啊!这个问题当然也是不言自明的。

房间三面都被小说环绕,足有八百多本,一直堆到天花板上,一排排花哨的长方形书脊摞在一起,仿佛墙壁是由很多色彩斑斓的砖头直挺挺地砌成的。书是按字母顺序排列的,阿伦、伯路、狄宾、戴尔、法兰科、高尔斯华绥、吉卜斯、普利斯特利、萨珀、沃波尔。高登怀着郁闷的心情憎恶地看着它们。此时此刻,他憎恶所有的书,首当其冲的就是小说。想到这么多无聊的半生不熟的垃圾都堆在一起,堆在这一个地方,真是可怕。是布丁,牛油布丁。八百块布丁包围了他,让他陷在了一个布丁的仓库中,这想法叫人心情沉重。他穿过敞开的房门,走到了店铺前边,一边走一边捋顺自己的头发。这是个习惯性动作。毕竟,说不定会有女孩子在玻璃门外呢。高登外表不算出众,身高不过1米7,而且因为头发太长,常常显得他的脑袋相对于身体来说有些过大了。他一向清楚自己身量矮小。当发现所有人都看着自己的时候，他就会昂首挺胸，站得笔直，摆出一副对人不屑一顾的架势，有时也能唬住一些单纯的人。

但是，外面并没有人。和店里的其他地方不同，前面的这间房间看起来挺高档，大概装了两千本书，还不包括橱窗里的那些。右边有一个玻璃展柜，放着儿童读物。高登将视线从一张恐怖的拉克姆①风格的书皮上移开，书皮上画着一些小精灵正轻飘飘地穿过一片野风信子的沼泽地。他透过玻璃门向外看去。天气阴沉，阴风渐起。天空呈铅灰色，鹅卵石路上一片泥泞。今天是11月30日，圣安德鲁日②。麦基奇尼书店位于街角，紧临着一个形状不规则的广场，四条街道在这里交会。透过门看去，左边尽头处有一株榆树，现在已掉光了叶子，只剩下稠密的枝干在天空的映衬下凸显出褐色的线条。在反方向的威尔士王子楼旁，耸立着高大的楼宇，布满了各类专利食品和专利药品的广告，犹如一道画廊，展示着如洋娃娃一般精致到恐怖的脸庞——粉嫩的空洞的脸庞，洋溢着愚蠢的乐天精神。QT酱料、特鲁威早餐脆麦片（"早餐脆麦片，孩子天天念"）、袋鼠勃艮第葡萄酒、维生素巧克力、博伟。在这种种

---

① 拉克姆：指Arthur Rackham，英国插画家，他的画有些夸张、阴暗恐怖的风格，有时用作贺卡、书皮等的图案。
② 圣安德鲁日：纪念苏格兰保护人圣安德鲁，庆祝苏格兰文化的苏格兰节日。

之中，博伟是最叫高登难受的。一个獐头鼠目的四眼小职员，顶着一头油光水亮的头发，正坐在一张咖啡桌旁，微笑地品味着一个白色大杯子里的博伟。"博伟佐餐，角桌怡情。"广告语如此写道。

高登缩回了视线。灰尘扑扑的窗玻璃上映着他自己的脸，正回望着他。这张脸可不怎么样。还不到三十，就已经满面沧桑。苍白的脸上，刻着凄苦的皱纹。额头倒算得上"好看"——也就是说额头高——但配上又小又尖的下巴，整张脸就成了个梨子形，而不是椭圆形。头发颜色跟老鼠似的，还乱蓬蓬的。一张严峻的嘴巴拒人千里，两只淡褐色的眸子有些发绿。他又拉长了视线。他现在很讨厌镜子。外面的一切都是晦暗又肃杀。一辆电车从石子路上嘶吼着滑过，仿佛一只声音粗嘎的钢铁天鹅，所过之处腾起一阵劲风，卷起落叶的碎片。榆树的枝条簌簌抖动，被风扯向东方。QT酱料广告的海报边缘被撕烂了；一条纸带断断续续地飘动着，像是一面小旗子；右边的小巷里，人行道上光秃秃的白杨也在风袭来时狠狠地弯着腰，可怕的暴风，它扫过时的呼啸声中渗着令人胆寒的调子。这是冬之愤怒的第一声怒吼。高登的脑子里，两句诗正在奋力成形：

什么风——比如说劲风？不，狂风更好。

狂风骤起吹肝胆——不，摧肝胆吧。

白杨如何了——白杨迎风倒？不，白杨迎风折更好。上下两句都"风"字用重了？没关系。新秃白杨迎风折。挺好。

狂风骤起摧肝胆，
新秃白杨迎风折。

好啊。"折"不易押韵，不过，总还有"瑟"这样的，这是从古至今所有的诗人都头疼地找不出的韵。①但高登的诗兴消了，他转着口袋里的钱，两便士半外加一个三便士的钢镚——两便士半。他心烦意乱，无聊透顶。他没法去想什么韵脚和形容词。口袋里只有两便士半，你哪能去想这种事。

他的视线又聚焦在了对面的那些海报上。他讨厌它们有些个人的原因。他机械地重读了一遍标语："袋鼠勃艮第，英国人自己的酒。""哮喘让她透不过气！""QT好酱料，老公真需要。""一口维生素，能走十里路！""曲裁——户外男人的烟。""早餐脆麦片，孩子天天念。""博伟佐餐，角桌怡情。"

哈！来了个顾客——至少是潜在的顾客。高登僵住了身体。站在门边，你可以透过前门的窗户看到外面模糊的影像，

---

① 原文中用的是bare和air两个词，在英语里面不易押韵，但译诗没有体现这一点。

自己却不会被人看见。他仔细观察着这位潜在顾客。

他是个挺体面的中年人,穿着黑西服,戴着圆顶高帽,挂着雨伞,夹着公文包——省里的法务官,不然就是市政会的委员——正睁着大大的灰色眼睛窥视着窗户。啊!就是它!他已经嗅到了远远的角落里 D. H. 劳伦斯①的第一版的味道。当然啦,积了些灰尘。他一定久闻查泰莱夫人②的大名。他这张脸可不好看,高登想。苍白,肥厚,呆滞,轮廓不分明。从外表看是威尔士人——反正是个新教徒。他的嘴角下沉,仿佛时时表示着自己的不满。他在家乡,一定是当地纯洁联会或海滨监督委员会的主席,经常穿着胶底鞋,拿着手电筒,顺着海滩的人群去逮接吻的情侣。这会儿他到城里来寻开心了。高登希望他能走进来,卖给他一本《恋爱中的女人》③。这得让他多么气恼啊!

但是,不!这位威尔士法务官退缩了。他把雨伞夹在胳膊下,转身走掉了,留下一个道貌岸然的背影。但是毫无疑问,今天晚上,当夜色掩住他脸上的红潮,他就会溜进一家不起眼的小店,买一本萨迪·布莱克艾的《巴黎修道院中的狂欢》。

高登转身离开门口,回到书架旁。从租书屋出来左边的书架上,放着新书或者几乎全新的书,形成了一道亮丽的色彩,

---

① D. H. 劳伦斯:英国著名作家,作品多有情色内容。
② 查泰莱夫人:劳伦斯作品《查泰莱夫人的情人》中的女主角。
③ 《恋爱中的女人》:劳伦斯作品。

任是谁透过玻璃门往里瞟,都能抓住他的眼球。它们光洁的封面似乎在从书架上对你暗送秋波。"买我吧!买我吧!"它们似乎在说。刚从出版社新鲜出炉的小说——还是一个个冰清玉洁的新嫁娘,正盼着裁纸刀来夺取它们的贞操;还有重印本,像是年轻的寡妇,虽然已经失去了初贞,却也风韵犹存;此外,这里那里零星地点缀着一提半打可悲的老处女般的家伙们,所谓"滞销旧书"是也,还在满怀希望地守身如玉。高登从"过期书"上移开目光。它们唤起了他不堪回首的记忆。两年前,他出了这辈子唯一一本可怜的小小的书,只卖了不多不少刚刚153本,然后就成了"滞销旧书",甚至成了"滞销旧书"也卖不出去。他走过那些新书,在和它们垂直相交的书架前停下了,这些架子上放着更多的二手书。

　　右手那边是几架诗歌。他面前的是散文,杂七杂八很不少。它们的等级从中间向上下依次降低,和人眼齐高的地方是干净而昂贵的书,顶上和底部就是肮脏的廉价书。所有的书店里都在上演原始的达尔文式的物竞天择,作者尚在人世的作品占据着与眼齐高的位置,死人的作品就得往上或往下排了——往下低到地狱里去也罢,往上登顶君临天下也罢,总之是远远退到一边,再也不会被人注意到了。在下面最底层的架子上是"经典",都是维多利亚时代的怪物,如今已经绝迹了,正在静静地腐烂。斯科特、卡莱尔、梅雷迪思、罗斯金、佩特、史蒂文森——你几乎无法读出它们那过时的宽大书脊上的名字。

在书架顶层几乎看不到的地方，躺着规格扁宽的公爵们的传记。在那下面，是"宗教"文学——各种教派各种教义，都被一视同仁地堆在一起，因为还可以卖，所以放在够得着的地方。《彼岸的世界》，由《圣灵触动我心》的作者所著。《法拉尔院长信奉基督的一生》《基督——第一个扶轮社①员》是希莱尔·切斯纳特神父宣传罗马天主教的最新力作。越是愚蠢的宗教书往往卖得越好。下面刚好和眼睛齐平的地方，就是当代的东西了。普里斯特利的新作，不起眼的再版"中本书"，赫伯特、诺克斯、米尔恩那令人开怀的"幽默"；也有些高深莫测的玩意儿，海明威和维吉尼娅的一两本小说，假托斯特雷齐之名的光鲜的简化本传记；还有些趾高气扬的精装书，就已有定评的画家和没有争议的诗人夸夸其谈，作者都是些年少多金的衣冠禽兽，他们优雅万分地从伊顿进入剑桥，又从剑桥混进了文学评论界。

他张着无神的双眼，盯着这堵书墙。新也好旧也好，高深也好浅薄也好，趾高气扬也好轻快活泼也好，它们统统叫他讨厌。仅仅是看着它们就能让他清清楚楚地认识到自己的无能。因为看看他的样子，明明是个"作家"，却连"写作"都做不到！这不仅仅是不能出版的问题，而是他什么也没写出来，或者几乎什么也没写出来。而所有那些挤在书架上的废话——

---

① 扶轮社：一种社会团体，提供各类社会服务，强调"超我服务"。

好歹人家写出来了，这就是某种成就。就连那些个戴尔啊狄宾啊，至少也每年产出了几页铅字，那一亩三分地上总有些收成。但他最讨厌的还要属那些趾高气扬的"有文化"的那类书，评论和纯文学的书。那些东西都是那些个从剑桥毕业、年少多金的禽兽们在梦里写出来的——只要高登再稍稍有钱些，可能他自己也会写这种东西。金钱和文化！在英国这样的国家里，没有钱你就没文化，就跟没钱你进不了骑兵队一样。就像小孩忍不住要摇动松动的牙齿一样，同样的本能也促使高登拿起了一本看起来趾高气扬的大书——《意大利巴洛克艺术漫谈》，打开它，读了一段，然后怀着厌恶和嫉妒的复杂心情把它塞了回去。那可怕的自以为是！那令人作呕的、挥金如土的附庸风雅！还有这般风雅背后暗示的财力！因为毕竟除了钱，这背后还能有什么呢？有钱接受正规的教育，有钱结交有权势的朋友，有钱享受悠闲平和的心境，有钱去意大利旅行。是钱在写书，是钱在卖书。别赐予我正义，噢，上帝啊，赐予我金钱吧，只要金钱就可以。

　　他拨弄着口袋里的硬币。他已经快三十岁了，还一事无成。只有一本可怜的诗集，比任何一朵明日黄花还黄得惨淡[①]。而从那以后，整整两年，他一直在枯燥的书籍迷宫里

[①] Fall flat是习语，指一败涂地，后面用pancake来形容flat，字面上形成比喻意。为了兼顾比喻和字面，换用明日黄花的成语。

兜兜转转，却始终毫无进益。而在他心志清明的时候，他也明白，永远也不会再有何进益。是因为缺钱，仅仅是因为缺钱，夺走了他"写作"的力量。他把这个念头当成信条一般抱着不放。钱啊钱，都是钱！没有钱给你打气，你写得出来哪怕是一毛钱的中篇小说吗？创造力、精气神、机趣、风格、魅力——样样都要拿真金白银来换。

然而，当他顺着书架看下去，他觉得自己得了些许安慰。有那么多书都暗淡无光，也不堪卒读。终究我们还是一条船上的。"人固有一死。"你也好我也好，那些剑桥的公子哥也好，都有同样的幽冥在等着——虽然毫无疑问的是那些剑桥公子哥们的幽冥要等得久一些。他看着脚边那些经久而衰的"经典"。死了，都死了。卡莱尔啊，罗斯金啊，梅雷迪思啊，史蒂文森啊——都死了，上帝让它们烂了。他扫过那一个个褪色的标题。《罗伯特·路易斯·史蒂文森书信集》。哈哈！这不错。《罗伯特·路易斯·史蒂文森书信集》！它的上缘因蒙着灰尘而发黑。出于尘土，归于尘土。高登踢了一脚史蒂文森的硬装封底。在哪儿呢，老骗子？你都化成灰了吧，如果苏格兰人①能化灰的话。

叮！店里的门铃响了。高登转过身，是两个顾客，来租书屋的。

---

① 史蒂文森是苏格兰作家。

一个面色灰败、肩膀浑圆的下层阶级女人,看起来像一只在垃圾堆里嗅弄的鸭子一样,蹒跚地挤了进来,在一个藤筐里翻找着。紧跟着她跳进来的是一个丰满的小个子女人,红脸颊,中层中产阶级,胳膊下面夹着一本《福尔赛世家》——标题朝外,好让路人都能看出来她是个高雅的人。

高登换下了自己酸楚的表情。他用亲切的、家庭医生般的温暖向她们打招呼,这是专为来租书屋的借阅者保留的。

"下午好,韦弗太太。下午好,佩恩太太。天气可真糟糕啊!"

"是骇人!"佩恩太太说。

他站到一旁,给她们让出过道。韦弗太太翻转她的藤筐,往地上倒出一本翻得破破烂烂的埃塞尔·M·戴尔的《银色婚礼》。佩恩太太明亮的小眼睛落在上面,亮了起来。她在韦弗太太身后仰头对高登微笑了一下,十分狡黠,这是高雅人对高雅人的笑容。戴尔!那多低俗啊!这些下等人读的书!他会意,也回以微笑。他们走进租书屋,带着高雅人对高雅人的微笑。

佩恩太太把《福尔赛世家》放到桌上,把她那麻雀般的胸脯转向高登。她对高登总是很友善,尽管他是个看店的,她仍然称他为康斯托克先生,还与他讨论文学。他们之间有着高雅铸就的畅通无阻的桥梁。

"我希望你喜欢《福尔赛世家》,佩恩太太!"

"这本书是部多么完美的彪炳千古的巨著啊,康斯托克先生!你知道吗?这已经是我第四遍读它了!史诗性巨作,真正的史诗性巨作!"

韦弗太太在书堆里逡巡,智商过于低下,都没发现它们是按字母顺序排列的。

"我都不知道这星期要看什么了,真不知道啊。"她透过脏兮兮的嘴唇喃喃说道,"我女儿一直叫我试试狄宾。她可喜欢狄宾了,我女儿。但我女婿呢,现在更中意柏洛兹①。肯定是我不知道的。"

提到柏洛兹的时候,佩恩太太的脸上闪过一阵抽搐。她明显地转过身背对韦弗太太。

"我觉得,康斯托克先生,高尔斯华绥有一种十分大气的东西。他是如此博大,如此具有世界性,然而同时在精神上又如此完完全全的英国化,如此富于人性。他的书是真正的人的文本。"

"普里斯特利也是。"高登说,"我觉得普里斯特利是个好得不得了的作家,你不觉得吗?"

"哦,他是的!如此大气,如此博大,如此富于人性!而本质上又如此英国化!"

---

① 柏洛兹:指美国后现代作家威廉·柏洛兹,为"垮掉的一代"的代表作家,作品前卫,有涉及色情、鸡奸等内容,代表作有《裸体午餐》。

韦弗太太抿紧了嘴唇。嘴唇后面是三颗各自为政的大黄牙。

"我看要不我再拿本儿戴尔的好了。"她说,"你们还有戴尔的吧,有不?我真是喜欢看戴尔啊我说。我跟我女儿说,我说,'你自个儿留着你的狄宾你的柏洛兹吧,给我戴尔就行。'我这么说的。"

戴尔!下三流的东西!佩恩太太的眼睛发送出高雅人嘲讽的信号。高登回应了她的信号。和佩恩太太搞好关系!这是个优质的稳定顾客。

"哦,当然啦,韦弗太太。我们有一整架的埃塞尔·M·戴尔的书。你喜欢《他一生所望》吗?或者可能你读过那个。那《荣誉的变更》怎么样?"

"我不知道你们有没有休·沃波尔的最新作品?"佩恩太太说,"我觉得这周有心情想看点什么史诗性的东西,大气的东西。而沃波尔,你知道的,我认为他是个真正伟大的作家,我认为他仅次于高尔斯华绥。他有种如此大气的东西。但他又如此富于人性。"

"而且本质上如此英国化。"高登说。

"哦,当然!本质上如此英国化!"

"我说我还是就拿《鹰之路》再看一遍吧。"韦弗太太最后说,"你怎么也看不厌《鹰之路》啊,是不是啊?"

"它肯定是格外受欢迎的。"高登说,他用了外交辞令,眼睛看着佩恩太太。

"噢，格——外的！"佩恩太太附和着，语带讥讽，眼睛看着高登。

他收下她们的两便士，欢送她们离开。佩恩太太拿着沃波尔的《流氓哈里斯》，韦弗太太拿着《鹰之路》。

很快他又逛回了另一间房，走向放诗歌的架子。一种忧郁的魔力，这些书架总带给他这样的感受。他自己那本可怜的书就在那儿——当然是束之高阁，在高处卖不掉的那堆里。《鼠》，高登·康斯托克著，一个不起眼的小小的八开本，定价三先令六便士①，而现在降到了一先令。在它的十三份书评中（《泰晤士报》"文增"②上宣称它展现了"卓越的前景"），没有一个看出来这个标题中并不怎么隐晦的玩笑。而在他担任麦基奇尼书店店员的两年间，没有一位顾客，哪怕一位也没有，曾从书架上取下过这本《鼠》。

有十五到二十个架子上放着诗歌。高登酸溜溜地看着它们。大部分都是些废物。在稍微高于眼睛，就快升入高阁而没入无闻的地方，放着往年诗人的作品，他们是他年轻时代的明星。济慈、戴维斯、豪斯曼、托马斯、德·拉·马雷、哈代，死去的星辰。在这下面，正好和眼睛平齐处，是时下炙手可热的红人。艾略特、庞德、奥登、坎贝尔、戴·刘易斯、斯彭

---

① 一英镑等于二十先令，一先令等于十二便士。
② 指Times Literature Supplementary（《泰晤士报文学增刊》），最初是《泰晤士报》的增刊，后来成为独立刊物。

德。这帮人真是浪得虚名啊。死去的星辰在上,浪得虚名的人在下。我们还能有值得一读的作家吗?但劳伦斯还不错,乔伊斯在他装神弄鬼之前还要更胜一筹。而万一我们真有了个值得一读的作家,我们还能一眼就认出他来吗?会不会已经被垃圾憋得昏了头?

叮!店里的门铃响了。高登转身。又来了位客人。

一个20岁的小伙子,樱桃小嘴,金色头发,女里女气地跌了进来。他显然是个金主,带着那种金钱辉映出的金色光环。他以前来过店里。高登拿出了专为新顾客保留的绅士而谦卑的姿态。他重复着惯用口诀:

"下午好。我能为您做什么吗?您是在特意寻找某本书吗?"

"哦,不,不是的。"嗓音甜美,发不出翘舌音。"我到处看看好吗?我只是看见你们的橱窗就忍不住。我就是对书店没有抵抗力!所以我就飘进来——哟呵!"①

那就再飘出去吧,娘娘腔。高登挂上一个文化人的笑容,是书虫对书虫的笑容。

"哦,请便。我们喜欢让人们随便看看。有可能您喜欢诗歌?"

"噢,当然啦!我爱死诗歌啦!"

---

① 原文是r和w分不清,换用汉语中比较普遍的平翘舌混淆,方便理解。

当然啦！肮脏的小势利鬼。他的衣服看起来有一种艺术气息。高登从诗歌的架子上抽了一本"苗条的"红色集子。

"这是刚出的。或许会让您感兴趣。这是翻译过来的，非常与众不同，是从保加利亚语翻译过来的。"

这招非常巧妙。现在就不用管他了。这就是恰当的待客之道。别逼他们，让他们自己随便看个二十分钟左右，然后他们就会觉得不好意思而买点东西。高登走到门边，小心翼翼地，不挡着娘娘腔的路，却又随意地把一只手插在口袋里，带着适合绅士的漫不经心的姿态。

门外泥泞的街道看起来灰暗而阴沉。从转角的某处传来咔嗒的蹄声，声音冰冷而空洞。烟囱里腾起的缕缕黑烟被狂风裹挟着转了方向，贴着倾斜的屋顶滚滚而下。啊！

狂风骤起摧肝胆，
新秃白杨迎风折。
浓烟低垂如黑缎，
海报拍动声瑟瑟。

好。但诗兴又消散了。他的目光再次落到了街对面的广告海报上。

他几乎想要大声嘲笑它们，它们是那么软弱无力，那么了无生气，那么倒人胃口。好像有谁会被那样的东西引诱似的。

就像长了一背脓包的女妖。但它们还是让他觉得难受。铜臭味,无处不在的铜臭味。他偷偷瞟一眼娘娘腔,他已经离开了诗歌的架子,拿起了一本关于俄国芭蕾的昂贵的大书。他像松鼠拿着松果那样,用他那粉嫩的笨拙的爪子小心地抓着书,研究着那些照片。高登清楚他这类货色,有钱人家的"文艺"青年。他自己并不是艺术家,不能算,但却是艺术的追捧者,艺术工作室的常客,丑闻巷议的消息贩子。挺好看的小伙子,虽然娘得厉害。他后脖颈上的皮肤如绸缎般光滑,如同贝壳的内侧。一年只有五百英镑,就绝不可能有那样的皮肤。和所有有钱人一样,他带着一种魅力、一种光辉。金钱和魅力,谁能把它们分开呢?

高登想到了拉弗斯通,他那位富有魅力的富贵朋友,《反基督教》的编辑,一个他万分喜欢的人,一个他两星期也见不到一次的人;还想到了露丝玛丽,他的女朋友,一个爱他——用她的话说,是热爱他——的女人,同时也是个从未和他上过床的女人。钱,又是钱,都是因为钱。所有的人类关系都必须用钱来买。如果你没有钱,男人们不会喜欢你,女人们不会爱你。也就是说,不会喜欢你或爱你到有一丁点实际意义的地步。但说到底,他们是多么正确啊!因为没有钱,你就不可爱。尽管我说着人类的语言,如天使般动听。但是,我要是没有钱,我说着的就不是人类的语言,不如天使般动听。

他再次看向那些广告海报。这次他是真的憎恶它们。比如说，维生素巧克力的那个。"一口维生素，能走十里路！"一对年轻情侣，姑娘和小伙子，穿着神清气爽的登山装，在苏塞克斯的风光中勇猛攀登，山风撩动他们的发丝，如诗如画。那个姑娘的脸庞！那种可恶的假小子似的明媚和雀跃！是那种喜欢所谓"健康的乐趣"的姑娘。迎着山风。她穿着紧身的卡其色短裤，但这并不意味着你可以摸她的背。而在他们旁边——角桌食客。"博伟佐餐，角桌怡情。"高登带着浓重的憎恶仔细地看着那东西。傻里傻气的笑脸，就像一只志得意满的老鼠，乌黑油亮的头发，可笑的眼镜。角桌食客，时代的弄潮儿；滑铁卢之役的胜利者，角桌食客，他的主人想让他成为的那种现代人。一只温驯的小猪，正坐在金钱铸就的猪圈里，喝着博伟。

一张张被风吹得惨淡的脸庞走过，一辆电车轰隆隆地开过广场，威尔士王子楼上的钟敲响了三点。一对老东西，一个流浪汉或乞丐和他老婆，穿着几乎拖到地上的油腻腻的长大衣，正拖着脚步向店里走来。从外表判断，他们是偷书贼。最好留意一下外面的那些箱子。那个老头在几米远外的路沿边停住了，而他老婆走向门边。她推开门，透过缕缕白发抬头看向高登，目光中含着一种满怀期待的怨毒。

"你收书不？"她粗声粗气地问。

"有时收，得看是什么书了。"

"我这儿有些挺棒的书。"

她走进来,砰的一声关上门。娘娘腔回头恶心地看了一眼,走开一两步去了角落里。老太婆从大衣下面掏出一个油腻腻的麻布袋,神秘兮兮地靠近高登。她散发着陈年面包屑的味道。

"你收这个不?"她说,她抓着麻布袋的封口处。"这一堆只要半克朗①。"

"都是些什么?请让我先看看。"

"这都是挺好看的书。"她吸了口气,弯腰打开麻布袋,里面陡然喷出一股极强的面包屑的气息。

"给!"她说着,把一大捧面相肮脏的书塞到高登面前。

这是1884年版的夏洛特·M.杨格的小说,看起来像是被人枕着睡了好多年。高登往后一退,突然觉得恶心。

"我们不可能买这些。"他简短地说。

"不能买?怎么就不能买?"

"因为它们对我们没用。这种东西我们卖不掉。"

"那你让我把它们从口袋里拿出来干吗?"老太婆激动地质问着。

高登绕过她,避过那股味道,然后默默地拉开了门。吵是没用的。整天都有这种人到店里来。老太婆恶毒地拱起双肩,嘀嘀咕咕地走了,回到了丈夫身边。他在路沿上驻足咳嗽了一

---

① 1克朗等于5先令。

阵,咳得如此厉害,你隔着门也能听见。一口浓痰,像一根白色小舌头一样,慢慢地从他的双唇间冒了出来,被吐进下水道里。然后两个老东西拖着脚步走开了,他们全身上下都藏在油腻腻的长大衣里,只露出脚来,就像是甲壳虫。

高登看着他们走掉。他们只是副产品而已,是财神爷抛弃的东西。伦敦遍地都是成千上万这样的邋遢禽兽,就像脏兮兮的甲壳虫一样爬向坟墓。

他看向外面不堪的街道。这一刻,在他眼中,在这样的城市里,这样的街道上,每一个活着的生命都必然是没有意义而且无法忍受的。分解和腐烂,就是我们这个时代的痼疾,这强烈的感觉扑面而来,不知怎么这感觉和对面的广告海报混杂在了一起。这时他用更为细致的眼光看着那些巨大的笑脸。说到底,有的不仅仅是愚蠢、贪婪和下流。角桌食客对你微笑,看起来阳光灿烂,假牙上闪着亮光。但这笑容背后又是什么?孤独,空虚,毁灭的预言。如果你知道如何去看的话,难道你会看不出来,在那油光满面的志得意满背后,那笑容可掬、大腹便便的细节之后,除了可怕的空虚、隐秘的绝望之外一无所有?现代社会对死亡的渴求:自杀协定;在寂寞的小屋里把头扎进气炉;避孕套和堕胎药。还有对未来战争的隐忧:敌军的飞机飞过伦敦,螺旋桨深沉的轰鸣,炸弹震天动地的雷响。这些统统写在角桌食客的脸上。

又有客人来了。高登往后一站,体现出绅士的谦卑。

门铃叮当一声。两位中上阶层的淑女闹哄哄地款款而入。一名皮肤粉嫩水润,三十五岁左右,松鼠皮外套上隐隐透露着撩人的胸脯,散发出一阵绝对女性化的深色紫罗兰香味;另一位中年女人很粗壮,是咖喱色的黄脸婆①——想必是印度人。紧跟在她们身后的是一个皮肤黝黑,邋遢而腼腆的小伙子,他像只猫一样不好意思地从门口溜了进来。他是这店里的一位贵客——一个无声无息的孤独家伙,几乎害羞得不敢讲话,而且不知用了什么奇怪的手段,总能保持自己的胡子像是隔了一天没刮。

高登重复自己的口诀:

"下午好。我能为您做什么吗?您是在特意寻找某本书吗?"

水润脸庞对他报以大大的微笑,而那个印度黄脸婆则把这问题当作无礼之举。她没有搭理高登,而是拉着水润脸庞走到新书旁的架子边,那里放着关于狗和猫的书。她们俩马上开始从架子上取书,并大声地说起话来。黄脸婆的声音听起来像个军士训练员。毫无疑问,她是一名陆军上校的妻子,或者遗孀。娘娘腔仍然沉浸在关于俄国芭蕾的那本大书里,不着痕迹地挪开了些。他的表情在说,如果她们再扰他清静,他可就要离开这家店了。那个腼腆的年轻人已经走向了诗歌的架子。这

---

① urried,curry-face等是对印度人的蔑称,故用黄脸婆指代,说明"黄"和厌恶。

两位女士是这家店的常客。她们总要看些关于猫狗的书,但实际上什么也没买过。关于猫狗的书占了整整两个架子。老麦肯齐尼把它叫作"淑女角"。

又一位客人到了,是来租书屋的。一个二十岁的丑女孩,没戴帽子,穿着白色背带装,长着一张灰黄呆滞、老实巴交的脸,厚厚的眼镜把她的双眼都映得变形了。她是一家药房的伙计。高登摆出他对借阅者的亲切态度。她冲他微微一笑,迈着笨拙的熊步跟着他走进了租书屋。

"您这次想看什么书呢,维克斯小姐?"

"呃——"她抓着自己背带装的前襟。她那变形的、漆黑的双眼放射出信任的光芒,凝视着他的眼睛。"嗯,我真正喜欢的是一本好看劲爆的爱情故事。你懂的——摩登的东西。"

"摩登的东西?比如芭芭拉·贝德沃斯的作品?你读过《纯如处女》吗?"

"噢不,她不行。她太深奥了。我受不了深奥的书。但我想要点——呃,你明白的——摩登的。性的问题啊,离婚啊之类的。你明白的。"

"摩登,但是不要深奥。"高登用下里巴人对下里巴人的口气说。

他在劲爆的摩登爱情故事里巡视一番。这种书在租书屋里不下三百本。前厅里传来两位中上阶层淑女的声音。一个水润脸庞,一个黄脸婆,在为狗的事情争论着。她们拿了一本讲狗的书，正研究着那些照片。水灵的声音对着一张京巴的照片大呼小叫，"这个小天使，睁着水汪汪的大眼睛，瞧那小小的黑鼻子——噢，真是太可爱了！"但那个印度嗓音——不错，铁定是个陆军上校的遗孀——说京巴太懦弱了。她的狗要有胆量——要能打的狗；她说她讨厌这些懦弱乞怜的小狗。"你没有爱心，贝德莉娅，没爱心。"水灵的声音哀伤地说。门铃又叮当响了。高登把《七夜血》递给那个药店的姑娘，然后在她的借书证上登了记。她从背带装的口袋里拿出一个寒酸的小皮包，付给他两便士。

他走回前厅。娘娘腔已经把他的书放回了错误的书架上，不见了。一个纤瘦敏捷、鼻梁高挺的女人，穿着得体的服装，戴着金边夹鼻眼镜——可能是个女老师，绝对是个女权主义者——走了进来，她要找沃顿-比弗利夫人关于选举权运动历史的著作。高登怀着暗喜告诉她他们没有这本书。她锐利的眼神犹如利剑，仿佛在讥刺他是个无能的男人，然后就走了出去。那个瘦瘦的年轻人不好意思地站在角落里，脸埋在D.H.劳伦斯的诗集中，像是一只头埋在翅膀下的长腿鸟。

高登在门边守候着。门外站着个穷讲究的老年人，他长着草莓鼻，脖子上围着一条卡其色的围巾，正在六便士的廉价书箱子里翻弄着。那两位中上阶层的淑女突然离去，留下桌子上一摊打开的书。水润脸庞的那位还在恋恋不舍地回望着讲狗的书，但黄脸婆把她拖走了，坚决不买任何东西。高登拉开了门。两位淑女闹哄哄地款款而出,没理他。

他看着她们裹着毛皮的中上阶层背影走上街道。那个草莓鼻的老年人正翻着书自言自语。八成是脑袋有问题。如果不看着他,他就会偷东西。风吹得更冷了,吹干了街上的泥水。一会儿就该亮灯了。QT酱料广告上那截撕破的纸片正在风的吹拂下剧烈翻动,就像晾在绳子上的一件衣服。啊!

狂风骤起摧肝胆,
新秃白杨迎风折。
浓烟低垂如黑缎,
海报拍动声瑟瑟。

不赖啊,一点不赖。但他不想写下去了——实际上是写不下去了。他摩挲着口袋里的钱,却不发出声音,以免被那个腼腆的年轻人听见。两便士半,明天没烟抽,他的骨头痛起来。

威尔士王子楼上亮起一盏灯。他们应该是在擦拭吧台了。那个草莓鼻的老年人正在读两便士箱子里一本埃德加·华莱士的书。远处的电车轰隆作响。麦肯齐尼先生很少下楼到店里来,而是在楼上的房间里。他须发皆白,手边放着鼻烟盒,对着一本小牛皮封面的米德尔顿的《黎凡特之旅》在煤气炉旁昏昏欲睡。

那个瘦瘦的年轻人突然意识到只有他一个人了,愧疚地抬头一看。他是书店的常客，但从来不会在哪家店里待过十分钟。对书籍的渴慕和对招人白眼的恐惧一直在他心中交战。不管在哪家店里，十分钟后他都会变得不安，觉得自己碍事了，然后就落荒而逃，并纯粹出于紧张而买点什么东西。他一言不发地递过劳伦斯的诗集，从口袋里别扭地掏出三个弗洛林①。他递给高登的时候弄掉了一个。两人同时弯腰去捡，头撞到了一处。年轻人往后一站，有些脸红。

"我给您包起来。"高登说。

但这个腼腆的年轻人摇摇头——他结巴得太厉害了，凡是可以避免开口的时候他从不说话。他抓起书，溜了出去，那架势像是干了什么丢脸的事。

高登孤身一人了。他晃回门边。那个草莓鼻的男人回头张望着，捕捉到了高登的视线，于是垂头丧气地走掉了。他正要把那本埃德加·华莱士的书偷偷塞进自己的口袋里。威尔士王子楼上的钟敲响了三点一刻。

叮咚！三点一刻。三点半就会亮灯，四点四十五就要关门了，五点一刻吃晚饭。口袋里有两便士半，明天没烟抽。

突然，一阵强烈的无可抵抗的烟瘾席卷了高登。他已经下定决心今天下午不抽烟了。他只剩四根烟了，这是要留到今天晚上他"写作"的时候的。因为没有烟他就没法"写作"，烟

---

① 弗洛林：货币名，一弗洛林相当于两先令。

就像空气一样。然而,他不得不抽根烟。他拿出他的"玩家范"烟盒,抽出一根短烟。这纯粹是愚蠢的放纵,这意味着今晚的"写作"时间短了半小时,但这无法抗拒。带着一种惭愧的快乐,他将那安抚人心的香烟吸入了自己的肺中。

灰色的窗玻璃上,他自己的脸回望着他。高登·康斯托克,《鼠》的作者,年不过三十①,却已经垂垂老矣,只剩26颗牙了。不过,维庸②在同样的年纪时也还默默无闻,让我们感激这些小小的恩典吧。

他看着从QT酱料广告上撕下的那根纸条飘动呼旋。我们的文明就要死去。它必然要死去。但它得不到善终。飞机不久就要来了。嗡嗡——嗖——嘭!整个西方世界都在烈性炸药的咆哮中灰飞烟灭。

他看着暮色四合的街道,看着玻璃窗中自己脸庞的灰色映像,看着拖着步子挪过的寒酸人影。他几乎不自觉地吟道:

"这就是'倦怠'!——眼里不由自主地噙满泪水,它抽着水烟筒,幻想断头台!"③

金钱,金钱!角桌食客!飞机的嗡鸣,炸弹的轰响。

高登眯眼望向铅灰色的天空。那些飞机要来了。他在想象中看到它们现在正在飞来,一队又一队,数也数不清,如同蝗

---

① 原文为法文。
② 维庸:Villon,也译维永,法国诗人。
③ 此为波德莱尔的诗作《恶之花·致读者》中的句子,原文为法文。

虫组成的乌云般遮蔽了天空。他噘起舌头，微微抵着牙齿，发出嗡嗡的、像苍蝇扑向窗玻璃的声音，假装那飞机的嗡鸣。此时此刻，这就是他热切渴盼着，想要听到的声音。

房　客

高登顶着呼啸的狂风往家走去。风把他的头发都刮到了脑后，让他露出了一个前所未有的"饱满"天庭。他的姿态向路人传递了一个信息——至少他希望是这样——如果他没穿大衣的话，那纯粹是因为兴之所至。而实际上，他是把大衣当掉换了十五先令。

伦敦西北的柳圃路不能算贫民区，只是有些脏乱而阴沉。真正的贫民窟距此不到五分钟的步程。那里的出租屋里一家五口睡一张床，如果有人死了，在埋葬之前就夜夜都和尸体睡在一起；小巷子里，15岁的小姑娘就被16岁的小子顶着坑坑洼洼的灰泥墙糟蹋了。但柳圃路本身还是竭力保持着一种可怜的中下阶层的体面。甚至有户房子里还挂着一位牙医的黄铜名牌。三分之二的房子里，在客厅窗户上的花边窗帘的掩映下，挂着绿色的门牌，刻着银色的"公寓"字样，在飘动的叶兰的叶片上方闪着光芒。

高登的女房东维斯比奇太太，专做"单身绅士"的生意。卧室和客厅共用一间房，有煤气灯，要自己解决取暖、洗浴（有个锅炉房）等问题，吃饭是在一个坟墓般漆黑的餐厅里，餐桌上摆着一个结着块的调料瓶方阵。高登会回家吃午饭，每周为此付费27先令6便士。

31号门顶的小窗上凝着霜花，从中透出煤气灯黄色的光晕。高登拿出钥匙，在锁孔里摸索着——这种房子里的锁和钥匙从来不会完美匹配。幽黑的小门厅——事实上只是个走道而已——散发着洗洁精、卷心菜、破布垫子、卧室污水的味道。高登瞟了一眼衣帽架上的漆盘。当然了，没有信来。一种钝重的感觉，也不能说是痛苦，在他的胸中油然而生。露丝玛丽可能写了信！从她上次写信来到现在已经有四天了。而且，他还给几本杂志寄了几首诗，还没给他退回来呢。唯一能让这个夜晚好受些的事就是到家时能发现有几封信在等着自己，但他很少收到信，一周最多四五封。

门厅左边是从来不用的会客室，然后就是楼梯，再过去的走道就通往厨房以及维斯比奇太太自己住的那间他人勿近的巢穴。高登进来时，走道尽头的那扇门微微开了一寸左右。维斯比奇太太的脸冒出来，简短而狐疑地检视了他一眼，又消失了。要想在晚上十一点前的任何时候，进出这栋房子而不被这么审查一回，是大大的不可能。只是维斯比奇太太到底对你有何怀疑却很难说，可能是怕你偷偷把女人弄进房子里来。她是那种受人尊敬的恶毒女房东。她四十五岁左右，粗壮但敏捷，长着一张红润的、五官优美的脸蛋，却透着骇人的观察力，顶着一头漂亮的灰色头发，却永远带着委屈的神色。

高登在窄小的楼梯跟前停了下来。上面有一个浑厚粗犷的嗓音正唱道："谁会害怕大灰狼？"一个三十八九岁的大胖子，迈着那种胖人特有的"轻快"舞步，绕过楼梯转角走了过来。他穿着一套合体的灰色套装、黄色鞋子，戴着一顶俏皮的爵士帽，套着一件粗俗得令人震惊的、带腰带的蓝色大衣。这是弗莱克斯曼，二楼的房客，示巴女王卫浴用品公司的旅行推销员。他手上戴着柠檬黄的手套，一边下楼一边给高登敬了个礼。

"哈啰，哥们儿！"他快活地说。（弗莱克斯曼管所有人都叫"哥们儿"。）"过得怎么样？"

"太惨了。"高登简短地说。

弗莱克斯曼已经走到了楼梯底部。他热情地伸出一条短粗的手臂，搂住了高登的肩膀。

"开心点，老兄，开心点！你看起来像在送葬似的。我要去克莱顿酒吧（Crichton Arms）。一起去吧，喝一杯。"

"我去不了。我得工作。"

"噢，天哪！别那么不近人情行不行？在这上面发呆又有什么好处呢？到克莱顿酒吧去嘛，我们去捏捏女招待的屁股嘛。"

高登躲开弗莱克斯曼的手臂。跟所有身子骨又小又弱的人一样，他讨厌别人碰他。弗莱克斯曼只是笑了笑，带着那种胖人典型的好脾气。他真是胖得吓人。他的裤子绷得紧紧的，好像他是被溶化了以后灌进裤子里的。但是当然了，像其他的胖子一样，他从来不承认自己胖。只要能有任何办法避免"胖"这个词，就绝对没有胖子会用。他们会用"壮实"这个词——或者，用更棒的"健壮"。一个胖子最高兴的莫过于形容自己"健壮"了。弗莱克斯曼第一次见到高登的时候就差点要说自己"健壮"了，但是高登碧绿的眼睛里透出的某种东西，打消了他这个念头。他退而求其次，用了"壮实"。

"我承认，哥们儿，"他说，"我——好吧，就是稍稍壮实了一点点。没什么不健康的，你明白。"他拍拍胸腹之间那条模糊的分界线。"都是上好的结实肌肉。实际上我脚下灵光得很。但是——好吧，我想你会说我挺'壮实'。"

"就像科特兹。"高登建议道。

"科特兹？科特兹？就是老在墨西哥的大山里晃悠的那哥们儿吗？"

"就是那家伙。他挺壮实的，但他有双鹰眼。"

"啊？这可有意思了。因为我老婆有一次也跟我说过这样的话。'乔治，'她说，'你有着世界上最神奇的眼睛。你有一双鹰一样的眼睛。'她这么说来着。这是她嫁给我之前的事，你能理解吧。"

眼下弗莱克斯曼和妻子分居了。不久前，示巴女王卫浴用品公司出人意料地给所有旅行推销员发了三十英镑奖金，同时把弗莱克斯曼和另外两名推销员送到了巴黎，去向各家法国公司推广新款"女性魅力"天然口红。弗莱克斯曼觉得没必要跟妻子提这三十英镑的事。当然了，他这趟巴黎之行真是过了好一段快活日子。就算现在，三个月过去了，他提起那段时光仍然要流口水。他以前总用些流光溢彩的描绘来逗高登。瞒着妻子用三十英镑在巴黎过十天！噢，太美了！但不幸的是，不知怎么走漏了风声。弗莱克斯曼回到家发现惩罚正等着他呢。他妻子用一个威士忌雕花玻璃瓶把他打了个头破血流，那个瓶子是他们留存了十四年的结婚礼物，然后她就带着孩子回娘家去了。弗莱克斯曼从此就开始了在柳圃路的流放生涯。但他毫不为此担心。毫无疑问，这会过去的，这种事儿以前发生过好几回了。

高登再次试图闯过弗莱克斯曼，逃上楼去。难受的是，在他心里他渴望和他一起去。他太需要喝一杯了——光是提到克莱顿酒吧就足以让他口渴难耐了。但这当然是不可能的。他没有钱。弗莱克斯曼伸出一只胳膊拦在楼梯前，挡住了他的去路。他是真心喜欢高登。他认为他挺"聪明"——而"聪明"对他而言，是一种叫人亲近的怪癖。而且，他讨厌独自一人，就算是走到酒吧的这点时间他也不愿一个人。

"来嘛，哥们儿！"他怂恿道，"你要来一杯健力士振奋一下精神，这就是你要的。你还没见过他们雅座酒吧新来的那个姑娘呢。噢，小子！有个水蜜桃等着你去摘哪！"

"所以这就是你打扮得这么人模人样的原因咯，是不是？"高登说着，冷冷地看着弗莱克斯曼的黄手套。

"你说中啦，哥们儿！唔，好一个水灵的妞儿啊！她可是个浅金发色的漂亮女郎。而且她还懂事儿，那妞儿懂。我昨晚上给了她一支我们的'女性魅力'天然口红。她经过我桌子时把她那小屁股扭得可欢了，你真该看看她那样子。她是不是动心啦？是吗？噢，天哪！"

弗莱克斯曼猥琐地咯咯笑着。他的舌头从两片嘴唇之间露了出来。然后，突然，他假装高登就是那个浅色金发的女郎，一把搂住他的腰，轻轻捏了他一下。高登推开他。有一瞬间，去克莱顿酒吧的欲望如此强烈，差点就让他屈服了。噢，去喝一品脱①啤酒！他简直觉得那酒已经灌下他的喉咙了。如果他有一点点钱就好了！就算只有七便士喝一品脱酒也好。但那有什么用？兜里只有两便士半。你总不能让别人给你买酒喝啊。

"噢，别缠着我了，拜托你！"他气恼地说，然后走出弗莱克斯曼的控制范围，头也不回地上楼而去。

弗莱克斯曼把帽子戴上头顶，向前门走去，有点挂不住面

---

① 英美容量单位，1英制品脱等于568.2612毫升。

子。高登闷闷地回想着,这些天来总是这样。他总是在阻止友好的亲近。当然归根结底还是钱的原因,总是钱的原因。口袋里没有钱,你就没法友好,你甚至连文明有礼都做不到。一阵自怜的痉挛传遍他的全身上下。他的心在渴望着克莱顿的雅座酒吧,那啤酒动人的芳香,那温暖明亮的灯光,那欢乐的鼎沸人声,那洒满啤酒的吧台上碰杯的声响。钱哪,钱!他继续沿着漆黑的、散发着恶臭的楼梯往上走。想到顶层自己那间冰冷孤独的卧室,他就觉得前面犹如末日。

三楼住着洛伦海姆,一个黝黑瘦弱,跟蜥蜴似的的家伙,不知多大年纪、哪个种族。他每周通过做清洁工中介能赚三十五先令。高登总是很快地走过洛伦海姆的房门。洛伦海姆是那种在世上一个朋友也没有,被对陪伴的强烈渴求摧毁了的人。他的寂寞实在太折磨人了,以至于只要你在他门外慢下步伐,他就很可能给你一个突然袭击,半拉半哄地让你听他那些冗长的妄想故事,说他如何诱惑了女孩子,如何开掉了雇员。而他的房子又冷又脏,一间寄宿卧室绝对没有任何权利可以脏冷到这个地步。总是有没吃完的一点面包和人造奶油洒得到处都是。这房子里还剩下另一位房客,是个什么工程师,上夜班的。高登只是偶尔见到他——一个大个子,长着一张冷酷而没有血色的脸,室内室外都戴着一顶圆顶礼帽。

回到了自己的房间里,在熟悉的黑暗中,高登摸到了煤气灯,把它点亮了。这间房中等大小,要用帘子隔成两间又不够,但对要靠一盏有气无力的油灯来提供足够的温暖来说又太大了。房间里的家具是你能想到的顶层里间用的那种。铺着白色床单的单人床,棕色亚麻毡的地板垫,洗手架子上放着的水壶和盆子,是那种廉价的白色器具,让你一见到就不由自主地想到便壶。窗台上有个绿釉花盆,里面长着一株病恹恹的叶兰。

紧邻着花盆,在窗户下面有一张餐桌,上面覆着一张墨迹斑斑的绿色桌布。这就是高登的"书"桌。他经历了一番痛苦的斗争才哄得维斯比奇太太给了他一张餐桌,而不是她觉得适合顶楼里间的所谓竹制"休闲"桌——只是个放叶兰的架子。而且就算现在她也还有无尽的唠叨,因为高登从来不让人"清理"桌子。这桌子上永远都是乱糟糟的。它几乎被乱七八糟的纸张盖满了,或许有两百张布道纸,脏兮兮的,边角卷曲,全都是写了又划划了又写——这是一个脏乱的纸的迷宫,只有高登才握有迷宫的钥匙。所有东西上都有一层灰尘,还有几个脏兮兮的小托盘,装着烟灰和扭曲的烟蒂。除了壁炉架上的几本书外,这张桌子和上面这些乱七八糟的纸,就是高登这个人在这间房里留下的唯一痕迹。

真是冷得不像话。高登想把油灯点上。他举起灯,感觉很轻,备用的油罐也是空的,一般要到周五才有油。他擦亮一根火柴,一团黯淡的黄色火焰不情愿地爬上了灯芯。运气好的话,这或许能燃上几个小时。高登扔掉火柴,目光落在了草绿色花盆里的叶兰上。这真是一株让人格外恶心的植物。它只有七片叶子，而且似乎永远也长不出新叶来了。高登和叶兰暗暗较上了劲。很多次他都偷偷地试图将它杀掉——让它缺水而死，把滚烫的烟蒂摁在它的茎秆上磨，甚至在它的土里混入盐。但这可恶的东西偏偏能长命百岁。它们几乎在任何情况下都能苟延残喘，无精打采、病恹恹地存在着。高登站起来，故意把自己手指上沾着的煤油擦在叶兰的叶片上。

就在这时候，维斯比奇太太泼辣的声音从楼梯下传了上来。

"康——斯——托——克——先——生！"

高登走到门边。"怎么了？"他冲楼下喊道。

"你的晚饭已经等了你十分钟了。你怎么就不能下来吃了它呢？免得害我洗碗还得等你！"

高登下楼了。餐厅在二楼，在后面，正对着弗莱克斯曼的房间。这是一间寒冷的、散发着封闭气味的房间，就算在大中午也是昏惨惨的。这里还有很多叶兰，高登从来没确切地数清过有多少。它们放得到处都是——餐具柜上，地板上，"临时"餐桌上，窗户上有一花架的叶兰，挡住了光线。在这片半明半暗间，在叶兰的围绕下，你会觉得自己像是置身于某个不见阳光的水族馆里，被水生花卉枯败的叶片包围着。破裂的煤气灯在桌布上投下一道白色光圈，高登的晚饭就在这光圈中被摆好了等着他。他背对壁炉坐下（壁炉里没有生火，而是放着一株叶兰），就着加拿大黄油、用来引诱老鼠的奶酪和潘燕泡菜，吃掉了盘子里的冷牛肉和两片发脆的白色面包，喝了一杯冰冷但发臭的水。

当他回到自己的房间时，油灯已经差不多燃起来了。他想着，这热得足够用来烧一壶水了。而且现在该准备晚上的重要项目了——他那不合规矩的茶水。他几乎每天晚上都会给自己泡一杯茶，并严格保密。维斯比奇太太拒绝给房客们随晚餐供应茶水，因为她"懒得多烧水"，但同时你在自己的卧室里泡茶又是被严格禁止的。高登恶心地看着桌上那堆纸。他赌气地对自己说，他今天晚上一点工作也不干了。他会喝杯茶，抽掉剩下的烟，然后读读《李尔王》或者《夏洛克·福尔摩斯》。他的书放在壁炉架上，就在闹钟旁边——"人人书库"版的莎士比亚的书，《夏洛克·福尔摩斯》，维庸的诗集，《罗德里克·兰登历险记》《恶之花》，及一堆法语小说。但他最近除了莎士比亚的书和《夏洛克·福尔摩斯》以外，什么也没读。同时，享用那杯茶。

高登走到门边，微微推开门，听着。维斯比奇太太没有动静。你必须非常小心。她很有可能会偷偷上楼来，把你抓个现行。泡茶这事是这房子里的大忌，仅次于带女人进来。他悄悄闩上门，从床底下拖出自己的廉价行李箱，打开箱子上的锁。他从中取出一个六便士的伍尔沃斯炊壶、一包莱昂斯[①]茶叶、一罐炼乳、一个茶壶和一个杯子。它们都用报纸包着，以防磕

[①] 英国餐饮和食品制造业巨头，开办了很多连锁餐厅、餐馆、酒店。

出声音。

他泡茶有一套固定的程序。首先他用水罐里的水把炊壶装个半满，再把它放到油炉子上。然后他跪下来，展开一张报纸。昨天的茶叶当然还在茶壶里。他晃动茶壶，把它们倒出来接到报纸上，再用拇指把壶里清理干净，把茶叶卷成一团。一会儿他要把茶叶偷运到楼下去，这是最危险的一步——处理泡过的茶叶。这就跟凶手处理尸体一样困难。至于杯子，他总是早上在脸盆里清洗。这肮脏的事情，有时叫他恶心。在维斯比奇太太的房子里竟要活得这么偷偷摸摸的，真是咄咄怪事。你会感觉她总在监视着你，而她确实不管在什么时候，都喜欢踮着脚上楼下楼，希望能在房客干坏事的时候把他们逮个正着。在这样的房子里，你连安安心心上个厕所都不行，因为会觉得有人在偷听你的声音。

高登又拉开门闩，凝神细听。啊！下面远远传来一声碗盘的轻响。维斯比奇太太正在清洗晚餐的餐具呢。那么，下去应该是安全的。

他踮着脚尖下楼，把那包湿漉漉的茶叶紧紧抓在胸前。厕所在三楼。他在楼梯拐角处停下了，又听了一会儿。啊！又是一声碗盘的轻响。

警报解除！高登·康斯托克，诗人（"拥有卓越的前景"，《泰晤士报》"文增"如此说道），迅速地溜进厕所，把茶叶扔进下水道，然后拉动了水栓。接着他迅速回到自己的房间，重新闩上门，然后，小心翼翼地避免着噪音，给自己泡了一壶新鲜的茶。

　　房里现在的温度过得去了。茶和烟发挥了它们短暂的魔力。他的厌烦和愤怒稍稍缓解了一些。他到底该不该做点工作呢？他当然应该工作。每当他浪费了一整个晚上，事后他都会厌恶自己。他不大情愿地把椅子推到桌旁。就连动一动那可怕的纸张丛林也需要鼓一番劲儿。他把几张脏乱的纸拖到面前，展开，看着它们。上帝啊，这么乱！写了又划，划了又写，直到它们看起来像是做了二十次手术的衰朽不堪的癌症病人了。但那些没被划去的字迹，精致而有"学者气"。高登可是吃了不少苦，费了不少劲儿，才练成这笔"学者气"的字，和他们在学校里教他的那种丑陋的铜版印刷体大不相同。

　　或许他要工作，怎么也要干一小会儿吧。他在纸堆里翻找着。他昨天在写的那个段落哪去了？这首诗可是个皇皇巨著——就是说，等它完成后会是巨长无比的皇皇巨著——会有两千行左右，用典雅的韵脚描述伦敦的一天。它的名字叫作《伦敦拾趣》。这是个野心勃勃的宏大工程——是那种只有拥有无尽闲暇的人才会去承担的事情。高登刚开始写这首诗的时候没有认清这个事实，但他现在认清了。他两年前开始写的时候是多么轻松愉快啊！他会把一切都挥霍殆尽，堕入贫穷的泥潭，部分动机就是要写这首诗。他那时是如此确定，他堪当此大任。但不知怎么的，几乎从一开始，《伦敦拾趣》就有问题。它对他来说太大了,这是事实。它从来没有什么真正的进展,只是散落成一系列碎片。而他两年的辛苦就只落得这样的结果——只是些碎片,既不能各自成为完整的作品,也不能联为一体。每一页纸上,都是一隔数月写了又改、改而再改的杂乱的诗行片段。能说绝对完成了的诗句还没有五百行。而他也失去了再添新句的力气,他只能在这段那段上修修补补,在一片混沌中这里那里胡乱摸索。这已经不再是他所创造的东西了,这只是他与之搏斗的一个噩梦。

除此以外,整整两年间他一无所出,除了几首短诗——或许总共有二十首。要静下心来才能写得出诗,在这一点上散文也是一样的,他却极少能做到。他"不能"工作的时候越来越多了。在各式各样的人里,只有艺术家敢说自己"不能"工作。但这的的确确是实情,确有不能工作的时候。又是钱,总是钱!缺钱就意味着不舒适,意味着世俗的忧虑,意味着没有烟抽,意味着无时无刻不意识到失败,最关键的是,它意味着寂寞。一星期两英镑你不寂寞还能怎样?而在寂寞之中是绝对写不出什么好书的。万分确定的是,《伦敦拾趣》绝不会是他设想的那首诗——实际上,万分确定的是,它甚至永远也完不成。而在他面对现实的刹那间,高登自己也明白了这一点。

但他仍然在继续写这首诗,甚至因为这个原因更加卖力。这是他可以依附的一件事。这是他反击他的贫穷和寂寞的一种方式。而且,毕竟有时创作的兴致会回来,或者像是回来了。

它今晚就回来了，回来了一小会儿——只是两根烟的工夫。烟雾在肺里缭绕，他把自己从残忍的真实世界中抽离出来，驱使自己的心神进入写作诗歌的黑暗深渊。煤气灯在头顶上唱着安神的歌谣。词句成了生动而重大的事物。一年前写的一个未完成的对偶句上标着的一个疑问的记号，抓住了他的目光。他反反复复地低声吟诵这句。这句话有点什么问题？一年前它看起来挺好；但是现在，它有些莫名的下作。他在横格子纸堆里翻找着，终于找到了一张背面什么也没写的，于是把它翻过来重写那个对偶句，写了十几个不同的版本，把每一个都反复地低声吟诵，最后没有一个让他满意的。这个对偶句必须删掉，它低劣而下作。他找到了原来的那张纸，用粗重的线条把那个对偶句划掉。而他在做这件事的时候生出一种成就感，觉得时间没有白费，好像毁灭大量的劳动在某种意义上也是创造似的。

突然，楼下深处传来的两声敲门声，让整栋房子为之一震。高登一惊。他的心神从深渊里逃了上来。邮差！《伦敦拾趣》被遗忘了。

他的心扑通扑通地跳。或许露丝玛丽写信来了。另外，还有那两首他寄给杂志社的诗。确实，其中一首他差不多已经当作丢了，不抱希望了。几个月前，他把它寄给了一家美国报纸——《加利福尼亚评论》。大概他们甚至懒得给他寄回来了。但另一首给了一家英国报纸——《报春花季报》。他对这一首抱有狂热的期望。《报春花季报》是那种毒害人心的文学报纸，在那里，时尚的娘娘腔和职业的罗马天主教徒会手挽手并肩而行。它也是长期以来英国最有影响力的文学报刊。只要能在上面发表一首诗，就算功成名就了。高登心里明白《报春花季报》永远不会刊登他的诗。他达不到他们的标准。不过，有时会发生奇迹；或者，不是奇迹，就是意外。毕竟，他们已经把他的诗留了六个星期了。如果他们不打算接受的话，还会把它留六个星期吗？他试图扑灭这疯狂的希望。但最不济也可能是露丝玛丽写信来了。她已经整整四天没写信了。或许，她要是知道这有多么让他失望的话，她就不会这么做了。她的信——冗长的、拼写糟糕的信，充满了荒唐的笑话，抒发着对他的爱意——对他的意义之重大，远远超过她的想象。它们提醒着他，这世上仍然有人喜欢他。当某个畜生退回了他的一首诗时，这些信甚至能聊作弥补。事实上，杂志社确实总是退回他的诗，除了《反基督教》，这本杂志的编辑拉弗斯通和他有私交。

下面传来拖沓的脚步声。维斯比奇太太总要过几分钟才会把信拿上楼来。她喜欢摆弄它们，感觉一下它们有多厚，读读上面的邮戳，把它们举到光下，窥视它们的内容，然后才把它们交给真正的主人。她对这些信件行使了某种初夜权。她觉得，它们既然进了她的房子，就至少部分属于她了。如果你自己走到前门收自己的信，她就会愤愤地怨你。另一方面，她也抱怨拿信上楼的这番辛苦。你会听见她的脚步非常缓慢地上来了,然后,如果有你的信,就会从楼梯的休息平台上传来粗重的喘气声——这就是叫你知道,是你害得维斯比奇太太爬了这么久的楼梯,搞得她气喘吁吁。最后,伴着一声不耐烦的咕哝,信就塞到了你的门底下。

维斯比奇太太正在上楼。高登谛听着。脚步声在二楼停住了,弗莱克斯曼有封信。脚步声上来了,又在三楼停了下,工程师有封信。高登的心痛苦地跳动着。来封信吧,求求你了上帝,来封信吧!又有脚步声。上来的还是下去的?脚步声越来越近了,肯定的!啊,不,不!声音渐渐小了,她又下去了,脚步声渐渐消失了,没有信。

他再次拿起笔来。这完全是个徒劳的姿态。她终究是没有写信!那个该死的小畜生!他一丁点继续工作的意愿也没有了。实际上,他没法继续了。失望已经带走了他所有的心情。仅仅五分钟前,他的诗在他看来还是一件活生生的事物;现在他明明白白地知道了,它就是毫无价值的废话。随着一阵神经质的恶心,他把散落的纸片揉到一起,把它们堆成一个杂乱的纸堆,塞到了桌子那边去,塞到了叶兰底下。他甚至连再看它们一眼也受不了了。

他站起来。现在上床睡觉还太早了,至少,他现在没有睡觉的心情。他渴望来点娱乐——某种廉价而容易的东西。看着电影,坐享香烟和啤酒。没用!干什么都没钱。他将读着《李尔王》,忘掉这个肮脏的时代。然而,他最终从壁炉架上取下的是《福尔摩斯探案集》。灯里的油快燃尽了，屋里开始冷得瘆人了。高登把被子从床上拖下来，裹在自己腿上，接着坐下来读书。他右肘支在桌子上，双手藏在外套下取暖，读了一遍《斑点带子案》。上方的汽灯罩在低声叹息，油灯的圆形火焰越烧越低，一点细弱的灯火，发出的热量还比不过蜡烛。

在楼下维斯比奇太太的巢穴里，时钟敲响了十点半。晚上你总能听见它的钟声。叮——咚，叮——咚——覆灭的音符！壁炉架上闹钟的嘀嗒声又传入了高登的耳中，随之使他意识到了时间在邪恶地流逝。他看看周围，又浪费了一个晚上。一小时又一小时，一天又一天，一年又一年，就这么流走了。夜复一夜，总是一样。寂寞的房间，没有女人的床榻；灰尘、烟灰、叶兰叶子。而他快三十岁了。出于纯粹的自我惩罚，他把一团《伦敦拾趣》拖到面前，展开脏乱的纸页，看着它们，就像看着作为死亡象征的骷髅一样。《伦敦拾趣》和《鼠》的作者是高登·康斯托克。他的代表作，耗费两年心血的成果（成果，确实！）——这一堆迷宫般的芜杂词句！而今晚的成就——划掉了两行，两行倒退而非进步。

台灯发出一声打嗝似的轻响后，熄灭了。高登费了点劲儿站起身来，把被子丢回床上。或许，最好在变得更冷之前上床睡觉。他慢步走向窗边。但是等等，明天要工作，要先上好发条，定好闹铃。一事无成，一事没干，就赚来了一晚的安眠。

他过了好一会儿才找到脱衣服的力气。也许有一刻钟，他都穿得好好地躺在床上,双手枕在脑袋下面。天花板上有一块开裂的地方,形如澳大利亚的地图。高登想到可以不用坐起来就脱掉鞋袜的办法。他抬起一只脚,看着它。一只小巧精致的脚,没有力量,和他的手一样,而且它还很脏。他快有十天没洗澡了,他为自己脚这么脏而害臊,于是摆出耷拉的坐姿,脱了衣服,把衣服扔到地板上。然后他关了煤气,钻进了被子里,因为赤裸而瑟瑟发抖。他总是裸睡,他的最后一套睡衣一年多前就上西天了。

楼下的钟敲响十一点。随着被窝里的第一阵寒冷渐渐退去,高登的思绪回到了他下午起了个头的那首诗上。他低声吟诵着那唯一一个完成了的诗节:

狂风骤起摧肝胆,
新秃白杨迎风折。
浓烟低垂如黑缎,
海报拍动声瑟瑟。

这些七言的诗句平平仄仄。咔——嗒,咔——嗒!它那可怕的机械和空洞让他惊惧,就像是某种无用的小机器在咔嗒咔嗒地走动。韵脚押着韵脚,咔——嗒,咔——嗒。就像一个发条娃娃在点头。诗歌啊!最是无用。他清醒地躺着,意识到自己的无用,意识到自己三十年的光阴,意识到自己把自己的生活引入了一条怎样的死胡同。

十二点钟声敲响。高登伸直双腿,床变得暖和而舒适了。在和柳圃路平行的街道上,某处一辆汽车射上来一束光,穿透百叶窗,把一片叶兰叶子打出一个阴影,那形状就像阿伽门农①的宝剑。

---

① 阿伽门农:古希腊神话中的人物,希腊迈锡尼国王,希腊诸王之王。他率军取得了特洛伊战争的胜利,回乡后被妻子伙同情夫杀死。

康斯托克家族

"高登·康斯托克"是个非常烂的名字,但话说回来,高登出生于一个非常烂的家庭。当然,名字里的"高登"是苏格兰风格。如今这种名字大行其道,不过是近五十年来英国苏格兰化的一部分。"高登""科林""马尔科""唐纳德"——这些都是苏格兰献给世界的礼物,除此之外,还有狼、威士忌、燕麦粥,以及巴里①和史蒂文森②的作品。

康斯托克家族属于所有阶层中最悲惨的一个,中层中产阶级,是没有土地的上流人士。在凄惨的贫困之中,他们甚至不能往自己脸上贴金,用自诩家道中落的"古老"家族来聊以自

---

① 巴里:指《彼得潘》的作者詹姆斯·马修·巴利(James Matthew Barrie)。
② 史蒂文森:指《金银岛》的作者罗伯特·路易斯·史蒂文森(Robert Louis Stevenson)。

慰，因为他们根本不是什么"古老"家族，他们不过是乘着维多利亚时代的繁荣风潮而兴起，又比这阵风潮更快地衰落的众多家族之一。他们相对富裕的时间至多不过五十年，正对应高登祖父的有生之年——他们叫高登称他康斯托克爷爷，尽管这位老人在他出生四年前就去世了。

康斯托克爷爷是那种即使在坟墓里也发挥着重大影响力的人。生前他是个强硬的老混蛋。他从无产阶级和外国人身上剥削了五万英镑，给自己建了一座跟金字塔一样经久耐用的红砖宅邸。他生了十二个孩子，活下来十一个。最终他因脑溢血而骤然逝世。在肯萨尔绿野公墓里，他的子女为他立了一块石碑，上面刻着如下碑文：

永远怀念
塞缪尔·以西结·康斯托克
一位忠诚的丈夫，一位慈爱的父亲，
一位正直虔诚的人。
生于1828年7月9日，
卒于1901年9月5日，
子女致哀，特立此碑。
愿他在耶稣怀中长眠。

对这最后一句话，所有认识康斯托克爷爷的人做了些不敬的评论，这里就不必复述了。但值得指出的是，刻着这些话的那块花岗岩有近五吨重，放在这里绝对有确保康斯托克爷爷不会从石头下面爬起来的意思，尽管是无意间流露的意思。如果你想知道死者的亲人们对他的真实看法，看看墓碑的重量就能了解个大概。

就高登所知，康斯托克一家人都格外的愚钝、寒酸，要死不活、有气无力。他们的缺乏活力已经到了一个令人吃惊的程度。这当然都是康斯托克爷爷干的好事。到他死的时候，他的孩子们全都已经长大成人了，有些已经人到中年，他早已成功榨干了他们可能有过的任何精气神。他像园圃压土机碾压雏菊一般压着他们，他们已经被压平了的个性再也不可能有任何发展了。他们一个个全长成了那种颓唐、懦弱、一事无成的人。没有一个男孩子有个正当的职业，因为康斯托克爷爷曾殚精竭虑地逼他们从事完全不适合他们的职业。他们中只有一个——高登的父亲约翰——违逆过康斯托克爷爷，胆敢在康斯托克爷爷的有生之年结婚。你根本无法想象他们中会有任何人能在这个世界上留下什么印记，或者创造什么东西，又或者毁灭什么东西。他们既不会高兴，也不会明显地不高兴，永远都要死不活，就连一份体面的收入也挣不到。他们只是在一种貌似有教养的失败氛围中随波逐流。他们的家庭就是那众多压抑的家庭之一，这在中层中产阶级中十分普遍，在这样的家庭里什么也不会发生。

从他幼年时期，高登的亲人们就让他感到可怕的压抑。当他还是个小男孩的时候，他的好些叔伯姑姑还活着。他们样子都差不多——灰暗、寒酸、不快乐，全都疾病缠身，全都无时无刻不在为金钱发愁，但又一直挺着，总也没到破产那般天崩地裂的时候。即使在当时，就能注意到他们已经失去了繁衍的激情。真正有活力的人，不管有钱还是没钱，都会像动物一样自动地繁育后代。例如康斯托克爷爷吧，他自己就是十二个兄弟姐妹中的一个，而后又生养了十一个子女。然而这十一个孩子一共只生育了两个后代，而这两个——高登和他的姐姐茱莉娅——到1934年，还一个孩子也没生。高登，康斯托克家的最后一名成员，生于1905年，是意外怀孕生下的。而自那以后，这么多年来家族里没有过一个新生儿，只有离世者。而且不仅是结婚和生育的问题，在方方面面康斯托克家族都什么也没发生。他们每个人看起来都像是受了诅咒，似乎注定要过着绝望、寒酸、低三下四的生活。他们就没一个人真的干过什么事。他们是那种在任何可以想到的活动中，即使只是挤公交这种事，都会自动被挤到边缘去的人。当然，他们全都是在金钱上毫无希望的笨蛋。康斯托克爷爷最终把他的财产差不多平均分给了他们，这样一来，在卖掉那栋红砖宅邸后，每个人都拿到了大约五千英镑。而康斯托克爷爷刚一入土，他们就已经开始挥霍那些钱了。他们没一个有胆子把那钱花在刺激的事情上，比如浪费在女人或者赛马上。他们只是让它一点点地流走了，女人花在愚蠢的投资上，男人则花在有去无回的小生意上，一两年后就消耗殆尽，只落得一个净亏损。他们中一半以上直到入土也没结婚。有些女人倒是在父亲死后，中年晚婚，过得也不如意；但是男人们由于没有本事干一份体面的营生，成了"结不起婚"的人。除了高登的姑姑安吉拉外，他们全都连一个自己的家也没有过，就住在该死的"房间"里、坟墓般的旅馆里。年复一年，他们一个个死去，死于麻烦但又昂贵的小病，将他们的最后一分资产也吞噬尽了。有一个女人，高登的姑姑夏洛特，在1916年进了克拉珀姆①（Clapham）的精神病院。英国的精神病院可真是挤得满满当当啊！最多的正是中产阶级那些没人要的老处女，她们在维持着它们的运转。到1934年，这代人里只有三个人还活着。已经提到过的夏洛特姑姑和安吉拉姑姑——她运气好，1912年被人哄着买了一栋房子和一份小额养老保险；还有就是沃尔特叔叔，他靠着自己那五千英镑里剩下的几百英镑，经营着这样那样各种短命的"机构"来苟延残喘。

　　高登是在改小的旧衣服和炖烂的羊颈肉的气氛中成长起来的。他父亲和其他的康斯托克家族成员一样，是个自己丧气也因此让别人丧气的人，但他还有点脑子，也稍稍有些文学上的造诣。眼看他的头脑是文艺类型的，而且他对任何有关数字的

---

① 克拉珀姆：英格兰伦敦南部兰贝斯区的一个地名。

事物都有一种畏缩的恐惧,似乎只有康斯托克爷爷才会觉得应该让他做个认证会计。于是他就干起了认证会计的工作,但是成绩惨淡。他还总是出钱做些撑不过一两年的合伙生意,而他的收入也起起伏伏,有时能涨到一年五百英镑,有时又减到一年两百,但总是趋向于减少。他在1922年去世,年仅56岁,但已经饱经沧桑——他在过去的很长一段时间里忍受着肾病的折磨。

由于康斯托克一家虽然穷,却讲究教养,所以认为需要浪费大笔开销在高登的"教育"上。这是多么可怕的事啊,这份"教育"是个沉重的负担!这意味着,为了把儿子送进合适的学校(也就是一所公学或者类似的学校),一个中产阶级要接连好几年过着连打零工的水管工也瞧不上的日子。高登被送到了假模假式的破学校里,一年的学费在120英镑左右。当然,就算这点费用也意味着家里要做出可怕的牺牲。同时,比他大五岁的茱莉娅几乎根本没有接受什么教育。实际上,她被送进过一两所贫困肮脏的小型寄宿学校,但在她十六岁的时候她就被永远地"带走了"。高登是"男孩"而茱莉娅是"女孩",似乎在所有人看来,"女孩"自然就该为"男孩"做出牺牲。更何况,家里早就认定高登"聪明"。高登既然有这份极好的"聪明",定会拿到奖学金,在人生路上大获成功,重振家声——理论就是这样,而且没有人比茱莉娅更加坚定地相信这一点。茱莉娅是个笨拙的高个子姑娘,她比高登高得多,长着一张瘦脸，脖子有点儿太长了——是那种即使在风华正茂的时候，也叫人忍不住联想到一只鹅的姑娘。但她天性单纯热忱。她是个自甘无闻的姑娘，忙着打理家务、熨烫衣衫、缝缝补补，是天生要当老处女的人。即使才十六岁的时候，她就已经浑身散发着"老姑娘"的气息了。她把高登当成偶像。他的整个童年她都在看护他，照顾他。就为了让他能穿着合适的衣服去上学，自己穿得衣衫褴褛；把自己可怜的零花钱存起来，给他买圣诞礼物和生日礼物。当然，一等他年纪够大了以后，他就用鄙夷来回报她，因为她不漂亮，也不"聪明"。

就算在高登上的那些三流学校里，也几乎所有的男生都比他要阔绰些。他们当然很快就发现了他的贫穷，并让他为此吃尽了苦头。大概一个人能在孩子身上施加的最大的残忍，就是把他送到一个别的孩子都比他富有的学校里去。一个意识到贫穷的孩子将承受的势利之苦，是一个成年人几乎无法想象的。在那些日子里，尤其在预科学校时，高登的生活就是一场长期的阴谋，一面要避免自己入不敷出，一面要假装他的父母要比实际上阔绰。啊，那些日子的屈辱啊！比如说，每学期开始时那桩可怕的任务——向校长公开"上交"身上带回来的钱。要是你"上交"的没有十先令以上，其他男生就会发出那鄙夷、残忍的窃笑。还有当其他人发现高登穿着一件花了35先令买来的非定制套装时的情景！在所有的事情中，高登最难受的时候要数他父母来看他的时候。高登那时候仍然是个信徒，以前真的会祈祷他的父母不要来学校。尤其是他的父亲，是那种你情不自禁就会为他害臊的父亲，一个行尸走肉般没有生气的男人，低低地弯着腰，衣服寒酸得不行，且过时得没救了。他浑身散发着一种失败、忧虑、厌倦的气息。而且他有一个非常糟糕的习惯，当他道别的时候，会当着其他男生的面赏给高登半克朗，于是所有人都能看到，只有半克朗，而不是应有的十先令！即使是二十年后，这段学校里的记忆也仍然叫高登颤抖。

这一切的首要效果就是让他对金钱产生了顶礼膜拜的敬意。在那些日子里，他是真的讨厌他那些贫穷缠身的亲人——他的父母、茱莉娅、所有人。他讨厌他们那肮脏的房子，他们的邋遢，他们那了无欢乐的人生态度，他们为了三便士、六便士而生的无穷无尽的忧虑和抱怨。到现在为止康斯托克家中最常说的口头禅就是"那个我们买不起"。在那些日子里，他对金钱万分渴望，只有孩子才会有那样的渴望。一个人怎么就不该穿体面的衣服，有很多的糖果，能够随心所欲地常常去看电影呢？他为父母的贫穷而责怪他们，好像是他们故意要这么穷的。他们为什么不能像其他男生的父母那样呢？在他看来，他们是喜欢贫穷。这就是孩子的思维方式。

但随着他渐渐长大，他也渐渐变了——不是没那么不讲道理了，确切地说，是以另一种方式不讲道理了。到这时他已经在学校里站稳了脚跟，所受的压迫没那么强烈了。他的成绩从来都不是非常好，他不努力，也没拿到奖学金。但他成功地在符合自己胃口的文字里发展自己的头脑。他饱读校长禁止学生们读的书籍，对英国国教、爱国主义、老式男生领带都形成了不合正统的看法。他还开始写诗。一两年后，他甚至开始给《雅典娜神庙》《新时代》《西敏寺周刊》投稿诗歌了，不过它们都被无一例外地被退稿了。当然，他还结交了一些和他一样的男生。每一所公学里面都有些自以为是的知识分子小圈子。而那时候，正是战后的那几年，英国充斥着革命观念，就连公学也受了感染。年轻人们，即使是那些年纪太小无法战斗的年轻人，也都在尽其所能地和长辈们闹脾气。简直可以说每一个稍有点脑子的人那时候都是革命者。同时，老年人——就说那些六十岁以上的吧——像母鸡一样团团转着尖声痛批这些"破坏思想"。高登和他的朋友们怀着他们的"破坏思想"过了一段相当刺激的时光。整整一年，他们都在运营一份草根月报，叫做《布尔什维克》，是用胶版印制的。它宣扬社会主义、自由恋爱①，倡导解体大英帝国，废除陆海军队，等等。这非常有意思。每个聪明的16岁男生都是社会主义者。在那个年纪，就算是相当拙劣的诱饵也能让人看不到伸出的钩子。

  以一种天真的孩子气的方式，他开始摸索出金钱的门道。他在比大多数人更小年纪的时候就明白了，所有的现代商业都是欺骗。不过更奇怪的是，地铁站里的广告首先让他清楚地认

---

① 自由恋爱：指反对婚姻束缚，绝对自由的两性关系。

识到了这一点。像传记作家们说的那样，他没有想到自己有一天也会在一家广告公司里任职。但他意识到的还不仅仅是商业就是欺骗这一事实。他所意识到的，并随着时间流逝而越来越清楚的，是金钱崇拜已经上升为了一种宗教。或许这是我们仅存的唯一真实的宗教——唯一真正为人感知得到的宗教。金钱就是过去的上帝。善恶不再有意义，唯以成败论英雄。因此出现了"混得好"这个意义深刻的短语。摩西的十诫已经减为了两诫。一条是给雇主的——也就是上帝的选民，即金钱之道的教士——"汝当赚钱"；另一条是给雇员的——他们是奴隶和下等人——"汝不可丢掉工作"。大约就在这时候，他碰到《穿破裤子的慈善家》，读到食不果腹的木匠把所有的东西全都典当了，却坚持保留他的叶兰。自那以后，叶兰对高登而言就成了一种象征。叶兰，英国之花！我们的徽章上应该是它而不是狮子和独角兽[1]。只要窗户上还有叶兰，英国就不会出现革命。

  他现在不讨厌也不鄙视他的亲人们了——至少没那么厉害了。他们仍然让他大感压抑——那些贫穷而衰老的叔伯姑姑们，其中两三个已经死了；还有他的父亲，饱经沧桑、毫无生气；他的母亲，委顿颓唐，惶惶不可终日，而且"娇弱"（她

---

[1] 指英国皇家徽章，也是国徽，上面有狮子（代表英格兰）和独角兽（代表苏格兰）。

的肺很不好）；茱莉娅，才21岁的时候，就已经成了个本分顺从的苦工，每天干十二个小时的活儿，连一条像样的裙子都从没有过。但他现在明白了他们的问题究竟在哪里。这不仅仅是因为缺钱。而是因为，他们没有钱，精神却还仍然活在金钱的世界里——活在有钱是德无钱是罪的世界里。不是贫穷而是体面的贫穷拖垮了他们。他们已经接受了金钱法则，而在这套法则下他们就是败寇。他们从来没有豁出去的意识，从不会像下层贫民那样，不管有钱没钱，只管活下去。那些下层贫民是多么正确啊！让我们对全部家当只有四便士却还敢搞大老婆肚子的工厂伙计脱帽致敬！至少他的血管里流的是血而不是钱。

高登以一个男孩天真而自私的方式把这些全看透了。他认定，有两种生活方式。你可以富有，不然就可以主动地拒绝富有。你可以拥有金钱，不然就可以鄙视金钱。唯一致命的事情就是既崇拜金钱又没法获得它。他想当然地认为他自己永远也赚不到什么钱。他甚至几乎没想过他或许拥有某些天赋，能够转为财富。这就是他的老师们为他做的，他们灌输给他，他是个扰乱治安的小混蛋，不可能在人生中"成功"。他接受了这一点。那么，很好，那他就要拒绝这整个"成功"的勾当，他愿把不"成功"当成自己的特别目标。宁做鸡头不做凤尾，在这一点上，是宁做鸡尾也不做凤尾。他十六岁的时候就已经知道了自己属于哪一边。他反对财神和他所有的卑鄙的教士。他对金钱宣战，但当然是秘密宣战。

他父亲是在他十七岁的时候死的，留下了大约两百英镑。茱莉娅这时已经工作了好几年。1918到1919年间她在政府机关里上班，那之后她学了一套烹饪课程，然后在厄尔斯苑（Earls Court）地铁站附近一家恶心的女性化的小茶馆里找了份工作。她一周工作七十二小时，工资25先令，包午餐和茶水。她每周从这笔钱里拿出20先令贡献给家庭开支。很明显，既然康斯托克先生已经死了，最好的办法是让高登退学，给他找份工作，并让茱莉娅拿那两百英镑自己开一家茶馆。但康斯托克家对钱的习惯性愚昧阻碍了这件事。不管是茱莉娅还是她母亲都不肯让高登离开学校。带着中产阶级那种奇怪的理想化的势利思想，她们宁愿去济贫院也不肯让高登在法定的18岁之前离开学校。那两百英镑，或者其中的大半，必须用于完成高登的"教育"。高登任由她们这么做了。他对金钱宣战了，但这并不妨碍他可憎地自私自利。他当然害怕工作。哪个男孩不怕呢？在某个肮脏的办公室里摇笔杆子——上帝啊！他的叔伯姑姑们已经在阴沉地谈论着"让高登安定下来"了。他们看一切事情都是从"好"工作的角度出发的。小史密斯在银行找了个这样的"好"工作，小琼斯在保险公司找了一个那样的"好"工作。听见他们说话就让他恶心。他们似乎想让每一个英国年轻人都被钉进"好"工作的棺材里。

同时，钱也不能不挣。结婚前，高登的母亲是个音乐教师，甚至从那时起，当家里的经济状况比平时还差时，她就时不时地收些学生。现在她决定自己要再度开始教课了。在郊区招学生相当容易——他们住在阿克顿①（Acton）——有了这笔教音乐的费用，加上茱莉娅的贴补，她们大概可以再"挺过"接下来这一两年。但康斯托克太太的肺现在不仅是"娇弱"了。在她丈夫去世前为他看病的那位医生把听诊器放到她胸口上，表情严肃。他告诉她要照顾好自己，注意保暖，吃些有营养的食物，而且，最重要的是，要避免劳碌。教钢琴课这样又烦又累的工作对她而言当然是最坏不过的事情。高登对此一无所知，但茱莉娅知道。这是两个女人之间的秘密，她们小心翼翼地瞒着高登。

一年过去了，高登这一年过得相当悲惨，他寒酸的衣服和稀少的零花钱越来越让他难堪，也使得女孩子们成了他恐惧的对象。但是，《新时代》这一年接受了他的一首诗。同时，他母亲在四面透风的客厅里，坐在难受的钢琴凳上，以两先令一小时的价格教着课。然后高登离开了学校。爱管闲事的胖子沃尔特叔叔有一些生意上的熟人，他过来说，他一个朋友的朋友可以在一家红丹②公司的会计部给高登找一份非常"好"的工作。这确实是个绝佳的工作——对年轻人来说是个绝好的开始。如果高登愿意老老实实去工作，那他到现在或许已经混出

---

① 阿克顿：英格兰伦敦城西的一个郊区，以前为村庄。
② 红丹：又名铅丹、铅红，即四氧化三铅，工业上常用作防锈颜料。

个人样了。高登的灵魂却闹起了别扭。他突然强硬起来,软弱的人就会这样,他甚至拒绝去试试这份工作,这吓坏了全家人。

当然有过可怕的争吵。他们不能理解他。对他们来说,有机会获得这样一份"好"工作却拒绝了它,像是一种大不敬。他不停地反复声明他不想要"那样的"工作。那他到底想要什么?他们都在质问。他想"写作",他严肃地告诉他们。但他怎么可能靠"写作"为生呢?他们又问。而他当然无法回答。在他内心深处,他认为自己可以靠写诗想办法活下去,但这实在太荒唐了,甚至提都不用提。但不管怎样,他不会去做生意,不会进入金钱的世界。他会找份工作,但不会是一份"好"工作。他们全都一点不明白他是什么意思。他母亲以泪洗面,就连茱莉娅也和他"翻脸"了,叔伯姑婶(他们还剩下六七个人)全围着他做着无力的抨击,发着没用的怒火。三天后发生了一件可怕的事情。正在吃晚饭的时候,他母亲猛然剧烈地咳嗽起来,她一手抚着胸口,向前一倒,嘴里喷出鲜血来。

高登吓坏了。尽管看起来很严重,但他母亲并没有死,不过当他们把她抬上楼去的时候她看起来命在旦夕。高登赶紧去请医生。一连几天他母亲都徘徊在鬼门关前,这都是四面透风的客厅和在日晒雨淋中长途跋涉惹的祸。高登在房子里无助地走来走去,愧疚和悲楚的感觉混杂在一起叫他难受。他虽不能确定，但隐约推知了他的母亲是为了给他交学费而摧毁了自己。于是他无法再和她作对了。他去找了沃尔特叔叔，告诉他他愿意做那份红丹公司的工作，如果他们给他做的话。于是沃尔特叔叔跟他的朋友说了，那位朋友又和他的朋友说了，高登就被叫去，一位戴着很不合嘴的假牙的老先生给他做了个面试，并最终给了他这份工作，有试用期。他的起始薪资是一周25先令。他在这家公司干了六年。

他们从阿克顿搬了出来，在帕丁顿区某处一个荒凉的红色公寓区里找了一间公寓。康斯托克太太把她的钢琴也带来了，当她精神恢复些的时候，就偶尔教教课。高登的工资渐渐涨了，他们三人多多少少"撑过来了"。主要是茱莉娅和康斯托克太太"撑"着的。高登在钱这上面仍然像个孩子那样自私。他工作上干得也不特别差，大家说他对得起这份工资，但不会是那种"混得好"的人。从某种角度说，他对工作的巨大鄙视让事情变得更容易了。他可以忍受这种无意义的办公室生活，因为他从来、一秒也没有把这当作终身职业。某个时候，通过某个办法，天知道是什么时候什么办法，他会从中摆脱出来。毕竟，总还有他的"写作"。或许某一天，他可以通过"写作"来谋生。而如果你成了"作家"，你就会觉得自己摆脱铜臭味了，不是吗？他在自己周围见到的各色人等，尤其是那些年长些的男人，他们都叫他别扭。崇拜财神就意味着这样！要安定下来，要混得好，要为了一座别墅一株叶兰出卖自己的灵魂！要变成那种戴着圆顶礼帽的典型的猥琐小人——司楚卜（Strube）的"小男人"①——那种驯良的小老百姓，六点十五就回家，把马铃薯肉饼和炖梨罐头当晚饭，再听半小时BBC的交响音乐会，然后，如果老婆"感觉有那心情"的话，就来点正当守礼的性交！这是什么样的命运呀！不，人不该这样生活。人应该摆脱这些，摆脱铜臭味。这是他在策划的某种阴谋，他像是铁了心要与钱为敌，但这仍然是个秘密。办公室里的人从来没怀疑过他有什么不合正统的思想。他们从没发现他在写诗——倒也不是说真有多少可发现的，因为他六年间在杂志上发表的诗还不足二十首。看外表，他和其他任何一个城市小职员别无二致——只是拉着吊环挤在地铁车厢里，早上挥师东去，晚上收兵西回的大军中的一员而已。

他母亲死的时候他二十四岁，那时候这个家已经分崩离析了。康斯托克家的老一辈如今只剩下四个人了——安吉拉姑姑、夏洛特姑姑、沃尔特叔叔，还有一年后去世的另一个叔叔。高登和茱莉娅放弃了那间公寓。高登在道蒂街找了一间带家具的房间（他觉得住在布鲁姆斯伯里②略带文艺气息），而茱莉娅搬到了厄尔斯苑，好离茶馆近点。茱莉娅这时快三十

---

① 指西德尼·司楚卜（Sidney Strube）的漫画人物形象公民约翰，是个总是戴着圆顶礼帽的小个子。
② 布鲁姆斯伯里：伦敦著名文化圈，曾是弗吉尼亚·伍尔夫等知识分子聚居之处。上文中的道蒂街是距离布鲁姆斯伯里很近的一条街道。

了,看起来还要老得多。虽然还够健康,但她从没瘦得这么厉害,而且还冒出了白发。她仍然一天工作十二小时,而六年来她一星期的工资才涨了十先令。经营茶馆的那位娴淑得可怕的淑女对她亦主亦友,所以就可以一面口口声声"亲爱的""小亲亲"地叫着,一面盘剥欺负茱莉娅。母亲死后四个月,高登突然辞掉了工作。他没有跟公司说任何理由。他们以为他将要"另谋高就"了,于是给他做了非常好的评价,从这个结果看来,他挺幸运的。他甚至没想过再找一份工作。他想破釜沉舟。从现在起他要呼吸自由的空气,摆脱铜臭味。他并不是有意要等母亲死了才做这件事,不过,是他母亲的死促使他做了。

当然,在家族剩下的人之间又引发了一场更加令人寒心的争吵。他们认为高登一定是疯了。一次又一次,他试图向他们解释他为什么不肯屈服于一份"好"工作的劳役,但全是徒劳。"但你要靠什么生活呢?你要靠什么生活?"就是他们所有人对他哀号的话。他拒绝严肃地考虑这个问题。当然了,他仍然暗藏着靠"写作"谋生的念头。这时候他已经认识了《反基督教》的编辑拉弗斯通。拉弗斯通不仅刊登他的诗歌,还偶尔想办法弄些书评的活儿给他。他的文学前景不再像六年前那般黯淡了。但是,"写作"的欲望其实并不是他真正的动机。挣脱金钱世界才是他想要的。他隐隐期待着某种贫寒的隐士生活。他有一种感觉,如果你真心鄙视金钱的话,就能有办法像天上的鸟儿一样过下去。他忘记了天上的鸟儿不用付房租。阁楼上忍饥挨饿的诗人就是他对自己的设想。但不知怎的，诗人这饿挨得并没什么不舒服。

接下来的七个月真是毁灭性的。他吓坏了，还差点精神崩溃。他知道了连续几个星期吃面包和人造黄油是什么感受，在饿得半死的时候试图"写作"是什么感受，典当衣物是什么感受，在欠了三个月的房租后，女房东谛听你的行踪，而你瑟瑟发抖地偷偷溜上楼梯，又是什么感受。更何况，那七个月他几乎是什么也没写。贫穷的首要效果就是残杀思想。他明白了，好像这是什么新奇的发现一样，人就是无可救药的金钱的奴隶，直到你有足够的钱可以生活下去——用丑恶的中产阶级的话说，就是"有能力"。最终，在一场粗俗的争吵之后，他搬出了他的房间，在大街上过了三天四夜，真是太惨了。他在大堤上遇见了另一个人，在那人的建议下，他在比林斯门海鲜市场（Billingsgate）里度过了三个早上，帮着把运鱼的推车沿着崎岖的小山从比林斯门一路推到东市场（Eastcheap）路上去。你的酬劳是"推一个两便士"，而这份工作会让你的大腿肌肉痛得要死。有一大群人都在干这份同样的工作，要等轮到你你才能上。如果从早上四点到九点你能挣到十八便士，就算是幸运的了。干了三天，高登就放弃了。这件事有什么作用？就是把他打败了。除了回家里去，借点钱，再找份工作以外，别无他法。

但是这时，当然找不到什么工作了。有好几个月，他都在家里吃白食。茱莉娅一直接济他,直到耗尽了她自己那点积蓄里的最后一分钱。这太可恶了。这就是他那清高劲儿造成的结果!他与抱负决裂,与金钱为敌,而这所有的一切不过导致他来吃姐姐的白食!而茱莉娅,他知道,痛心他的失败要远远超过心疼自己的积蓄。她对高登有过那么高的期望。在康斯托克家的所有人里,只有他一个人有本事"成功"。即使是现在,她也相信,某一天,他会有办法重振家声。他那么"聪明"——只要他努力他肯定能赚到钱!整整两个月,高登都和安吉拉姑姑一起,住在她海格特(Highgate)的小房子里。贫穷的、萎顿的、木乃伊似的安吉拉姑姑,自己都食不果腹。这段时间他都在疯狂地找工作。沃尔特叔叔帮不上他,他在商业界的影响力从来就不大,现在更是几乎为零了。然而,最终以一种意想不到的方式,时来运转了。茱莉娅的老板的兄弟的朋友的朋友,给高登在新阿尔比恩宣传公司的会计部找了一份工作。

战后,宣传公司在伦敦遍地开花——或者不叫开花,可以说是从腐败的资本主义中萌生的点点菌斑——新阿尔比恩(The New Albion)就是其中之一。这是一家处于上升期的小公司,凡是接得到的各类广告它都做。它为燕麦黑啤酒、自发面粉等设计过不少大幅海报,但它的主要阵线还是女帽及在女士画报上做漫画广告,还有两便士的周报上的小广告,比如"治疗女性失调的白玫瑰药片""拉拉汤加教授的星座播报""维纳斯的七个秘密""破产者的新希望""业余时间每周赚取五英镑""赛普洛拉克丝洗发水,抚平所有不听话的翘发茬"。当然有不少商业画家受雇于他们。高登就是在这里第一次接触到露丝玛丽的,她在"工作室"里帮助设计时装图样。过了很长时间他才真正跟她说上话。一开始他只把她当成一个遥远的人物,小巧黝黑,动作敏捷,富有吸引力但很令人发怵。当两人在走廊上擦身而过时,她看他的眼神带着讽刺,好像她对他了如指掌,而且觉得他有些可笑,然而她看他的频率似乎有些不必要地高。他和她在业务上没有任何关系。他是会计部的,只是一个每周三英镑的小职员而已。

新阿尔比恩的一个有趣的地方是它在精神上完完全全的现代化。公司里几乎没有一个人不是清清楚楚地明白,宣传、广告是资本主义有史以来制造的最肮脏的骗局。在红丹公司尚且残存了一定的商业道德和实用精神。但这样的东西在新阿尔比恩会遭到嘲笑。大多数雇员都是美国化的、没心没肺、野心勃勃的类型。对他们而言,这世界上除了钱没什么是神圣的。他们已经形成了自己的犬儒观念:公众是猪,广告就是在泔水桶里的搅拌棍。但在这种犬儒主义下,又有着终极的天真,就是对财神的盲目崇拜。高登不着痕迹地研究着他们。像以前一样,他的工作干得过得去,他的同事们瞧不上他,他的内心世界毫无变化。他仍然鄙视并抗拒着金钱法则,迟早他要想办法逃脱它,即使是现在,在经历了第一次惨败之后,他仍然在谋划着逃脱。他身在金钱世界，但并不属于它。至于他周围的那几类人，那些从不转变的戴圆顶礼帽的小蛆虫也好，那些野心家也好，那些美国商学院的豪车公子①也罢，他们简直都让他好笑。他喜欢研究他们那种奴性的"保住工作"的思维方式。他是个藏身于他们之中做记录的异类。

有一天发生了一件奇怪的事。有个人碰巧在杂志上看到了高登的一首诗，然后宣扬说他们"有了个办公室诗人"。当然其他的职员都笑话高登，但没有恶意。从那天起，他们就给他取了个绰号叫"吟游诗人"。但尽管觉得好玩，他们也微微有些鄙夷。这确证了他们对高登的看法，一个写诗的家伙可不大像能"混得好"的人啊。但这件事有了个意想不到的后续发展。当职员们差不多厌倦了开高登玩笑的时候，公司的常务董事厄斯金先生却叫他来，给他做了个面试，他此前一直极少注意高登的。

厄斯金先生是个体型硕大、行动迟缓的男人，长着一张健康而没表情的阔脸。从他的外表和他缓慢的语速，你可能会自信地猜想他在干农业或者养牛业。他的脑筋也和他的动作一样迟缓，是那种什么事情都要等别人都议论完了，他才刚听说的人。这样的人怎么会掌管一家广告公司的，只有资本主义的怪神仙们才知道。但他是个很叫人喜欢的人。他没有那种常常和

---

① Gutter-crawler是指车技高超，喜欢沿着路开钓妹子的人。故译为豪车公子。

赚钱的能力相伴而生的，惜字如金、趾高气扬的架子。而某种意义上，他的愚钝也帮了他的忙。由于对流俗的偏见不敏感，他得以基于别人的优点来评价他们，结果，他非常善于遴选人才。高登写诗的消息，不仅远没有吓到他，反倒有点儿打动了他。新阿尔比恩要的就是文学才俊。把高登叫来后，他以一种催眠似的、旁敲侧击的方式来考量高登，问了他几个没有定准的问题。他从来不听高登的回答，而是以"嗯，嗯，嗯"似的声音给自己的问题断句。"写过诗啊，他？哦，是吗？嗯。而且在报纸上发表了？嗯，嗯。他们应该会为那种东西付你报酬吧？不多啊？不，应该不会吧。嗯，嗯。诗歌？嗯。有点儿难啊，那肯定的。要把每行都弄得一样长啊什么的。嗯，嗯。还写别的东西吗？故事之类的？嗯。哦，是吗？很有意思。嗯！"

然后，没有更进一步地提问，他就把高登晋升到一个特别的职位，做新阿尔比恩的首席文案，克鲁先生的秘书，但实际上是学徒。像所有其他的广告公司一样，新阿尔比恩也在不停地寻找具有一丝想象力的文案。这虽奇怪，但要找有能力的美工可比找能想出"QT好酱料，老公真需要"和"早餐脆麦片，孩子天天念"这种标语的人要容易。这时候高登的工资并没有涨，但公司对他另眼相看了。运气好的话，一年的时间他就可能成为一个训练有素的文案。这绝对是个能"混得好"的机会。

他和克鲁先生共事了六个月。克鲁先生是个大约四十岁的沧桑男人，长着坚硬的发丝，他常常把手指插到头发里去刮。他在一间拥挤的小办公室里工作，墙上挂满了的海报，都是他过去的辉煌战绩。他友善地将高登收编麾下，给他演示其中门道，甚至愿意倾听他的意见。那段时间他们在做"四月雨露"的一套系列杂志广告，这是示巴女王卫浴用品公司（就是弗莱克斯曼的公司，真是巧）正要打入市场的神奇新款除臭剂。高登怀着暗暗的憎恶开始了这份工作，但这时却有了一个相当出人意料的发展。那就是，几乎从一开始，高登就显示出了极高的文案天赋。他可以轻易地构思广告，似乎他天生就是做这个的。那令人印象深刻挥之不去的生动短语，那漂亮整洁的短小段落，把万千的谎言都糅入百来个单词之中——这对他而言几乎是信手拈来。他素来就有语言天赋，但这是他第一次成功地运用它。克鲁先生认为他大有前途。高登看到了自己的发展，首先感到惊讶，然后觉得搞笑，最后却生出一种恐惧。那么，这就是他的结果！编写谎言把傻子们的钱从他们的口袋里骗出来！他，一个想当"作家"的人，获得的唯一成功就是给除臭剂写广告，这真是可怕的讽刺。然而，这并没有他想象得那么奇怪。他们说，大多数文案，都是梦想成为小说家而不得的人；或者相反？

示巴女王对他们的广告非常满意，厄斯金先生也很满意，高登的薪水每星期涨了十先令。就在这时高登害怕了。他到底是被俘虏了。他在下滑，下滑，滑进金钱的猪圈。再滑一点他就会一辈子陷在里面。这些事情发生得真是奇怪。你对成功背过脸去，你发誓绝不"混得好"——即使你想"混得好"，你也诚心实意地相信自己做不到；然后发生了某个意外，某个纯粹的运气，你就发现自己几乎不由自主地"混得好"了。他明白了，如果此时不逃脱，就永远逃脱不了了。他必须要摆脱出来——摆脱金钱世界，要在自己陷得太深之前，彻底斩断退路。

但这次他不会再因为挨饿而屈服了。他去找拉弗斯通，请求他的帮助。他告诉他，他想要某种工作，不是一个"好"工作，而是一个既能维持他的身体，又不会完全收买他的灵魂的工作。拉弗斯通完全理解了。不用跟他解释工作和"好"工作的区别，他也没有向高登指出他干的这事儿有多荒唐。这就是拉弗斯通最好的一点，他总能明白别人的想法。毫无疑问，这是有钱的魔力，因为有钱人才能聪明得起。而且，因为他自己富有，他才能为别人找工作。仅仅过了两周，他就告诉高登可能有个事情适合他。有位麦基奇尼先生，偶尔会和拉弗斯通打交道。他是个相当潦倒的二手书商，正在寻找一位助手。他不想要一位熟练的助理，那要付全部工资；他想要个看起来绅士，还能谈论书籍的人——某个能打动有书卷气的顾客的人。这简直就是"好"工作的反义词。时间长，工资可怜——两英镑一星期——而且没有晋升的机会。这工作是个死胡同。而当然了，死胡同似的工作正是高登所寻找的。他去见了麦基奇尼先生，一个昏昏欲睡的和蔼的苏格兰老头，长着一颗红鼻子和被鼻烟熏脏了的白胡子。他问也没问就雇用了高登。这时候，高登的诗集《鼠》也正要出版了。他把它寄给了七位出版商，第七位接受了它。高登不知道这是拉弗斯通干的。拉弗斯通和这位出版商有私交。他总是偷偷为不知名的诗人们安排这种事情。高登认为未来向他敞开了。他功成名就了——或者，照斯迈尔斯①的、叶兰的标准来说，是"功不成名不就"了。

他在办公室里提前一个月递了申请。这完全是一件痛苦的差事。当然，茱莉娅为他第二次放弃一份"好"工作而前所未有地沮丧。到这时候，高登已经认识了露丝玛丽。她并没有试图阻止他丢掉工作。横加干涉是违背她的准则的——"你得过你自己的生活"，就是她一贯的态度。但她丝毫也不理解他为什么这么做。很奇怪，最让他伤心的一件事是和厄斯金先生的面谈。厄斯金先生是个真正的好人。他不想让高登离开公司，也坦白地这么说了。带着一点笨拙的礼貌，他克制着没骂高登是个少不更事的傻瓜。但是，他却问了他为什么离开。不知怎么的，高登没法让自己避而不答，也无法说明——唯一能让厄斯金先生理解的一个理由就是他为了追求一份工资更高的工

---

① 指塞缪尔·斯迈尔斯，19世纪苏格兰作家，代表作为《自助者天助》，倡导人应该通过自身努力，自我完善，取得成功。

作。他面带惭愧地冲口说道,他觉得做生意不适合他,而他想从事写作。厄斯金先生的态度模棱两可,"写作,呃?嗯。这年头干那种事情更赚钱了吗?不多啊,呃?不,不会吧。嗯。"高登觉得自己很荒唐,看起来也一样,他喃喃地说:"有一本书马上就要出了。""一本诗集。"他补充道,好不容易才发出这个词。厄斯金先生偏头看着他,然后才说:

"诗,呃?嗯。诗?靠这种事情谋生吗,你想?"

"呃——不算谋生吧,确切地说。但可以帮衬帮衬。"

"嗯——好吧!你自己最清楚,我估计。任何时候你若是想找个工作了,就回我们这里。我敢说我们可以给你腾个地方。我们这儿容得下你这样的人。可别忘了哟。"

高登离开的时候,有一种讨厌的感觉,他觉得自己表现得既不可理喻,又不知感恩。但他必须要这么做;他必须要摆脱金钱世界。这很奇怪。整个英国的年轻人都在为没有工作而心急如焚,而他高登呢,明明说到"工作"这个字眼就犯恶心,不想要的工作却硬塞到了他身上。而且,厄斯金先生的话在他脑海里挥之不去。或许他说的是真心话。如果他真的选择回去的话,很可能真有一个工作在等着他。所以他这破釜沉舟还不彻底。新阿尔比恩在他身前身后都是一个恶咒。

但刚开始的时候,他在麦基奇尼先生的书店里是多么开心啊!有一会儿——非常短暂的一小会儿——他有一种真的脱离了金钱世界的幻觉。当然,跟所有其他的行业一样,图书行业也是欺骗，但这是一项多么不同的欺骗啊！这里没有喧攘，不用"混得好"，也没有豪车公子。图书行业凝滞的空气没有哪个野心家能忍受十分钟。至于工作，这非常简单。主要就是一天在店里待十个小时的问题。麦基奇尼先生不是一个老坏蛋。当然，他是个苏格兰人，但办事儿没那么苏格兰。不管怎么说，他都不算贪婪，他最显著的一个特点似乎是懒。他滴酒不沾，属于某个基督教新教派，但这对高登没有影响。高登在店里干了约一个月的时候，《鼠》出版了。有不少于十三家报纸都评论了它！而且《泰晤士报》"文增"版块说它展现了"卓越的前景"。直到几个月之后，他才意识到《鼠》是个多么无可救药的失败。

而直到这时，当他已经落到一星期两英镑的地步，也几乎断绝了自己赚更多钱的希望时，他才终于明白了他在奋战的这场战斗的真正本质。它的坏处在于，放弃的光辉从不长久。一星期两英镑的生活不再是一个英勇的姿态，而成了一个肮脏的习惯。失败是和成功一样的巨大骗局。他扔掉了他的"好"工作，并永远放弃了"好"工作。好，这是必须的。他不想回头。但要假装因为他的贫穷是他主动加在自己身上的，所以他就逃脱了贫穷附带的种种弊病，这是没用的。这并不是艰苦的问题。一星期两英镑不会真的吃什么苦，而且就算真的吃苦，也没关系。关键是缺钱在心智和灵魂上毁了你。心理上的呆滞，精神上的低俗——当你的收入降到某个特定的水平以下后,它们就会不可避免地找到你身上。信念、希望、金钱——只有圣人才能在没有第三项的情况下拥有前两项。

他越来越成熟了。二十七、二十八、二十九。到他这个年纪,未来就不再是玫瑰色的模糊憧憬,而变得实在而险恶了。他尚在人世的亲人们的境况越来越让他沮丧。他越是长大,就越觉得自己和他们血脉相连。这就是他将要走上的道路。再过几年,他就会变成那样,就和那一模一样。他甚至对茱莉娅也有这样的感觉。他见她的次数要多于见他的叔伯姑姑。尽管他下了各种各样的决心,决不再这么做了,但他还是隔三差五地向茱莉娅借钱。茱莉娅的头发白得很快,两边瘦瘦的红脸颊上都刻上了一道深深的皱纹。她已经把自己的生活固化成了例行公事,而这并不叫她不快乐。她在店里要工作,晚上在厄尔斯苑的开间里(三楼里间,一周九先令,没有家具)要做"缝纫",偶尔和同她自己一样寂寞的老处女朋友们聚会。这是典型的、身无分文的未婚女人会过的沉闷生活,她接受了它,根本没意识到她的命运可以有何不同。但对她来说,她为高登难过甚于为自己。家族日渐衰败,亲人接二连三逐个死去,什么也没留下,这在她心里是一种悲剧。钱啊钱!"好像我们谁都没赚得什么钱!"就是她挂在嘴边的哀叹。而在他们所有人中,高登是唯一一个有机会赚钱的,而高登选择不去赚。他毫不反抗地和其他人沉入了同样贫穷的深渊。第一次争吵结束后,她太讲究体面,不会再因他扔掉新阿尔比恩的工作而跟他

"翻脸"了。但他的动机对她来说是非常没有意义的。以她无言的女性的方式,她明白对钱的犯罪就是罪大恶极。

至于安吉拉姑姑和沃尔特叔叔——噢天哪!这是怎样的一对啊!他每次看他们一眼就觉得老了十岁。

例如沃尔特叔叔。沃尔特叔叔非常让人沮丧。他67岁,靠着他的各类"机构",守着他仅剩的一点遗产坐吃山空,他的收入可能每周接近三英镑。他在柯西特街边上有一个小小的房子当办公室,而他自己住在荷兰公园一家非常便宜的旅馆里。这是大有先例的,所有康斯托克家的男人都自然而然地漂泊在旅馆里。当你看着可怜的老大叔,还有他那颤巍巍的大肚子,他那透着支气管炎的嗓音,他那宽大、苍白、胆怯却傲慢的脸庞,像极了萨金特①作的亨利·詹姆斯的画像,那寸草不生的脑袋,那眼袋沉沉的双眼,那永远低垂的胡子——他尝试将它推成往上弯的样子,却徒劳无功。当你看着他的时候,你完全无法相信他什么时候年轻过。难道你能想象一个这样的家伙血管里曾有过生命的激荡?他爬过树吗,从跳台上扎过猛子吗,坠入过爱河吗?他的脑筋有运转的时候吗?就算回到1890年代早期,算起来他还年轻的时候,他可曾对生活发起过何种冲锋?或许有几次偷偷的心不在焉的寻欢作乐吧。在沉闷的酒吧

---

① 指美国画家约翰·辛格·萨金特(John Singer Sargent),他是"当时的领军肖像画家",曾为美国作家亨利·詹姆斯作肖像。

里喝过几杯威士忌,去过一两回帝国大道①,在快旅玩过几个妓女,就是那种你可以想象得到的,博物馆关门后,埃及木乃伊之间发生的肮脏而无趣的淫乱之夜。而那以后,就是在该死的寄宿公寓里度过漫漫的平静岁月,饱尝生意失败、寂寞和凝滞的滋味。

然而人到老年的叔叔大概并非不快乐。他有一个爱好吸引着他永不衰退的热情,那就是他的病。按他自己的说法,他得过医学字典里所有的疾病,而且永远不知疲倦地谈论着它们。实际上,在高登看来,似乎他叔叔所在的旅馆里——他偶尔去那里——每一个人除了他们的病以外什么也不谈。垂垂老矣、面无血色的人们遍布整个黑漆漆的客厅,两两坐在一起,讨论着病症。他们的谈话就像钟乳石和石笋间的滴滴答答。滴答,滴答。"你的腰痛怎么样啦?"钟乳石对石笋说。"我看我的克鲁申盐让我好点了。"石笋对钟乳石说。滴答,滴答,滴答。

还有安吉拉姑姑,六十九岁了。高登甚至常常不由自主地努力不让自己想起安吉拉姑姑。

可怜、亲切、好心、善良又令人沮丧的安吉拉姑姑啊!

贫穷、委顿、面黄如纸、皮包骨头的安吉拉姑姑啊!在她

---

① 帝国大道:伦敦的帝国剧院曾经的一大特色,妓女们会定期在一片露天区域游行,在1894年被取缔。

那位于海格特的可怜的半独栋小房子里,房子的名字叫荆棘坡(Briarbrae)。在她那位于北方群山之间的宫殿里,住着她,这位安吉拉,永远的童贞女,既没有和男人同居过,也没有哪个活着的或入了土的男人能真正地说自己曾在阴影的掩护下为她的双唇印上过情人亲密的爱抚。她孤零零一个人住在一边,一天到晚东转西转,手中拿着用倔强的火鸡的尾羽制成的鸡毛掸子,用这个擦拭叶片灰黑的叶兰,拂拭华丽的从来不用的英国皇冠德贝瓷茶具。她还时不时地啜饮两口黑色的红茶,以抚慰她那娇弱的心脏,既有"花橙"也有"白毫",是科罗曼德①那帮小胡子崽子跨越红酒般深黑的大海运来给她的。可怜、亲切、好心、善良,但总的来说并不可爱的安吉拉姑姑啊!她每年的养老金有98英镑(每周38先令,但她还保持着中产阶级的习惯,觉得自己的收入要按年而非每周多少来计算),而这里面,每周有十二先令六便士花在了房费上。如果不是茱莉娅把自己的蛋糕、面包、黄油从店里偷运出来,她很可能会时不时挨饿。当然,茱莉娅总是以"只是一点小东西,扔了可惜"的理由把它们拿出来,并庄重地假装安吉拉姑姑其实并不需要它们。

  但可怜的老姑姑,她也有自己的乐趣。公共图书馆距离荆棘坡只有十分钟的步程,因而她晚年成了一名小说的热衷

---

① 科罗曼德:新西兰的一个地区,曾以淘金和伐木业吸引了大量英国殖民者。

读者。结果，由于1902年才开始读小说，安吉拉姑姑总是比当下小说界的风潮要晚上好几十年。但她仍在后面苦苦追赶，虽然力量微弱却持之以恒。到了1900年代，她还在读萝达·布罗顿（Rhoda Broughton）和亨利·伍德夫人（Mrs Henry Wood）。在战争年月里，她发现了霍尔·凯恩（Hall Caine）和汉弗莱·沃德夫人（Mrs Humphry Ward）。20年代她在读赛拉斯·霍金（Silas Hocking）和H. 西顿·梅里曼（H. Seton Merriman），而到30年代时她就快要——但还不算——赶上读W.B.麦克斯韦（W.B. Maxwell）和威廉·J.洛克（William J. Locke）了。她永远也没法再进一步了。至于战后的小说家，她只远远地听说过他们，知道他们道德沦丧，他们亵渎神明，还有他们那伤风败俗的"聪明"。但她有生之年是绝对读不到他们的作品了。沃波尔（Walpole）我们知道，希钦斯（Hichens）我们也读，但海明威，你是谁啊？

好吧，这就是1934年的光景，这就是康斯托克家族仅剩的人物。沃尔特叔叔，和他那些"机构"、那些疾病。安吉拉姑姑，在荆棘坡里拂拭着英国皇冠德贝瓷茶具。夏洛特姑姑，仍然在精神病院里靠着吃素苟延性命。茉莉娅，每周工作72小时，晚上就着开间里小小的煤气灯的火光做"缝纫"。高登，年近三十，一边干着一份愚蠢的工作，赚着一星期两英镑的薪水，一边挣扎于一本将永远再无任何进展的无聊的书，而这就是他唯一说得出口的人生目标。

可能康斯托克家还有些其他的远亲，因为康斯托克爷爷来自于一个有十二个孩子的家庭。但如果有谁还活着的话，那就是他们发达了，和穷亲戚断了来往，因为钱浓于血。至于高登这一脉，他们五个人的收入加起来，除去夏洛特姑姑进精神病院时一次付清的那一大笔后，可能一年有六百英镑。他们的年纪加起来有263岁。他们没有一个人走出过英国，也没打过仗、坐过牢、骑过马、坐过飞机、结过婚、生过孩子。看起来他们没有任何理由不会这样继续下去一直到死。一年，又一年，康斯托克家族里什么都没发生。

屋漏偏逢连夜雨

狂风骤起摧肝胆,新秃白杨迎风折。

不过,实际上那天下午一丝风也没有,几乎和煦如春。高登对自己吟诵他昨天开头的那首诗,抑扬顿挫,语声轻柔,单单只为了这声韵中的乐趣。此时此刻他对这首诗很满意。这是一首好诗——反正完成以后会是一首好诗。他忘了昨天晚上它简直叫他恶心。

密密匝匝的悬铃木一动不动,掩映在缭绕的薄雾之中。电车从远远的下方小巷里隆隆驶过。高登沿着马尔金山(Malkin Hill)往上走,穿过没脚深的干枯的落叶,擦出窸窣的声响。落叶铺满了整个人行道,皱巴巴的,金灿灿的,犹如某种沙沙作响的美国早餐麦片,仿佛巨人国的女王把她的一整包特鲁威早餐脆麦片顺着山坡倒了下来似的。

　　真舒服啊，这无风的冬日！一整年里最好的时光——至少高登此刻是这么想的。高登挺高兴。一整天没抽烟，全部家当只有一便士半和一个三便士的钢镚，能有这么高兴就很不错了。今天是星期四，可以早关门，高登下午休息。他要去保罗·多林家，保罗·多林是个评论家，住在柯勒律治园，在家举办文学茶话会。

　　他花了一个多小时来做准备。当你的收入为一星期两英镑的时候，社交生活就会非常麻烦。他吃完午饭马上用冷水痛苦不堪地刮了下胡子。他穿上了自己最好的一套衣服，这套衣服已经穿了三年了，但如果他能记着把裤子在床垫下面压一压，就还看得过去。他把自己的衣领翻了出来，并系上领带，这样就看不出破的地方了。他用一根火柴棍在罐子里刮了半天油，然后用油擦亮自己的鞋子。他甚至向洛伦海姆借了一根针，缝了袜子——这是一项恐怖的工作，但总好过把露出脚踝的地方涂黑。他还弄了一个空的"金箔"香烟盒，把从自动售货机上买来的唯一一根香烟放了进去。这只是为了看起来像那么回事。你当然不能不带烟就走到别人家去。但哪怕只有一根也是可以的，因为只要人们看到烟盒里有一根烟，就会认为有一满盒，很容易就能假装是意外而蒙混过去。

　　"来根烟吗？"你随意地对某人说道。

　　"哦，谢谢。"

你打开烟盒，然后流露出惊讶的神情。"该死！我只剩最后一根了。我还以为我铁定有一满盒呢。"

"哦，我可不想夺走你的最后一根烟。来根我的吧。"对方说。

"哦，谢谢。"

而此后，当然会有主人家给你塞烟。但为了尊严的缘故，你必须有一根烟。

狂风骤起摧肝胆。他不久就会完成这首诗。他想任何时候完成都可以。奇怪，仅仅是要去参加一个文学茶话会就让他如此兴奋。当你的收入为一星期两英镑的时候，至少你不会对过多的人际交往感到疲倦。就连看看别人家的室内装修也是一种享受。屁股下面有一张垫着垫子的扶手椅，还有茶啊烟啊女人的气息啊——当你对这些东西感到饥渴的时候，你就学会了欣赏它们。不过，实际上，多林的茶话会从来就没有一点像高登期盼的那样。他事先想象的那些美妙、风趣、博学的谈话从没发生过，也没一点要发生的意思。实际上，就从来没有过任何可以称得上谈话的东西；只有愚蠢的唠唠叨叨，哪里的聚会都是这样，在汉普斯特德（Hampstead）如此，在香港也一样。从没有哪个真正值得一见的人来过多林的聚会。多林自己就是头不济事的狮子，以至于他的跟随者们几乎连走狗都称不上。他们中有好一半都是那些母鸡脑子的中年女人，刚刚逃出基督教的五好家庭，正努力接受文学熏陶。明星见面会就是一群光鲜的毛头小子来待上半个小时,围在自己的小圈子里,窃笑着谈论另一些他们以绰号代称的光鲜的毛头小子。大部分时候,高登都游走在谈话的边缘。多林善良但有些马虎,对每个人都介绍他是"高登·康斯托克——你知道的,那个诗人。他写了那本超牛的精彩诗集,叫作《鼠》。你知道的。"但高登还从没遇见过一个真的知道的。那些光鲜的毛头小子只看他一眼就算完事,并不理他。他三十多岁,老气横秋,显然还身无分文。然而,尽管失望总是无可避免,他仍是多么渴盼这些文学茶话会啊!不管怎么说,这能让他暂时摆脱寂寞。这就是贫穷的坏处,这反复出现的东西——寂寞。日复一日,从没有个聪明人能说说话;夜复一夜,回到自己该死的房间里,总是孤身一人。如果你家财万贯、受人追捧,这或许听起来挺有趣;但你若是不得已而为之,那又是多么不同啊!

狂风骤起摧肝胆。车流轻而易举地呼呼爬上山去。高登嫉妒地盯着它们。到底谁会想要辆车呢?上流社会的女人们洋娃娃一般粉嫩的脸庞透过车窗注视着他。该死的傻不啦叽的膝头小狗,系着链子打瞌睡的骄纵婊子。孤独的狼也比谄媚的狗强。他想到清晨的地铁站,黑压压的小职员们一群群地冲向地下,就像蚂蚁涌向巢穴一样。一拨拨小小的蚂蚁一样的男人,个个都右手公文包左手报纸。对失业的恐惧如同蛆虫一样占据他们的心。它是如何地啃噬着他们啊,这隐秘的恐惧!尤其是在冬日,当狂风的威胁回响在他们耳畔的时候。冬天,失业,济贫院,大堤上的长椅!啊!

狂风骤起摧肝胆,
新秃白杨迎风折。
浓烟低垂如黑缎,
海报拍动声瑟瑟。

电车轰隆马蹄疾,
阵阵寒音催人行。
职员向站忙奔袭,
栗栗远望东天顶。

各人心中同思量:

思量什么呢?冬天来了。我的工作保得住吗?失业了就意味着要去济贫院。
割除汝之包皮①,上帝说。舔老板靴子上的黑鞋油。是的!

"握紧饭碗迎隆冬!"
冰锋刺骨凄凄惶,
心头思量惹愁容。

---

① 割礼:宗教仪式,男性割礼即切除全部或部分阴茎包皮。

又是"思量"。不要紧。他们思量什么呢？钱啊，钱！房租、费用、税，孩子的学费、季票、靴子。还有养老保险政策和女仆的工资。还有，我的上帝啊，要是妻子又怀孕了呢！还有昨天老板讲笑话的时候我笑得够大声吗？还有吸尘器分期付款下次的还款。

他为自己的工整感到满意，带着一种将一片片拼图放到位的感觉，工整地制出了另一个诗节：

房租水电加保险，
气煤靴子用人饷。
学费账单分期钱，
德拉格床要一双。

不赖啊，一点不赖。一会儿就把它完成，再写四五个诗节，拉弗斯通会刊登的。

一只八哥坐在悬铃木裸露的粗枝上，自怜地低声啼鸣。在温暖的冬日，八哥们以为嗅到了春天的气息，就会这样低鸣。一只硕大的沙猫在树根下一动不动地坐着，张着嘴，瞪着上面，流露出全神贯注的渴望，显然是在盼着那只八哥会掉到它嘴里来。高登吟诵着他已经完成的四个诗节。这挺不错。为什么他昨晚会认为它机械、单薄、空洞呢？他是个诗人。他挺得更直了，甚至有些趾高气扬的，带着一个诗人的骄傲。高登·康斯托克，《鼠》的作者。"拥有卓越的前景"，《泰晤士报》"文增"如是说。也是《伦敦拾趣》的作者，因为这个很快就会完成。他现在知道了，只要他愿意，他就能完成这首诗。他怎么竟会对它感到绝望呢？可能要花三个月，到夏天出版就够快的了。他的脑海中已经出现了《伦敦拾趣》"纤细"的白色硬装外形了，那上好的纸张，那宽大的页边空白，那好看的卡斯龙（Caslon）字体，那精美的防尘书皮，还有那所有顶尖报纸上写的评论。"一项杰出的成就。"——《泰晤士报》"文增"，"一次大快人心的教条学院派的解放。"——《审读》①。

　　柯勒律治园是一条潮湿阴暗而隐蔽的街道，是条死胡同，因此车流稀少。附庸风雅的文人骚客常常咸集于此，传言说柯勒律治曾在1821年的夏天在那里住过六个星期。看着那些朽坏的古董房子，远离公路藏在阴湿的花园里，掩映在浓密的树荫下，你会不由自主地感到一种过时的"文化"包围着你。毫无疑问，有些房子里，布朗宁知音会②仍在蓬勃发展，爱好文艺的女士们坐在知名诗人的脚边，谈论着斯温伯恩和沃尔特·佩特。春天，花园里散落着或黄或紫的番红花，之后还有风信子，从贫瘠的青草丛中冒出来，犹如小小的风铃。甚至连

---

① 英国1932—1953年间的一本文学期刊。
② 布朗宁知音会：指罗伯特·布朗宁（英国诗人、剧作家）的爱好者自发组成的一个会社，定期集会讨论布朗宁的作品。

那些树木，在高登看来，也特意配合它们的环境，把自己扭成了拉克姆风格的怪异姿态。一个像保罗·多林这样如日中天的评论家竟然会住在这种地方，真是怪事。因为多林是个糟糕得令人震惊的评论家。他为《星期日邮报》撰写小说评论，每隔两星期就能发现一本堪比沃波尔的伟大小说。你能指望他会住在海德公园角（Hyde Park Corner）的一家公寓里吗？或许这是他加在自己身上的一种苦修，好像住在高雅而不舒适的柯勒律治园，他就能安抚受伤的文学之神似的。

　　高登走过转角，同时在脑海里把《伦敦拾趣》也转了一行。然后他突然中途停了下来。多林家的大门看起来有点不对劲。哪里不对呢？啊，当然！外面没有停车。

　　他顿了顿，接着走了一两步，然后又停了，就像一条嗅到了危险的狗。这大大地有问题。应该有些车的。总是有很多很多人来参加多林的聚会，且其中一半都会开车来。怎么别人都还没来呢？是他太早了吗？但是不对啊！他们说了三点半，而现在至少三点四十了。

　　他匆匆走向大门。实际上他已经确定聚会确实推迟了。一阵寒意，犹如一片乌云的阴影般，投到他身上。假设多林一家不在家呢！假设聚会推迟了呢！这个念头尽管让他绝望，他却感到大有可能。这是他特别的心病，他特有的孩子气的恐惧，挥之不去，那就是被请到别人家去做客，然后却发现他们不在家。即使毫无疑问受了邀请，他也总是预备着会出现这样那样的盆子。他从来不敢肯定自己受人欢迎。他想当然地认为，人们会冷落他，忘却他。到底为什么不呢？他没有钱。若你没有钱，你的人生就是漫长的一系列冷落。

他推开了铁门，它寂寞地嘎吱一响。潮湿的路上长满了苔藓，边缘铺着一些拉克姆风格的粉色石块。高登仔细地检视着房子前门。他太习惯这种事情了。他已经练就了一种夏洛克·福尔摩斯的侦探技巧来判断房子里是否有人。啊！这下没有多少疑问了。房子看起来挺冷清。烟囱里没有烟冒出来，窗户上也没有亮灯。室内一定比较黑了——他们肯定要点灯吧？而且楼梯上一个脚印也没有，这就下了定论。然而，他还是怀着一种迫切的希望拽了拽门铃。当然是个老式的拉线门铃。在柯勒律治园，装电门铃会被看成是低俗、没文化。

"当，当，当！"铃声大作。

高登最后的希望也破灭了。门铃在空荡荡的屋子里回响，这空洞的叮当声错不了！他再一次抓住把手，狠狠拉了一下，差点把线给扯断了。回应他的是一阵可怕的、刺耳的铃声。但这没用，完全没用，里面一点脚步的响动也没有，连仆人们都出去了。就在这时，他发现一顶花边帽子、几丝黑头发和一双年轻的眼睛，正从隔壁房子的地下室里偷偷看着他。是个女仆，来看看为什么这么吵。她捕捉到了他的目光，于是转而看向不远处。他知道自己看起来很傻。在一座空房子前面拉门铃总是看起来很傻。然后他突然觉得那个女孩对他了如指掌——

了解聚会推迟了，也了解除了高登以外人人都接到了此事的通知，了解这是因为他没钱，不值得别人费事通知他。她知道。仆人们总是知道。

他转身向大门走去。在那个仆人的注视下，他只能不以为意地慢慢走开，好像这只是让他稍稍有点失望，这根本微不足道。但他的怒火让他瑟瑟发抖，因而难以控制自己的动作。那些贱人！那些该死的贱人！竟然这么耍他！邀请他来，然后改了日子，却连跟他说一声都懒得说！可能还有其他的解释，他只是拒绝去想。那些贱人！那些该死的贱人！他的目光落在一个拉克姆风格的石块上。他多么想把这东西捡起来，砸到那窗户里面去！他用力地抓住门上锈迹斑斑的铁条，把自己的手都捏痛了，还差点拉坏了铁条。生理的疼痛对他有好处，这能中和一下他心理的痛苦。这不仅是他被骗走了一个有人做伴的晚上，尽管这已经很过分。要紧的是那种无助的感觉，无足轻重的感觉，被冷落、被漠视的感觉——他是个不值得挂怀的家伙。他们改了日子，连说都懒得跟他说。告诉了所有人，就不告诉他。你没钱的时候，别人就是这样对待你！就是肆意地、冷血地侮辱你。实际上，多林很有可能是真的忘记了，并没有恶意，甚至有可能他自己也搞错了日子。但是不！他不肯去想这些。多林一家是故意这么做的。他们当然是故意这么做的！就是懒得告诉他，因为他没有钱，所以就不重要。那些贱人！

他迅速地走开了。他的胸中有一种尖锐的痛苦。人的接触，人的声音！但祈愿又有什么好处呢？他不得不一个人度过这个晚上，就和平时一样。他的朋友那么少，住得那么远。露丝玛丽应该还在上班，而且她住在非常偏远的地方，在西肯辛顿（West Kensington）的一家母恐龙守卫的女子招待所。拉弗斯通住得近些，在摄政公园区（Regent's Park District）。但拉弗斯通是个富人，有很多应酬，他在家的可能性总是很小。高登甚至不能给他打个电话，因为打电话要两便士，他没有，他只有一便士半和一个三便士的钢镚。而且，既然没钱，他又怎么能去见拉弗斯通呢？拉弗斯通肯定会说"我们去酒吧吧"之类的！他不能让拉弗斯通请他喝酒。他和拉弗斯通的友谊只能建立在他为自己买单的共识之上。

他拿出他唯一的一根烟，点燃了。快步行走时，抽烟并不能给他带来任何乐趣，这只是个不管不顾的姿态。他没太注意自己在往哪儿走，他只是想累坏自己，一直走一直走，直到愚蠢的身体上的疲惫淹没多林一家的冷落。他大致在往南移动——穿过卡姆登镇（Camden Town）的垃圾堆，沿着图腾汉厅路（Tottenham Court Road）往下走，这时天已经黑了好一会儿了。他穿过牛津街（Oxford Street），通过科芬园（Covent Garden），到了斯特兰德大街（Strand），然后从滑铁卢桥（Waterloo Bridge）过河。夜色渐浓，寒气袭人。他走着走着，怒气渐渐消退了，但他的情绪无法从根本上好转。有一个想法不断侵扰着他——一个他想远远避开，却避之不及的想法。那就是关于他的诗的想法。他那空洞、傻气、无用的诗！他怎么竟会对它们抱有信心呢？想想，就在那么短的时间之前，他还真的想象过连《伦敦拾趣》都能有一天大获成功！现在，想到他的诗就叫他恶心，就像回忆起昨晚的颓废一样。他骨子里清楚，他一无是处，他的诗也一无是处。《伦敦拾趣》永远也完成不了。就算他活到一千岁，他也绝对写不出一行值得一读的诗句。带着自我厌恶的情绪，他一遍又一遍地重复着他一直在创作的那四个诗节。天哪，都是些什么废话啊！韵脚押着韵脚——叮当，叮当，叮当！就跟一个空荡荡的饼干罐一样空洞。他一辈子就浪费在这种垃圾上面了。

他已经走了很长一段路了，可能有五到七英里了。他的双脚站在人行道上，发热发肿。他在朗伯斯区（Lambeth）的什么地方，是一个贫民区，狭窄泥泞的街道在五十码外就没入了黑暗之中。周围雾气缭绕，零落的几盏路灯如同孤星一般悬着，除了它们自己什么也没照亮。他饿得厉害。咖啡店水汽蒙蒙的窗户和那粉笔写就的标语——"一杯好茶，2便士。禁用茶缸。"——都在引诱他。但这没用，他不能花他那个三便士的钢镚。他从几个泛着回音的铁路拱桥下走过，沿着小巷走上亨格福德桥（Hungerford bridge）。肮脏的水面上，在高楼广告牌的辉光照耀下，东伦敦的垃圾、木塞、柠檬、木桶板子、一条死狗、几片面包，正哗哗冲向内陆。高登沿着大堤（Embankment）走向西敏寺（Westminster）。大风刮得悬铃木沙沙作响。狂风骤起摧肝胆。他抽搐一下,又是这句废话!即使是现在,即使都十二月了,还有几个可怜又邋遢的糟老头子待在长凳上,把自己裹在报纸做的某种套子里。高登麻木地看着他们,他们管这叫流浪。他自己有一天也会沦落至此的。或许这样还好些?他从不觉得真正的穷人有什么可怜。那些穿得光鲜的穷人,那些中层中产阶级,才需要可怜。

他走到特拉法加广场(Trafalgar Square)。还有几小时的时间要打发。国家美术馆?当然早就关门了。肯定的,都七点一刻了。还有四五个小时他才能睡觉。他绕着广场走了七遍,走得很慢。四次顺时针方向,三次逆时针方向。他双脚酸痛,大多数长椅也都空着,但他不肯坐下。他只要停下来一瞬,对烟草的渴望就会来折磨他。查林十字街(Charing Cross Road)上的茶馆都人声鼎沸,犹如汽笛。有一次,一家莱昂斯茶馆的玻璃门开了,喷出一阵热烘烘的蛋糕香气,这差点就打败他了。毕竟,为什么不进去呢?你可以在那里坐上近一个钟头。一杯茶两便士,两个小面包,每个一便士。算上那个三便士的钢镚,他有四便士半。但是不!那个该死的钢镚!收银台的姑娘会笑话的。在丰富的想象中,他看见收银台的姑娘一边拿着他的三便士钢镚,一边侧头对蛋糕柜台后的姑娘咧嘴一笑。她们知道这是你最后的三便士。没用。继续走。别停下。

在霓虹灯惨淡的光芒下,人行道上熙熙攘攘。高登在人流中穿梭着，一个矮小寒酸的身影，脸色苍白，头发杂乱。人群从他身边滑过，他躲着别人，别人躲着他。夜晚的伦敦有一种恐怖。这份寒冷，这份陌生，这份疏远。七百万人，来来往往，互不接触，对彼此的存在几乎毫无感知，就像水族箱里的鱼一样。街头挤满了漂亮姑娘。她们大批大批地流过他身边，要么脸转向一边要么对他视而不见，冷漠的美丽生灵，害怕男性的目光。她们中很多似乎都是独自一人，或是和另一个姑娘一块儿，真是奇怪。他注意到，独自一人的女人远远超过和男人在一起的女人。这也是因为钱。与其跟着一个没钱的男人，这世上有多少女孩宁愿干脆不要男人！

酒吧开门了，里面流露出啤酒酸涩的气息。人们如同涓涓细流，或单或双地流入电影院。高登在一个堂皇气派的电影院外停了下来，在看门人疲惫的注视下，细细研究着那些照片。《面纱》里的葛丽泰·嘉宝。他渴望进去，不是为了嘉宝，而仅仅是为了天鹅绒座位的那份温暖和柔软。当然，他讨厌电影，就算出得起钱的时候也很少去看。为什么要鼓励这注定将取代文学的艺术？但是，它有一种迟钝的吸引力。在温暖的飘着烟气香味的黑暗中，坐在柔软的座位上，让屏幕上明明灭灭的胡说八道慢慢淹没你——感觉着它的阵阵愚蠢包围你，直到你似乎在一片黏滞的海洋里沉沦、中毒——毕竟，这正是我们需要的灵丹妙药。适合孤家寡人的药。当他走向皇宫剧院时，一个在门廊下寻觅客人的妓女注意到了他，她走上前来，挡住了他的去路。一个矮小壮实的意大利姑娘，很年轻，长着大大的黑眼睛。她看起来挺可爱，而且挺开心，这可是妓女们少有的品质。有一瞬间他停下了自己的步伐，甚至允许自己与她的眼睛对视。她抬头看着他，已经摆出架势要让厚厚的嘴唇露出一个微笑。为什么不停下来和她说话呢？她看起来像是能理解他似的。但是不！没有钱。他看向别处，闪到一旁，冷酷而迅速，这是一个男人因贫穷而造就的高尚。如果他停下来，然后却让她发现他没有钱，她该多气愤啊！他继续往前走。就算说说话也是要钱的。

在图腾汉厅路和卡姆登路上走是折磨人的苦力活。他走得慢了，微微拖着步子。他已经在人行道上走了十英里了。更多姑娘流过身边，对他视而不见。独自一人的姑娘，和年轻人一块儿的姑娘，和其他姑娘一起的姑娘，独自一人的姑娘。她们残忍而年轻的眼睛越过他、穿透他，仿佛他不存在似的。他太累了，都没力气埋怨这个。他的双肩屈服于疲惫，他佝身塌肩，不再努力保持他那挺立的姿势和那"去你的"的架子。"昔日寻我者，今日避我行。"①你怎能责怪她们呢？他三十岁了，老气横秋，毫无魅力。为什么该有哪个女孩愿意再看他一眼呢？

---

① 诗人托马斯·怀亚特（1503-1542）著名诗作《他们躲着我》中的第一句："They flee from me that sometime did me seek/With naked foot, stalking in my chamber."指曾经趋炎附势巴结自己的人，现在却一见自己就逃得飞快，说明世态炎凉。

他寻思着，一旦自己想吃东西了，就必须回家去——因为维斯比奇大妈拒绝在九点钟以后供应饭食。但想到他那寒冷的、没个女人的卧室，就让他恶心。爬楼梯，点煤气，瘫坐在桌子旁边，还有几个钟头要打发，却无事可做，无书可读，无烟可抽——不，不能忍受。卡姆登镇上的酒吧满满当当，人声喧哗，尽管这才周四。三个女人，胳膊红红的，和她们手里的啤酒杯一样矮胖胖的，正站在一家酒吧门外说着话。酒吧里传出粗砾的嗓音、香烟的烟雾、啤酒的香气。高登想到了克莱顿酒吧，弗莱克斯曼可能在那儿。为什么不冒冒险？半杯苦啤酒，三便士半。算上那个三便士的钢镚，他有四便士半。毕竟，三便士的钢镚也是合法的货币嘛。

他已经口渴难耐了。让自己想到啤酒是个错误。当他走向克莱顿酒吧时，他听见有唱歌的声音。那家堂皇气派的酒吧似乎比平时更加灯火辉煌些。里面在举行一场什么音乐会。二十个成熟的男性嗓音齐声高唱：

"因——为里是个家里走的家伙，因为里是个家里走的家伙，因——为里是个家里走的——家——伙。还叽里呱里我们！"①

至少，听起来就是这样。高登走近了些，强烈的口渴刺痛了他。这些嗓音是如此迟钝，透着无边的酒气。听见这声音眼

---

① 模糊不清、没意义的醉话。

前就自动浮现出一张张发达的水管工人的大红脸膛。毫无疑问一定是他们在唱歌。他们在办酒宴，纪念他们的主席、秘书、大素食者（Grand Herbivore），或者管他叫什么吧。高登在雅座酒吧外犹豫着。或许去大堂酒吧好些。大堂里是酒桶里打的散装啤酒，雅座里是瓶装啤酒。他绕到酒吧的另一边，呛着啤酒味儿的声音跟着他：

"哟叽里呱里啊！还叽里呱里啊！因——为里是个家里走的家伙，因为里是个家里走的家伙——"

有一瞬间他晕得厉害。但这是疲惫、饥饿还有口渴交织的结果。他可以想象那些水牛唱歌的房间有多舒适，熊熊的炉火，又大又亮的桌子，墙上挂着猛牛的照片。还能想象，当歌声停顿时，二十张大红脸膛埋到啤酒罐里的样子。他把手放进口袋里确认那个三便士的小不点还在那里。毕竟，为什么不去？在酒吧大堂里，谁会评头论足？把这个三便士的钢镚拍到吧台上，开玩笑似的递过去。"本来想把那个攒着买圣诞布丁的呢——哈哈！"哄堂大笑。他的舌头似乎已经感到了散装啤酒那金属般的味道。

他用指尖摩挲着那个小小的硬币，犹豫不决。水牛们又高唱起来：

"哟叽里呱里啊！还叽里呱里啊！因——为里是个家里走的家伙，因为里是个家里走的家伙——"

高登走回雅座酒吧。窗户上凝着霜花，并因内部的热气而雾蒙蒙的。然而，你可以透过一些裂缝看到里面。他向里窥视。是的，弗莱克斯曼在那儿。

雅座酒吧挺拥挤。从外面看和所有的房间一样，显得说不出的舒适。壁炉里的火焰腾腾起舞，映照在黄铜痰盂上。高登觉得自己简直能透过玻璃闻到啤酒的气味。弗莱克斯曼正撑在吧台上，旁边有两个长着鱼脸的伙伴，看起来像是比较高档的保险推销员。他一只手肘顶着吧台，一只脚踏着栏杆，另一只手上拿着一个盛着啤酒的玻璃杯，正和那个可人的金发女招待打情骂俏。她站在吧台后面的一张椅子上，一面排列瓶装啤酒，一面回头俏皮地搭着话。你听不见他们在说什么，但你猜得出。弗莱克斯曼冒出几句叫人难忘的俏皮话。两个鱼脸男人发出猥琐的哈哈大笑。而那个金发美人，对他低头傻笑，半惊半喜，扭了扭她那漂亮的小屁股。

高登的心难受不已。到里面去，只要能到里面去！待在温暖和灯光之中，有啤酒有香烟，有人说说话，有姑娘调调情！说到底，为什么不去呢？你可以跟弗莱克斯曼借一先令，弗莱克斯曼会大大方方借给你的。他想象着弗莱克斯曼随意的应许——"喂，喂，哥们儿！过得咋样？啥？一先令？当然！拿俩吧。拿着，哥们儿！"——于是那个弗洛林币就沿着洒满啤酒的吧台弹了过来。弗莱克斯曼是个不错的人，以他的方式。

高登把手放在了回转门上。他甚至把它推开了几英寸。香烟和啤酒温暖的雾气从裂缝里溢了出来，一种熟悉的、让人神清气爽的气味。然而当他闻到的时候,他的热情消退了。不!不可能进去。他转身走开了。他不能口袋里只装着四便士半就挤到那个雅座酒吧里去。永远不要让别人请你喝酒!没钱人的第一戒律。他离开了,沿着黑暗的人行道走下去了。

"因为里是个家里走的家——伙——还叽里呱里我们!"

"哟叽里呱里啊!"

歌声带着一波波啤酒的微弱气息,在他身后翻腾着,随着距离拉远而渐渐低了下去。高登从口袋里拿出那个三便士的小东西,把它抛进了黑暗之中。

他要走回家去,如果你能管这叫"走"的话。他充其量是在朝那个方向移动。他不想回家,但他不得不坐下来。他腿也疼坏了,脚也磨破了,而那个鄙陋的卧室就是全伦敦唯一一个他花钱买下了坐的权利的地方。他静悄悄地溜进去,不过,照旧还是没能静到让维斯比奇太太听不见他的程度。她伸着脑袋绕过自己房门的角落,多事地瞥了他一眼。应该是九点刚过一点。如果让她给他弄顿饭的话,她可能会弄。但她会怨气冲冲,并把这算做一个人情,而他宁愿饿着肚子上床也不要面对这个。

他开始上楼。他正走到第一段楼梯中间,突然从身后传来两声敲门声,把他吓了一跳。邮差!也许露丝玛丽来信了!

信件口的活板被从外面顶了起来,然后,像苍鹭反刍比目鱼似的,一使劲,把一大堆信件吐到了垫子上。高登的心扑通一跳,有六七封信,这么多信里面肯定有一封是给他的!维斯比奇太太，像平常一样，一听见邮差的敲门声，就冲出了她的巢穴。事实上，两年来高登一次都没有成功地赶在维斯比奇太太染指之前拿到过一封信。她嫉妒地把信捧到自己胸前，然后，把它们一个个举起来，浏览上面的地址。从她的神色看，你会觉得她是在怀疑每封信里都装着法院的文书、见不得人的情书或者堕胎药的广告。

"你有一封，康斯托克先生。"她酸溜溜地说着，把信递给他。

他的心脏一抽，暂停了跳动。一个长条的信封，那就不是露丝玛丽写的。啊！地址是他自己的笔迹，那就是来自一家报纸的编辑。他目前有两首诗"在外"，一首给《加利福尼亚评论》的，另一首给《报春花季报》的。但这不是美国的邮戳。而《报春花》至少已经把他的诗拿了六周了！上帝啊，还以为他们接受了呢！

他已经忘了露丝玛丽的存在了。他道一声"谢谢"，把那封信塞进自己的口袋里，外表镇静地上楼去了，但他刚一脱离维斯比奇太太的视线，就立马一步三级地往上蹦。他必须独自拆那封信。他连房门都还没走到，就开始摸索火柴盒，但他的手指抖得太厉害，以至于点煤气的时候打落了壁炉架。他坐下来，从口袋里拿出信，然后胆怯了。好一会儿，他无法鼓起勇气拆开它。他把它举到光下，感觉一下，想看看它有多厚。他的诗有两页纸。然后，他一边大骂自己傻瓜，一边撕开了信封。他自己的诗跌了出来，随之出现的是一张平整的——噢，多么平整！——印着字的仿羊皮纸条：

编辑倍感遗憾，无法刊用所附投稿。

纸条上装饰着一片凄凉的月桂树叶①的图案。

高登怀着无言的愤恨看着这东西。或许这世上再没有像这样无情的冷落了，因为没有哪样冷落是这般地不容分说、无可对答。突然间他讨厌起自己的诗来，甚至猛地为它害臊起来。他感到这是有史以来最单薄最愚蠢的一首诗。他看也不看就把它撕成了碎片，丢进了废纸篓里。他将永远把这首诗从自己的脑海里清除出去。然而，那张拒稿条他却还没撕。他用手指摩挲着它，觉得它光滑得讨厌。多么精美的小东西，多么漂亮的印刷。你一眼就能看出这是来自一家"好"杂志社——目中无人的高档杂志，背后自有出版社的钱撑腰。钱啊，钱！金钱和文化！他干的是件傻事。妄想寄一首诗给《报春花》这样的报纸！好像他们会接受他这种人的诗似的。光是看到那诗是手写而非打印的，他们就能明白他是个怎样的人了。他还不如去白金汉宫②递张名片。他想到为《报春花》写诗的那些人，

---

① 在古希腊，皮西安竞技会（Pythian Games）的胜利者将会获得月桂作为奖赏，象征荣耀与胜利。后来，"桂冠诗人"成为对大诗人的重要褒奖，因此诗人喜爱月桂这一意象。
② 白金汉宫：英国皇室宫殿。

一群多金的高雅人物组成的小圈子——那些光鲜亮丽的年轻动物，混着母亲的乳汁吸吮金钱和文化的浆液。居然有试图在那样的花花世界里一鸣惊人的想法！但他仍然要咒骂他们。那些贱人！那些该死的贱人！"编辑倍感遗憾！"干吗还把话说得那么好听？干吗不直截了当地说"我们不想要你这该死的诗。我们只要和我们是剑桥同学的诗。你这无产阶级还是保持距离吧"？这些该死的、假惺惺的贱人！

最终他把那张拒稿条揉成一团，扔掉了，接着站了起来。最好趁自己还有力气脱衣服的时候赶紧上床。床是唯一温暖的地方。但是等等。要上发条，要定闹铃。他心如死灰地做完这个熟悉的动作后。他的目光落到了叶兰身上。他在这间鄙陋的房间里住了两年了，在逝去的两年时间里一事无成。浪费掉的七百个日日夜夜，全都终结在孤寂的床上。冷落、失败、侮辱，全都报不了仇。钱啊钱，都是钱！因为他没有钱，多林一家冷落他；因为他没有钱，《报春花》拒绝了他的诗；因为他没有钱，露丝玛丽不肯和他上床。社交上的失败、艺术上的失败、性爱上的失败——它们全都一样。缺钱就是这一切的根源。

他必须要对某个人或某样东西作出反击。他不能最后想着那张拒稿条去睡觉。他想到了露丝玛丽。她到现在已经五天没写信了。如果她今晚来一封信，那么就算是《报春花》季报的这个钻心之痛也不会有那么厉害了。她口口声声说她爱他，却不肯和他睡，甚至不肯给他写信！她也和别人一样。她鄙视他，遗忘他，就因为他没有钱，所以就无关紧要。他要给她写一封巨长的信，告诉她被人忽视、侮辱是什么感受，让她看看她对他有多残忍。

他找了一张干净的纸，在右上角写下：

柳圃路31号，NW，12月1日，晚上9：30。

但写完这点以后，他就发现自己无法再写下去了。他万念俱灰，就连写封信都太过费劲了。何况，这有什么用呢？她永远也不会明白。从来就没有女人能明白。但他必须写点什么，写点什么伤害她的东西——这就是他此时此刻最想要的。他沉思了很久，最终，在纸的正中间写下：

你让我心碎了。

没有地址，没有署名。看起来相当整洁，就只有这句话，在纸的正中间，是他那秀气的"学者气"的字迹。它本身几乎就是一首小诗。这个想法稍稍让他高兴了些。

他把这封信塞进信封，出门在拐角处的邮局把它寄了出去，在自动售票机上买的一张一便士的邮票和一张半便士的邮票，花掉了他最后的一便士半。

拉弗斯通

"我们会在下个月的《反基督教》上刊登你的诗。"拉弗斯通在他二楼的窗户上说道。

高登站在窗下的人行道上,假装已经忘了拉弗斯通所说的诗。当然,他心里是记得的,他记得自己所有的诗。

"哪首诗?"他说。

"关于濒死的妓女的那首。我们觉得它相当成功。"高登发出一声志得意满的大笑,并成功将这笑声化作娱人娱己的自嘲敷衍过去了。

"啊哈!一个濒死的妓女!这确实可以说是我的一个题材。下次我给你写一首关于叶兰的。"

拉弗斯通漂亮的黑棕色头发勾勒出脸庞的轮廓。这张过于敏感、嫩如孩童的脸缩了缩,离窗户远了些。

"真是冷得受不了。"他说,"你最好上来,吃点东西什么的。"

"不,你下来吧。我吃过晚饭了。我们去酒吧来点啤酒吧。"

"那好。等半分钟,我穿个鞋。"

他们已经这样谈了几分钟了,高登站在人行道上,拉弗斯通在上面靠着窗户向外探着身子。高登没有通过敲门来宣告自己的到来,而是往窗玻璃上丢了一颗石子儿。只要能不去,他就绝不会踏足拉弗斯通的公寓内部。那间公寓的气氛里有种东西让他难受,让他觉得自己卑劣、肮脏、格格不入。它流露着铺天盖地的上流气息,尽管是无意。只有在大街上或者在酒吧里,他才能觉得自己勉强算和拉弗斯通平起平坐了。拉弗斯通要是知道自己这间四室公寓,这间在他看来狭窄逼仄的小地方对高登有着什么样的影响,他一定会震惊的。对拉弗斯通而言,住在摄政公园的荒郊野外里简直跟住在贫民窟里没什么两样。他主动选择了住在这里,以求近朱者赤,就跟社交场上的势利眼为了自己信纸上能有个"W1"的标志,心甘情愿住在梅费尔区①的马厩里完全一样。他毕生追求脱离自己的阶级,成为所谓的光荣的无产阶级的一分子,这就是其中的一项举措。像所有这类的追求一样,这预先就注定了要失败。从来没有哪个富人能成功把自己伪装成穷人,因为金钱,就像谋杀一

---

① 梅费尔区(Mayfair)是伦敦的上流社区。

样,总是要露馅的。

在临街的门上有一块黄铜名牌上刻着:

P. W. H. 拉弗斯通
《反基督教》

拉弗斯通住在二楼,《反基督教》的编辑部办公室在楼下。《反基督教》是一本中端偏高档的月刊,有着极为强烈却定位不清的社会主义倾向。整体上,它给人这样一种印象:好像编辑是一位热忱的非国教教徒,只是将对上帝的忠诚转向了马克思,并在这个过程中又和一帮自由体诗人打成了一片。这并非拉弗斯通真正的个性,只是他作为编辑过于心软,结果只能听凭投稿人摆布。基本上,只要拉弗斯通怀疑哪个作者快要饿死了,那么他的任何东西都能在《反基督教》上发表。

拉弗斯通过一会儿就出现了,他没戴帽子,套了一副长手套。你一眼就能看出来他是个富有的年轻人。他穿着多金知识分子的制服,一件老旧的花呢外套——但却是一件由高级裁缝制作的、越老旧就越贵气的外套——几个十分宽松的灰色绒布口袋,一件灰色套衫,一双破破烂烂的棕色鞋子。无论去哪里,即使是时尚殿堂和高档餐厅,他都会特地穿上这些衣服,只是为了显示他对上流社会陈规旧习的鄙夷。他没有完全意识到,正是只有上流阶层才能做这些事。虽然他比高登大一岁,但他看起来却还年轻些。他非常高，体型苗条，双肩宽阔，有着上流社会年轻人那种典型的闲适和优雅。但他的动作和表情里有一种奇怪的歉意。他似乎总在躲闪着，怕碍着别人似的。发表意见的时候，他会用左手食指指背揉揉鼻子。事实上，生活中的每时每刻他都在默默地为自己丰厚的收入感到抱歉。你只要提醒他他很富有，就能轻易让他坐立难安，就跟你提醒高登他很贫穷，让他难堪一样容易。

"你吃过晚饭了，我想？"拉弗斯通用他那极具布鲁姆斯伯里气质的声音说。

"是啊，老早就吃过了。你没吃吗？"

"哦，吃了，当然。哦，吃了不少！"

此时是八点二十，而高登从中午就没进过食。拉弗斯通也没有。高登不知道拉弗斯通饿了，但拉弗斯通知道高登饿了，而高登也知道拉弗斯通知道这件事。然而，两人都觉得应该假装不饿。他们很少，或者从来没有在一起吃过饭。高登不肯让拉弗斯通请自己吃饭，而他自己进不起餐馆，甚至连莱昂斯和A.B.C这样的也去不了。这天是周一，他还剩五先令九便士。这或许足够在酒吧里喝几杯啤酒，但不足以吃一顿像样的饭。他和拉弗斯通见面时，总有一个心照不宣的约定，那就是除了在酒馆消费的一先令左右外，他们不该做任何要花钱的事情。他们以这样的方式维持着这个假象，假装他们的收入并没有天壤之别。

他们开始沿着人行道往下走,高登悄悄贴近拉弗斯通。要不是当然不能做这种事,他就会挽住他的胳膊。走在高挑秀气的拉弗斯通身边,他看起来脆弱、焦躁,而且寒酸得可怜。他喜欢拉弗斯通,在他面前总是惴惴不安。拉弗斯通不仅举止富有魅力,而且有一种根上的体面,一种对待生活的优雅态度,这是高登在别的地方极少遇见的。毫无疑问,这和拉弗斯通富有的事实密不可分。因为金钱能买来所有的美德。金钱效力持久,与人为善,不弄虚作假,不暧昧不明,无非分之想。但在某些方面,拉弗斯通甚至不像个有钱人。那种伴随财富而来的脑满肠肥、腐化堕落,放过了他,或者说他通过自觉的努力逃脱了它的魔掌。他的整个人生实际就是在奋力逃脱这样的堕落。正是为了这个原因,他放弃了自己的时间和大部分收入,来办一份不受欢迎的社会主义月刊。而除了《反基督教》以外,在各个方面他都财源广进。从诗人到街头艺术家,一群乞丐都在一刻不停地指望着他。他自己一年靠八百英镑左右为生。就算是这份收入也让他万分羞愧。他认识到,这不是真正的无产阶级的收入,但是他从来没学会怎么靠更少的钱过日子。一年八百英镑对他来说就是最低生活工资了,就像一周两英镑对高登一样。

"你的工作怎么样了?"一会儿,拉弗斯通说。

"哦,老样子。这是种平淡的工作。和老母鸡们你一言我一语地聊聊休·沃波尔。我不反感这个。"

"我是说你自己的工作——你的写作。《伦敦拾趣》进展还顺利吗？"

"噢，天哪！别提了。它快把我头发都愁白了。"

"一点进展也没有吗？"

"我的书没有进展。它们都在退步。"

拉弗斯通叹了口气。作为《反基督教》的编辑，他惯于鼓励垂头丧气的诗人们，这已经成了他的第二天性。他用不着别人告诉他，为什么高登"不能"写作，为什么如今的诗人们全都"不能"写作，为什么就算他们真的写了，也是些干巴巴的东西，就像一粒豌豆在一个大桶里噼啪作响般空洞。他用同情而忧郁的口气说：

"当然，我承认这不是个有望写诗的年代。"

"可不是嘛。"

高登在人行道上跺了跺脚。他希望没有提到《伦敦拾趣》。这让他回想起自己那间鄙陋冰冷的卧室和叶兰下面散落的脏乱的纸页。他突然说：

"写作这档子事啊，都是什么玩意儿！坐在角落里，折磨连反应都再也不反应的神经。这年头还有谁想写诗啊？相比之下，训练跳蚤表演节目还更有用些。"

"不过，你不能任自己灰心。毕竟，你还是有些成果的，这可是现在很多诗人都比不上的呢。比如说，有《鼠》啊。"

"噢，《鼠》！想到它我就要吐。"

他满怀厌恶地想起那本低劣的八开本小书。那四五十首单调、死板的小诗，每一首都像是贴着标签的玻璃瓶里的流产儿。"卓越的前景"，《泰晤士报》"文增"这么说来着。卖掉一百五十三本，其余的都成了滞销书。他做了个鄙视甚至是恐惧的动作，每个艺术家想到自己的作品时都有这样的时候。

"它死气沉沉。"他说，"就跟瓶子里早夭的胎儿一样死气沉沉。"

"哦，好吧，我想大部分书都是这样的。这年头你不能指望诗歌会大卖。竞争太大了。"

"我不是这个意思。我是说那些诗本身死气沉沉。它们毫无生命力。我写的每样东西都像那样。没有生命、没有血肉。不一定丑陋或者低俗，但是死气沉沉——就是死气沉沉。""死气沉沉"这个词在他的脑海里不住回响，拓展出自己的一连串思维链条。他补充说："我的诗死气沉沉是因为我死气沉沉。你死气沉沉。我们都死气沉沉。死气沉沉的世界中的死气沉沉的人。"

拉弗斯通喃喃赞同，带着一丝奇怪的愧疚。这下他们开始了他们最喜欢的话题——反正是高登最喜欢的话题：现代生活的虚无、混蛋、死气。他们没有哪次见面是不沿着这条路子说上至少半小时的。但这总是让拉弗斯通感到非常不舒服。当然，从某种角度来说，他知道《反基督教》的存在正是要指出这一点——腐化的资本主义下的生活是死气沉沉、毫无意义的。但这个认识只是理论上的。当你一年收入八百英镑的时候,不可能真的会有这种感受。大部分时候,当他不在想着煤矿工人、中国的低级劳工、米德尔斯堡(Middlesbrough)的失业者的时候,他觉得生活是相当有趣的。而且,他有个天真的信念,认为过不了多久,社会主义就能匡正天下。在他看来,高登似乎总在小题大做,所以他们之间存在着微妙的分歧,但拉弗斯通脾气太好,不会把这个分歧挑明。

但对高登而言却不是这样。高登的收入是一星期两英镑。因此,对现代生活的憎恨,对亲眼看到金钱文明在炸弹中灰飞烟灭的渴望,是一件他实实在在感觉到的事情。他们在沿着一条黑漆漆的整洁却简陋的居民街往南走,路边有几家拉着卷闸门的商店。一栋房子白花花的围墙上,"角桌食客"的大脸上挂着傻笑,在路灯下一片苍白。高登瞥见低层窗户上有一株枯萎的叶兰。伦敦!一幢幢简陋孤独的房子绵延几英里,还不算小公寓和单人间。没有家,没有社区,仅仅是一群群无意义的生命在一种懵懂的混沌中随波逐流,漂向坟墓!他眼中的人都是行尸走肉。他只是在投射自己内心的痛苦,但这想法根本没有困扰他。他的思绪回到星期三的下午,那个他渴望听见敌人的飞机在伦敦上空嗡嗡乱转的时候。他拉住拉弗斯通的胳膊,停下来示意那张角桌食客的海报。

"看那里那个该死的东西!看看它,就看看它!难道它不让你想吐吗?"

"美学上讲它是很烦人,我保证。但我觉得这不大要紧。"

"这当然要紧——在城里贴着那样的东西。"

"噢,嗯,这只是一个暂时的现象而已。资本主义的最后阶段。我怀疑这是否值得担忧。"

"但这其中的意义不止于此。看看那家伙对我们咧嘴傻笑的样子!你能看到我们的整个文明就写在那里。那种愚蠢、那种空洞、那种孤独!看着这个你没法不想到避孕套和机关枪。你知道吗,曾有一天我真的盼望会爆发战争?我当时在渴望战争——几乎是祈祷战争。"

"当然了,你看,问题是,欧洲一半的年轻人都在盼望同样的事情。"

"让我们希望确实如此吧。那么或许就真会打起来了。"

"我的老弟啊,别!打过一次就够了,肯定的。"

高登继续走着,有些焦躁。"我们如今过的这种生活!这不是生活,这是停滞,是半死不活。看看这所有该死的房子,和里面那些毫无意义的人!有时我觉得我们都是尸体,只是在直挺挺地腐烂。"

"但你的问题所在——难道你看不出来?——是说得好像所有这一切是无可救药的。这只是无产阶级翻身之前必然发生的事情而已。"

"哦,社会主义!别跟我谈社会主义。"

"你该读读马克思,高登,你真的应该。然后你就会明白这只是一个阶段。不会永远这么下去的。"

"不会吗？感觉它就像会永远这么下去呀。"

"不过是我们生不逢时而已。我们必须置之死地而后生，如果你明白我的意思的话。"

"我们已经死得透透的了。我没看出来有多少后生的迹象。"

拉弗斯通揉揉鼻子。"噢，好吧，我想我们必须要有信心吧，还有希望。"

"你是说我们必须要有钱。"高登阴沉地说。

"钱？"

"这是乐观的代价。我敢说一周给我五英镑，我就愿意做个社会主义者。"

拉弗斯通看向一边，有些不舒服。这金钱的勾当！走到哪里你都躲不过它！高登希望自己没有说这话。当你和比自己富有的人在一起的时候，钱是绝对、千万不能提的一件事。或者如果你提了，那就必须是抽象的金钱，是一个大写的"钱"字，而不是实实在在的、在你口袋里而不在我口袋里的真金白银。但这个该死的话题像个磁铁一样吸引着他。尤其灌了几杯黄汤以后，他迟早要不可避免地谈起一星期两英镑的生活有多混蛋，说些自哀自怜的细节。有时，纯粹出于一阵神经质的冲动，故意想说错话，他会冒出一些卑劣的坦白——比如说，他已经两天没有烟抽啦，或者他的内衣破洞啦，他的外套当掉啦之类的。但他下定决心，这样的事情今晚全都不应该发生。他们迅速从金钱的话题上转开了，开始泛泛地谈论起社会主义来。拉弗斯通已经努力了好几年，要让高登皈依社会主义，结果却连让他对此感兴趣都没有做到。不一会儿，他们经过一家位于一条小巷拐角处的低档酒吧。它周围似乎围绕着一片啤酒的酸涩气息，这味道叫拉弗斯通反感。他本来要快步走开，但高登停下了，他的鼻孔抽了抽。

"天哪！我可以来一杯。"他说。

"我也可以。"拉弗斯通热心地说。

高登推开酒吧大堂的门，拉弗斯通跟上去。拉弗斯通劝自己说，他喜欢酒吧，尤其是下层酒吧。酒吧是真正属于无产阶级的。在酒吧里，你可以平等地与工人阶级交往——反正理论上是这样。但实际上，除非和高登这样的人一起外，拉弗斯通从来没进过酒吧，而且他每次到那里的时候都觉得自己像一条离了水的鱼一样。一股污秽而寒冷的空气包裹了他们。这是一间肮脏、低矮、烟雾缭绕的房间，地板上满是木屑，摆着平整的牌桌，桌边围着好几代酒鬼。一个角落里坐着四个恐怖的女人，胸部鼓得跟瓜一样大，一边喝着黑啤酒，一边怨气腾腾地谈论着一个叫克鲁普太太的人。女掌柜是个冷酷的高个子女人，披着黑色流苏，看起来像是妓院的妈妈桑。她站在吧台后面，交叠着两只有力的小臂，观看四个劳工和一个邮差进行飞镖比赛。你不得不蹲身躲避飞镖才能穿过房间。这时出现了短暂的静默，人们都好奇地扫视着拉弗斯通。他显然是位绅士。

他们可不常在这种大堂酒吧里见到他这样的人。

拉弗斯通假装没有注意到他们在盯着他。他慢慢走向吧台，脱下手套，摸了摸他口袋里的钱。"你要什么？"他随意地说。

但高登已经挤到了前面，把一先令拍到吧台上。总是为第一轮酒买单！这是他的荣誉观。拉弗斯通走向唯一的一张空桌子。一个靠在吧台上的劳工撑着手肘转了转身，给了他一记悠长、无礼的眼神。"花——花——公——子！"他在想。高登端着两个装着深黑色普通麦芽酒的品脱玻璃杯回来了。这是便宜的厚玻璃杯，几乎跟果酱罐一样厚，黑乎乎、油腻腻的。啤酒上正冒着一层薄薄的黄色泡沫。空气中弥漫着浓重刺鼻的烟草味。拉弗斯通瞥见吧台边放着一个装得满满的痰盂，于是转开了目光。他脑海里闪过一个念头，觉得这啤酒是从某个爬满甲虫的酒窖里，通过一根几米长的黏糊糊的管子抽上来的，而那些玻璃杯这辈子都没洗过，只是在啤酒水里涮了涮。高登非常饿。他可以来点面包和奶酪，但如果点餐的话，就暴露了他没吃晚饭这个事实。他喝了一大口啤酒，点了一根烟，这让他稍稍忘了自己的饥饿。拉弗斯通也吞下一小口左右，然后郑重其事地放下了玻璃杯。这是典型的伦敦啤酒，令人作呕，而且回味起来有一种化学品的味道。拉弗斯通想到了勃艮第的葡萄酒。他们继续争论社会主义的事。

"你知道吗，高登，你真该开始读马克思了。"拉弗斯通说，不像平时那般满脸歉意了，因为啤酒可怕的味道让他着恼。

"我宁愿读汉弗莱·沃德夫人。"高登说。

"但你难道看不出来，你这态度是没有道理的。你总是在痛批资本主义，但你却不愿意接受唯一可能的替代品。采取龟缩政策是不可能拨乱反正的。要么资本主义，要么社会主义，总是要接受一个。没有办法逃脱。"

"我告诉你，我根本懒得管什么社会主义。光是想到它我就要打哈欠。"

"但你究竟有什么要反对社会主义的呢？"

"只有一件要反对，那就是没人想要它。"

"哦，这话说得多荒唐啊！"

"这就是说，没人能明白，社会主义实际上到底意味着什么。"

"但依你看，社会主义到底意味着什么呢？"

"哦！某种阿道斯·赫胥黎的《美丽新世界》，只是没那么搞笑。在一家模式化的工厂里每天工作四小时，捆紧螺钉编号6003。大锅饭食堂里用防油纸供应定量的食物。社会主义徒步旅行，从马克思招待所走到列宁招待所，再走回来。每个转角都有三家人流诊所。当然，照它的话说全都挺好的。只是我们不想要它。"

拉弗斯通叹了口气。他每个月都要在《反基督教》上批判一次这个版本的社会主义。"好吧，那我们究竟想要什么？"

"天知道。我们只知道我们不想要什么。这就是我们当今的问题。我们左右为难,就跟布里丹之驴①一样。只是有三个选项而非两种,而这三个都让我们想吐。社会主义只是其中之一。"

"那另外两个是什么?"

"哦,我想是自杀和天主教吧。"

拉弗斯通笑了笑,流露出一个反宗教者的震惊。"天主教!你把那也当作一个选项吗?"

"嗯,它对知识分子来说有着持久的诱惑力呢,不是吗?"

"我可不会称之为知识分子。当然,虽然有个艾略特。"拉弗斯通承认道。

"那就还有很多很多,我打赌。我敢说在大教堂的羽翼之下相当惬意。当然,有点疯狂——但不管怎样,你在那里也会觉得安全的。"

拉弗斯通若有所思地揉揉鼻子。"在我看来,这似乎只是另一种形式的自杀而已。"

"某种意义上是。但社会主义也是一样。至少它是一种无奈之举。但我不能自杀,真正的自杀。那太懦弱太温和了。我绝不会把我的一席之地拱手让与他人。我要先把我的敌人了结

---

① 14世纪法国哲学家布里丹提出,一头理性的驴子在左右两堆完全一样的草料前会因为无法抉择而饿死。

几个再说。"

拉弗斯通又笑了笑,"那谁是你的敌人呢?"

"哦,任何一年赚五百英镑以上的人。"

出现了一阵不舒服的沉默。拉弗斯通的收入,在缴了所得税后,大概有一年两千英镑。这就是高登一直纠结的东西。为了掩饰这一刻的尴尬,拉弗斯通举起玻璃杯,硬起头皮面对那恶心的味道,吞下了约三分之二的啤酒——怎么说都足够给人他已经喝完了的印象。

"干了!"他说,带着假意的热情,"是时候让我们喝掉另一半了。"

高登把他的杯子喝空了,让拉弗斯通拿了过去。他现在不介意让拉弗斯通买酒了。他已经买了第一轮,荣誉感得到了满足。拉弗斯通自觉地走向吧台。他一站起来,人们就开始盯着他。那个劳工仍然靠在吧台上,啤酒罐碰也没碰过。他静静地、无礼地凝视着他。拉弗斯通决心再也不喝这种肮脏的普通麦芽酒了。

"请来两杯双份威士忌,好吗?"他不好意思地说。

那位阴沉的女掌柜一瞪。"什么?"她说。

"请来两杯双份威士忌。"

"这儿没威士忌。我们不卖烈酒。我们是啤酒屋。"

那个劳工在胡子下若隐若现地微微一笑。"——无知的花花公子!"他在想,"在一家啤酒屋里要威士忌。"拉弗斯通苍白的脸上微微一红。他直到这时才知道，有些穷酒吧办不起烈酒执照。

"那就巴斯①吧，好吗？两瓶一品脱装的巴斯啤酒。"

没有一品脱装的瓶子，他们只得要了四个半品脱装的。这是一家非常穷的酒屋。高登心满意足地喝了一大口巴斯啤酒。这比散装啤酒酒精含量高些，沿着他的喉管嘶嘶烧了过去。由于他肚里空空，酒就有点上头。他立马觉得多了些哲思，也多了些自怜。他已经下定决心不要开始对贫穷满腹牢骚，但现在他终究还是要开始了。他突兀地说：

"我们说的这都是些屁话。"

"什么都是屁话？"

"所有关于社会主义啊资本主义啊现代世界的状态啊还有天知道什么的这些。我他妈的才不管现代世界的状态。除了我自己和我在乎的人，就算全英国的人都要饿死了，我也不关心。"

"你这不是有点夸张了吧？"

"不。我们所谈的这一切——我们只是在投射我们自己的感受。这全都是由我们口袋里的东西决定的。我上蹿下跳地说伦敦是个死气沉沉的城市，说我们的文明要死去了，说我希望爆发战争，还有天知道说了些什么。而这全部的意义就是我的

---

① 巴斯是英国著名啤酒品牌。

工资是一星期两英镑而我希望它是五英镑。"

这又一次拐弯抹角地提醒了拉弗斯通他的收入。他用左手食指缓缓地摸了摸鼻子。

"当然，我在一定程度上是支持你的。毕竟，这就是马克思所说的。任何意识形态都是一种经济状况的反映。"

"啊，但你只是从马克思的书来理解这一点！你不知道靠一星期两英镑艰难度日是什么意思。这不是艰苦的问题——再没什么能有艰苦那么体面。而是那种该死的、卑劣的、肮脏的憋屈。接连几个星期独自生活，因为你没有钱的时候就没有朋友。自称作家却从来没作出过什么东西，因为你总是筋疲力尽无法写作。你住在一种肮脏的地下世界。一种精神的下水道。"

他这下开始了。每次他们在一起待久了，高登一定会开始说这些恶言恶语。这是最卑鄙的行为。这让拉弗斯通万分尴尬。然而高登不知怎的就是忍不住。他必须要对某人倾诉自己的烦恼，而拉弗斯通就是唯一理解的人。贫穷，和其他所有肮脏的伤口一样，必须要偶尔暴露出来。他开始谈论自己在柳圃路上生活的恶心细节。他大谈污水和卷心菜的气味、餐厅里结着块的调料瓶、恶心的食物、叶兰。他描述了自己偷偷摸摸泡茶，并把泡过的茶叶扔进厕所的把戏。拉弗斯通愧疚又可怜地坐着，盯着自己的玻璃杯，双手慢慢晃动着它。他能感到，贴着自己右边胸口的地方有一个方形的东西在指责他，那是一个小笔记本，据他所知，里面有八张一英镑的纸币和两个十先令的纸币，就躺在自己厚厚的绿色支票簿旁边。这些贫穷的细节是多么可怕啊！倒不是说高登描述的真算什么贫穷。这顶多是贫穷的边缘。但真正的穷人又怎样？米德尔斯堡那些七个人挤一间房、一星期二十五先令的失业者又怎样？当还有人在那样生活的时候，你怎敢口袋里揣着好几英镑的钞票和支票簿逍遥自在？

"真该死。"他无力地喃喃了几遍。他在心里想着——这是他无可改变的反应——如果提出借给他十英镑的话，不知道高登愿不愿接受。

他们又喝了一杯，又是拉弗斯通付的钱。然后他们出门上了街，差不多到分手的时候了。高登每次和拉弗斯通在一起最多一两个小时。和富人的交往，就像造访高原一样，永远必须简短。这是一个无月无星的夜晚，只有一阵湿漉漉的风在吹。夜晚的空气、啤酒和水濛濛的灯光让高登获得了一种凄凉的清醒。他认为对一个富人，即使是像拉弗斯通这样正派的有钱人，解释贫穷真正的残酷之处也是不可能的。也正因如此，解释这一点就更加重要。

"你读过乔叟的《律师的故事》[①]吗？"

"《律师的故事》？我印象中没有。是讲什么的？"

[①] 指乔叟名作《坎特伯雷故事集》中第五个故事，律师所说的故事。

"我忘了。我想到了开头的六节,他讨论贫穷的那部分。它是怎么让每个人都有权利践踏你,让每个人都想践踏你的!它让人们讨厌你,知道你没有钱。他们侮辱你,只是因为侮辱你好玩,知道你无法回击。"

拉弗斯通感到痛心。"哦,不,肯定不是的!人们没那么坏。"

"啊,那是你不知道发生了什么事。"

高登不想听人说什么"人们没那么坏"。他怀着一种痛苦的欢乐,牢牢抓着这个想法不放,认定因为自己穷,所以每个人必定都想来侮辱他。这和他的人生哲学相辅相成。突然,他不能自已地谈起过去两天里脑海中一直折磨着他的那件事——他周四的时候从多林一家那里受到的冷落。他不知羞耻地把整件事都和盘托出。拉弗斯通很惊讶。他不明白高登这么小题大做是为了什么。为了错过一个可怕的文学茶话会而失望,在他看来这简直荒唐。就算你给钱请他去,他也不会去参加文学茶话会的。和所有富人一样,他对人类社会避之不及的时候要远多于寻求与人交往的时候。他打断高登道:

"你知道吗,你真的不该这么容易生气。毕竟,那样的事情无关紧要。"

"不是这件事本身有什么要紧,而是它背后的精神。是怎么仅仅因为你没钱,他们就自然而然地冷落你的。"

"但这很有可能是个误会什么的。为什么该有谁冷落你呢?"

"'你若为穷人,兄弟生嫌恶。'①"高登执拗地引用道。

拉弗斯通就算对死人的观点也很恭敬,于是揉了揉鼻子。"乔叟这么说的?那我恐怕不敢苟同乔叟的意见。人们不嫌恶你,说不上。"

"他们有。而且他们嫌恶得对。你就是讨人嫌。就像李施德林(Listerine)口香片的广告说的一样。'他为何总是孤身一人?口臭毁了他的事业。'贫穷就是精神上的口臭。"

拉弗斯通叹了口气。毫无疑问高登是在无理取闹。他们继续边走边争论,高登情绪激动,拉弗斯通不以为然。在这样的争论中,拉弗斯通面对高登是无能为力的。他觉得高登夸大其词了,可是他从来不想反驳他。他怎能反驳呢?他富有,高登贫穷。你怎能和一个真正贫穷的人争论贫穷?

"还有你没钱的时候,女人们都是怎么对你的!"高登接着说,"这就是这可恶的金钱勾当的另一个问题——女人!"

拉弗斯通相当沮丧地点点头。这在他听来比高登之前一直说的要有道理些。他想到了赫迈妮·斯莱特(Hermoione Slater),他自己的女朋友。他们已经恋爱两年了,但总是懒得结婚。那样"太麻烦了",赫迈妮总是说。当然,她挺有钱,或者说她的家里人有钱。他想到她的双肩,宽阔、光滑、青春逼人,从她的衣服里露出来时如同人鱼出海;还有她的皮

---

① 为《律师的故事》中的诗句。

肤和秀发,透着莫名的温暖和慵懒,如同阳光下的麦田。一提起社会主义,赫迈妮总要打哈欠,甚至连读读《反基督教》也不肯。"别跟我说那些下层人民。"她常常说,"我讨厌他们。他们发臭。"而拉弗斯通深深地爱着她。

"当然,女人确实麻烦。"他承认道。

"她们不只是麻烦,她们是该死的诅咒。我是说如果你没有钱的话。如果你没有钱,她们看到你都觉得讨厌。"

"我想这样说有些过分了。事情没有那么残酷。"

高登不听。"既然女人是这个样子,那谈论什么社会主义啊什么其他主义啊,都是胡扯!女人想要的从来就只有钱。有钱为她自己、两个孩子、德拉格家具和叶兰买一栋房子。她们能想象的唯一的罪恶就是不想挣钱。从没有女人用除了收入以外的东西来衡量一个男人。当然,她对自己不会这样说。她说他真是个好男人——意思是他有很多钱。而如果你没有很多钱,你就不好。在某种意义上,你丢人,你有罪,你对叶兰犯了罪。"

"你老在说叶兰。"拉弗斯通说。

"这是个至关重要的题材。"高登说。

拉弗斯通揉揉鼻子,不舒服地看向一旁。

"你看,高登,你不介意我问问吧——你有女朋友吗?"

"噢,天哪!别说起她!"

然而,他说起露丝玛丽来了。拉弗斯通从没见过露丝玛丽。这一刻高登连露丝玛丽长什么样都记不得了。他记不得他是多么喜欢她,她又是如何喜欢他,记不得在他们仅有的几次见面中,他们在一起时总是多么开心,记不得她是多么耐心地忍受着他几乎叫人忍无可忍的种种。他什么都不记得,除了她不肯和他睡觉,还有她到现在有一个星期没写信了。在夜晚的潮气中,肚子里装着啤酒,他觉得自己是个被遗弃被无视的家伙。露丝玛丽对他"很残忍"——这就是他对此事的看法。仅仅为了折磨自己也让拉弗斯通不舒服,这让他感到一种变态的快感,他开始创造一个假想中的露丝玛丽的形象。他把露丝玛丽塑造成一个麻木不仁的家伙:她既觉得他可笑,却又有些鄙视他;她玩弄他,与他保持着一条胳膊的距离,而只要他再更有钱一点点,她就会投怀送抱。而拉弗斯通从没见过露丝玛丽,并非全然不信他的说辞。他插话道:

"但是我说,高登,你看。这个姑娘,沃特——沃特洛(Waterlow)小姐,你是说她的名字叫这个吗?——露丝玛丽;她到底是不是真的喜欢你呢?"

高登的良心扎了他一下,尽管并没扎得很深。他不能说露丝玛丽不喜欢他。

"哦,是的,她确实喜欢我。我敢说她非常喜欢我,以她自己的方式。但还不够,你看不出来吗?我没有钱,她就没法足够爱我。都是钱。"

"但钱肯定没有那么重要吧?毕竟,还有其他东西。"

"什么其他东西？你看不出来一个男人的全部人格都是和他的收入绑定的吗？他的人格就是他的收入。你没有钱的时候怎么能吸引女孩？你穿不起体面的衣服，你不能带她去吃饭看戏，周末也不能带她去度假，你不能随身散发出愉快有趣的气息。而要说这种东西无关紧要，那是胡扯。这确实要紧。如果你没有钱，你们连个见面的地方都没有。露丝玛丽和我每次见面不是在大街上就是在画廊里。她住在某个肮脏的女子招待所里，而我那个贱人女房东不肯让女人进房子。在可怕的湿漉漉的大街上东游西逛——露丝玛丽就是把我同这些东西联系起来。你难道看不出来这会怎样让一切浪漫烟消云散？"

拉弗斯通很难过。连带自己女朋友出门的钱都没有，这一定糟糕透了。他努力让自己鼓起勇气说点什么，但失败了。带着愧疚，也带着欲望，他想到了赫迈妮的身体，像一颗成熟温暖的水果一般赤裸的身体。运气好的话，她今天晚上会来他公寓里。很可能她现在正等着他呢。他想到米德尔斯堡的失业者。性饥渴在失业者中泛滥成灾。他们走到公寓附近了。他抬头望向窗户。是的，窗户里灯亮了。赫迈妮一定在那儿呢。她自己有一把弹簧锁的钥匙。

当他们走进公寓的时候，高登向拉弗斯通贴近了一些。夜晚将尽，他必须和自己喜爱的拉弗斯通分开，回到自己污秽寂寞的卧室里去了。而所有的夜晚都是这样结束的，穿过漆黑的街道，回到寂寞的房间，没有女人的空床。而拉弗斯通会说

"上来吧,来吗?"而高登会坚定地说:"不。"永远不要和你爱的人一起待得太久——没钱人的另一戒律。

他们在台阶底下停下来。拉弗斯通将一只戴着手套的手放到扶手上的一个铁箭头上。

"上来吧,来吗?"他说着,毫无说服力。

"不了,谢谢。是时候我该回去了。"

拉弗斯通的手指握紧了那个箭头。他绷起身体,似乎要往上走了,却没有走。他越过高登的头顶看向远处,扭捏地说:

"我说,高登,你看。我说句话,你不会生气吧?"

"什么?"

"我是说,你知道。我讨厌你和你女朋友那样子。不能带她出来约会,等等一切。这种事情太糟糕了。"

"其实没什么的。"

一听到拉弗斯通说这太"糟糕",他就知道自己夸大其词了。他希望自己之前没有说那么愚蠢的自伤自怜的话。人们会不由自主地说些这样的事情,事后又会后悔。

"我敢说我夸张了。"他说。

"我是说,高登,你看。我借给你十英镑吧。请那姑娘出来吃几次饭。或者周末出去玩之类的。可能这会大有不同。我讨厌想到——"

高登苦涩地、近乎凶狠地皱起眉头。他后退一步,似乎要避开一个威胁,或一项侮辱。可怕的是,说"好"的诱惑几乎征服了他。那十英镑可以做多少事情啊!他的头脑中闪过自己和露丝玛丽在餐馆桌旁的景象——一盘葡萄和桃子,一位鞠躬不迭、殷勤招待的侍者,一瓶放在柳条筐里的布满灰尘的深色葡萄酒。

"绝不!"他说。

"我真的希望你愿意接受。我告诉你我愿意借给你。"

"谢谢。但我宁愿留住我的朋友。"

"这话说得不是太——呃,太资产阶级了吗?"

"你觉得我要是从你那儿拿了十英镑,那是借吗?我十年也还不回来。"

"哦,好吧!这也没有多么要紧。"拉弗斯通看向一边。终究还是得说出来——他发现自己常常莫名其妙地要被迫做出这可耻的、讨厌的坦白!"你知道,我有很多很多钱。"

"我知道你有。这正是我不肯向你借的原因。"

"你知道吗,高登,有时候你就是有点——呃,死脑筋。"

"我敢说确实如此。我无能为力。"

"哦,好吧!那就晚安。"

"晚安。"

十分钟后,拉弗斯通和赫迈妮一起乘出租向南驶去。她之前一直在等他,坐在卧室的火炉前一张巨大无比的扶手椅上,睡着了,或者快要睡着了。不管何时,只要没有什么特别的事可做，赫迈妮总会很快睡着，就像动物一样，而她越睡就越健康。当他走向她的时候，她醒了，伸了一个撩人的、慵懒的懒腰，半是对他微笑，半是打哈欠。在火光的映衬下，一边脸颊和裸露的胳膊呈现出玫瑰色。不一会儿，她控制住哈欠，对他打招呼：

"哈罗，菲利普！你这半天都去哪儿了？我等得花儿都谢了。"

"哦，我和一个朋友出去了。高登·康斯托克。我想你应该不认识他。那个诗人。"

"诗人！他跟你借了多少钱？"

"没有。他不是那种人。事实上，他对于钱傻得很。但在他自己那方面，他非常有天赋。"

"你和你那些诗人啊！你看起来累了，菲利普。你什么时候吃的晚饭？"

"呃——实际上，没吃晚饭。"

"没吃晚饭！为什么？"

"哦，好吧，你看——我不知道你会不会明白。是一种意外，是这样的。"

他解释了一下。赫迈妮放声大笑，身子挺起来一些。

"菲利普！你真是个傻瓜老混蛋！忍着不吃饭，就为了不伤害那个小畜生的感情！你必须马上吃点东西。当然你的下人回家去了。你为什么不养一些真正的仆人呢，菲利普？我不喜欢你过的这种低三下四的日子。我们出去到莫迪利亚尼吃个晚饭。"

"但是已经十点多了。他们关门了。"

"胡说！他们一直开到两点。我打电话叫出租。我不会让你饿死自己的。"

在出租车上，她靠在他身上，仍然昏昏欲睡，她的头枕在他的胸口上。他想到米德尔斯堡那些七个人挤一间房、一星期二十五先令的失业者。但姑娘的身体重重地压在他身上，而米德尔斯堡相当遥远。而且他饿得不像话。他想到了自己在莫迪利亚尼最喜欢的那张角桌，想到那家廉价酒吧和它的硬长凳，陈旧的啤酒臭味，还有黄铜痰盂。赫迈妮在睡意蒙眬地对他说教。

"菲利普，你为什么一定要过这样糟糕的生活呢？"

"但我没过糟糕的生活啊。"

"不，你在过。你明明不穷，却要装穷，住在那个逼仄的公寓里，不用仆人，还和所有这些可怕的人来往。"

"什么可怕的人？"

"哦，就像你这个诗人朋友这样的人。所有那些为你的报纸写稿的人。他们这样做只是为了从你这里揩油。当然我知道你是个社会主义者，我也是。我是说这年头我们都是社会主义者。但我不明白为什么你要把自己的钱拱手送人，和那些下层阶级交朋友。你可以既当社会主义者也过好日子啊，我的意思就是这样。"

"赫迈妮，亲爱的，请不要称他们为下层阶级！"

"为什么不？他们就是下层阶级啊，不是吗？"

"这是个非常讨厌的说法。称他们为工人阶级吧，不行吗？"

"那就工人阶级吧，要是你喜欢的话。但他们照样发臭。"

"你不该说这种话。"他无力地抗议。

"你知道吗，菲利普，有时候我觉得你喜欢那些下层阶级。"

"我当然喜欢他们。"

"多恶心啊。多么荒唐地恶心啊。"

她安静了，心满意足地不再争吵。她的双臂环抱着他，如同一个沉睡的女妖。她吐纳着女人的芬芳，这是一种反对所有利他主义、所有公平正义的强有力的无言动员。在莫迪利亚尼餐厅门外，他们付清了出租车费，正要向门口走去，突然从他们前方的铺路石里，仿佛一下子冒出来一个瘦长的大个男人的身影。他挡住了他们的去路，像是一只乞怜的牲畜，怀着迫切的渴望，然而又万分胆怯，好像害怕拉弗斯通会打他似的。他把脸凑到拉弗斯通面前，那是一张可怕的脸，泛着鱼肚白，浓密的胡须一直蔓延到眼睛处。从颗颗龋齿间吐出几个字："一杯茶，长官！"拉弗斯通恶心地一瑟身躲开他。他的手不由自主地移向自己的口袋。但就在同一瞬间，赫迈妮抓住他的胳膊，把他拉向了餐厅里面。

"如果我不管你，你会把自己身上的每一分钱全都给他的。"她说。

他们走到角落里他们最喜欢的那张桌子旁。赫迈妮把玩着几个葡萄。但拉弗斯通非常饿。他点了自己一直在想的烤牛排,还有半瓶博若莱红葡萄酒。那位胖胖的、白发苍苍的意大利侍者,是拉弗斯通的老朋友。他端来了还在冒烟的牛排。拉弗斯通切开牛排,它这鲜嫩的肉心真可爱啊!在米德尔斯堡,失业者们挤在发臭的床上,肚子里装着面包、人造黄油和没加奶的茶水。他安安稳稳地坐在这里吃牛排,就跟偷了一条羊腿的狗一样可耻地兴高采烈。

高登快步向家走去。天很冷。十二月五日——现在真是冬天了。割除汝之包皮,上帝说。潮湿的夜风恶狠狠地刮过赤裸的树木。狂风骤起摧肝胆。他周三开了头,现在完成了六节的那首诗,回到了他的脑海中。这一刻他并不讨厌它。和拉弗斯通说说话总能振奋他,真是奇怪。似乎仅仅是和拉弗斯通接触就能莫名地让他安心。即使他们的谈话令人不快,他也会在离开时感到自己终究不是那么失败。他用半大的声音吟诵着那六个完成的诗节。它们不赖,一点不赖。

但他在脑海里断断续续地回想着他对拉弗斯通说过的话。他对自己说过的一切念念不忘。贫穷的屈辱!这就是他们不能理解也不愿理解的事情。不是艰苦——一星期两英镑你不会吃苦,就算吃了也不打紧——但就是屈辱,那种可怕的、该死的屈辱。它让每个人都有权利践踏你。每个人都想践踏你。拉弗斯通不相信，他太善良了，这就是原因。他认为你可以穷，但仍然能被当成一个人来对待。但高登更明白。他一边走向房子，一边对自己重复，他更明白。

大厅的托盘上有封信在等着他。他的心扑通一下。最近所有的信都能让他兴奋。他一步三级地上了楼，把自己关进屋里，点燃了煤气灯。信是多林写的。

亲爱的康斯托克——你周六没来真是太遗憾了。有些人我想让你见一见呢。我们确实告诉过你这次是周六而不是周四，不是吗？我妻子说她肯定告诉过你。不管怎样，我们二十三日将举行另一场聚会，算是圣诞前的聚会吧，大概在同样的时间。那时你会来吗？这次不要忘了日期哦。

爱你的
保罗·多林

高登的肋骨下传来一阵痛苦的震颤。那么多林是在假装这全是个误会——假装没有侮辱过他！诚然，实际上他周六不可能去那里，因为周六他必须去店里上班。但是，重要的是这份好意。

当他重读到"有些人我想让你见一见"这几个字的时候，他的心痛苦不已。看看他这该死的运气！他想到自己可能见到的那些人——例如，高端杂志的编辑们。他们可能会给他些书请他评论，或者约他写诗，或者天知道什么事。有一刹那他感到强烈的诱惑，要相信多林说的是真的了。或许说到底他们真的告诉过他是周六而不是周四。或许如果他搜寻一下自己的记忆还能记起来这事——甚至可能发现那封信本身就躺在那堆纸里。但是不！他不肯去想它。他压抑住了那阵诱惑。多林一家就是故意侮辱他的。他穷，所以他们侮辱了他。如果你穷，人们就会侮辱你。这就是他的信条。要坚信这一点！

他走到桌边，把多林的信撕得粉碎。叶兰耸立在花盆中，呈现呆滞的绿色，它无精打采，可怜兮兮的，尽显病态的丑陋。当他坐下时，他把它拉到面前，若有所思地看着它。他和叶兰之间有一种用憎恶结成的亲密。"我还是会打败你的，你这混——"他对着灰尘扑扑的叶片低语道。

然后他在纸堆里翻找一通，终于找着了一张干净的，拿出笔来，用他那小巧、工整的字体，在纸的正中间写下：

亲爱的多林——关于来信：去你××的。

你真诚的

高登·康斯托克

他把它塞进信封，写下地址，然后马上出门从自动售票机上买了邮票。今晚就把它寄出去：这些东西早上再看就变样了。他把它丢进邮筒。看来又有一个朋友上西天了。

露丝玛丽

女人这事儿啊！真是太烦人！我们不能快刀斩乱麻地解决，真是太遗憾了，或者至少像动物那样——几分钟干柴烈火的情欲释放，然后就过几个月冰冷的禁欲生活。就拿公鸡来说吧。他不说什么"敬请原谅"也没说什么"劳驾啊您"，就跳到了母鸡背上。而一完事后，这整桩事情就被他抛到了九霄云外。他甚至再也不会注意他的母鸡了，他无视她们，或者仅仅在她们过于靠近他的食物时啄她们。也不会有人苛求他供养自己的子孙后代。幸运的鸡啊！万物之灵长又是多么的不同，总是在自己的记忆和自己的良心之间徘徊不决。

今晚高登甚至没有假装做什么工作。他吃完晚饭马上就出去了。他一面慢慢向南走去，一面想着女人。这是一个温和多雾的夜晚，更像秋天而不是冬天。今天是周二，他还剩四先令四便士。他如果愿意的话，可以去克莱顿酒吧。毫无疑问，弗莱克斯曼和他的朋友们已经在那儿纵酒狂欢了。但是，克莱顿酒吧在他没钱的时候看似天堂，而在他有能力去那里的时候，却显得无聊又恶心了。他讨厌那个酸臭的、处处有啤酒汁儿的地方，还有那景象、声音、气味，所有喧闹而无礼的男人们。那里没有女人，只有那个女招待，挂着淫荡的笑容，似乎许诺了一切，又似乎什么诺也没许。

　　女人啊女人！雾气悬在空中一动不动，将二十码外的一个个行人化为了鬼影。但在路灯柱下小小的一汪灯影中，能瞥见几个女孩的脸庞。他想到了露丝玛丽，想到了普遍意义上的女人，然后又想到了露丝玛丽。整个下午他都在想她。他是怀着一种怨愤想着她那小巧、强健的身体的。他至今未见过那身体赤裸的样子。我们身体里充满着钻心蚀骨的欲望，却又禁止得到满足，这是多么该死的不公平！为什么一个人仅仅因为没钱就要被剥夺这个权利？这看起来是如此自然，如此必须，是人类如此不可被剥夺的权利。当他沿着漆黑的街道行走，穿过寒冷而凝滞的空气时，他的胸中油然生出一种奇怪的充满希望的感觉。他有些相信在前方黑暗中的某处，一个女人的身体正等着他。但他也知道，没有女人在等，甚至露丝玛丽也没有。她甚至已经八天没给他写信了。这个小畜生！整整八天没写信！而她已经知道自己的信对他有多大意义了！多么明显，她已经不再喜欢他了，他的贫穷、他的寒酸，他不厌其烦地纠缠着要她说爱他,这些都只是让她恶心!很有可能她再也不会写信了。她厌烦了他——厌烦他,因为他没钱。你还能指望什么呢?他无法掌控她。没有钱,因此就没有掌控权。男人使尽浑身解数,除了钱,又还能用什么来维系一个女人呢?

一个女孩独自沿着人行道走了过来。他在路灯柱下的灯光里与她擦身而过。一个工人阶层的女孩,可能有十八岁,没戴帽子,一张脸如野玫瑰般娇艳。当她发现他在看自己时,迅速地转开了脑袋。她害怕遭遇他的目光。她穿着一件单薄的丝质雨衣,腰上系着腰带,她年轻的肢体在雨衣下显得柔软而苗条。他差点要转身尾随她。但这有什么用?她会跑掉或者报警。时间的魔法,让我金丝转银发①,他想。他三十岁,满面沧桑。还有哪个值得拥有的女人愿意再看他一眼?

女人这事儿啊!或许你结了婚会有不同的感受?但他很久之前就发誓反对婚姻了。婚姻只是财神为你设下的一个陷阱。你咬了诱饵,跌入陷阱,然后就被拴上了某个"好"工作的脚镣,直到他们用马车把你运到肯萨尔绿野公墓里去。那是什么样的人生啊!在叶兰的影子下进行守礼合法的性交。推着婴儿车,还要鬼鬼祟祟地偷情。东窗事发后,妻子用威士忌雕花玻璃瓶把你打个头破血流。

---

① 此为化用乔治·皮尔(George Peele,1556? —1596)的诗句:His golden locks Time hath to silver turned.

然而他认为,从某种意义上来说,结婚是必须的。如果婚姻算糟糕,那么替代选项则更加恶劣。有一刻他希望自己是结了婚的,他渴望它的困难、真实和痛苦。而且不论顺境逆境,不论贫穷富有,婚姻必定是牢不可破的,直到死亡将你们分开。古老的基督教理性用偷情来调解婚姻。如果你非得偷情,那就偷吧,但不管怎样还是要讲点脸面,所以称之为偷情。别搞什么美国式的灵魂伴侣那一套鬼话。你玩你的,然后偷偷摸摸地回家,如果从你的胡须上滴下了禁果的汁水,那就承担后果。任威士忌雕花玻璃瓶把你打个头破血流,任由喋喋不休的唠叨、烧糊的饭菜、孩子的啼哭、岳母婆婆战场上的电闪雷鸣降临。或许那样比可怕的自由还更好些?至少,那样你会知道自己是真真正正地活着的。

但话说回来,一星期两英镑你怎么能结婚呢?钱啊钱,总是钱!关键问题是,婚姻之外,不可能存在和女人维系的正当关系。他在脑海中回溯自己十年的成人生活。一张张女人的面孔流过他的记忆。有过大概十来个女人,或者说是荡妇。就像一具尸体靠近另一具尸体[①]。而且就算不是荡妇,也仍然肮脏,总是肮脏的。一切总是开始于一种冷血的任性胡来,而又终结于某种卑鄙、麻木的抛弃。这也是因为钱。没有钱,你和

[①] 原文为法文,化用波德莱尔《恶之花》中诗句:Comme au long d'un cadavre un cadavre etendu.

女人交往起来就不能直截了当。因为你没有钱,你就无法挑三拣四,只能接受你弄得到手的女人。然后,你就不得不摆脱她们。专一,和其他所有的美德一样,也是要花钱来买的。何况仅仅是他反抗金钱法则,不肯在一个"好"工作的牢狱里安顿下来这一事实——一件没有哪个女人能理解的事情——就已经在他和女人的所有交往中造成了一种无常和欺骗的性质。放弃金钱,那他也该放弃女人。要么给财神当牛做马,要么就不要女人——只有这两个选择。而这两个都是一样的天方夜谭。

从近前方的小街里,一束白色的灯光划破迷雾,传来了街头小贩的叫卖声。这是卢顿路(Luton Road),每星期有两个晚上会办露天市场。高登转向左方,进了市场。他常常来这条路。这里人山人海,你只能在一个个摊位间露出的扔满菜叶的小道上艰难地挤出一条路来。摊位上的东西在悬吊灯泡的照射下,放射出艳丽的色彩——砍下的深红色肉块,一堆堆橘子、西兰花和白色菜花,僵硬呆滞的兔子,在搪瓷水槽里打着转的活鳗鱼。拔了毛的鸡鸭一排排地挂着,挺着赤裸的胸脯,就像赤裸的卫兵在阅兵游行。高登的精神恢复了些。他喜欢这份噪声,这份忙乱,这份活力。无论何时,只要看到街头市场,你就知道英国还有希望。但即使在这里他也感觉到了自己的孤独。到处都有姑娘们三五成群地聚在一起,满脸渴望地徘徊在一个个廉价内衣的摊位边,和跟在她们身后的年轻人聊天闲谈、放声大笑。谁都没空看高登一眼。他走在他们中间,像个隐形人一样，只是当他经过时，他们的身体会避之不及。啊，看那儿！他不由自主地停下了。有个摊位上，三个女孩正俯身看着一堆丝绸刺绣内衣，神情专注，她们的脸紧紧凑在一起——三张年轻的脸庞，在刺目的灯光下犹如花儿一样，脸贴着脸，围成一簇，如同美洲石竹或夹竹桃上的一丛花朵。他心动了。当然，没有人看他！一个女孩抬头一看。啊！她像是受了冒犯的样子，慌忙又转开了目光。一阵不易察觉的红潮像泼墨水彩一样漫上了她的脸庞。他眼中那直勾勾的、色眯眯的精光吓着她了。昔日寻我者，今日避我行！他接着走。如果露丝玛丽在这儿就好了！他现在原谅她不给自己写信了。他可以原谅她任何事，只要她在这儿就好。他知道她对自己有多么大的意义，因为她是所有女人中唯一一个愿意将自己从寂寞的羞辱中解救出来的。

这时他抬头一看，看见了一样让他的心扑通直跳的东西。他赶忙调整自己双眼的焦点。有一刻他以为这是自己想象出来的。但是不对！那就是露丝玛丽。

她正穿过一个个摊位沿着小巷走来，就在二三十码外。就好像他的欲望将她召唤出来了一般。她还没看到他。她走向他，一个小巧斯文的身影，敏捷地在拥挤的人群和脚下的泥泞间穿梭而过。她戴着一顶黑色的平顶帽，就像哈罗公学的男生们戴的那种草帽，帽子几乎藏住了她的脸，也盖住了她的眼睛。他开始向她走去，并叫着她的名字。

"露丝玛丽！嗨，露丝玛丽！"

一个在摊位上抓鳕鱼，围着蓝色围裙的男人转身瞪了他一眼。由于人声嘈杂，露丝玛丽没有听见他的声音。他又叫了一声。

"露丝玛丽！我说，露丝玛丽！"

他们这时只有几码远了。她吓了一跳，抬起头来。

"高登！你在这儿做什么？"

"你在这儿做什么？"

"我来看你的。"

"但你怎么知道我在这里呢？"

"我不知道。我总是走这条路。我从卡姆登镇地铁里出来。"

露丝玛丽有时会到柳圃路来看高登。维斯比奇太太会酸溜溜地告诉他"有个年轻女人来见你"，然后他就会下楼来，他们去街上走一走。露丝玛丽从来不能上楼，甚至走进大厅都不行。这是这房子的一个规定。看维斯比奇太太说到"年轻女人"时的口气，你还以为她们是传播鼠疫的老鼠呢。高登抓着露丝玛丽的上臂，作势要把她拉到自己怀里。

"露丝玛丽！噢，再次见到你真是太开心了！我真是寂寞得不行了。你之前怎么不来呢？"

她甩开他的手，往后退出他的接触范围，从自己斜斜的帽檐下给了他一记表示愤怒的白眼。

"放开我,马上!我对你非常生气。你给我寄了那封残酷的信以后,我真的差点就不来了。"

"什么残酷的信?"

"你清楚得很。"

"不,我不清楚。哦,好吧,让我们从这儿出去吧。找个我们能说话的地方,这边走。"

他拉起她的胳膊,她再次甩开了他,但继续走在他身边。她的步子比他要快要小,在他身边走的时候,显得像是一个极为小巧、敏捷、青春的东西,就像他养了个什么活泼的小动物似的,比如一只松鼠,在他身边一蹦一跳的。事实上,她并不比高登的个子矮多少,也只比高登年轻了几个月而已。但没有人会把露丝玛丽说成是年近三十的老处女,尽管事实上她是。她是个强健敏捷的女孩,头发又黑又直,一张三角形的小脸上生着浓浓的双眉。这是一张那种人们在十六世纪的画像里见到的,小巧生动、棱角分明的脸。你第一次看到她摘帽子的时候会吓你一跳,因为在她的头顶上,有三根白发在漆黑秀发的映衬下犹如银丝一般闪闪发光。她从来懒得拔白头发,这就是露丝玛丽的典型做派。她仍然觉得自己是个风华正茂的姑娘,所有其他人也都如此认为。但细看之下,你就会发现,时光的痕迹在她脸上已经十分明显。

有露丝玛丽在身边,高登走得更有底气了。他为她骄傲。人们在看她,因此也会看他。他对女人们来说不再是隐形人了。一如平时，露丝玛丽穿得相当好看。她怎能靠一星期四英镑做到这点，实在是个谜。他尤其喜欢她戴的那顶帽子——是那种当时风靡一时的平顶帽，戏仿了教士的铲形宽边帽。它本质上有一种轻佻的意味。它向前方翘起的弧度，以某种难以名状的方式和露丝玛丽的背影构成了一种撩人的和谐。

"我喜欢你的帽子。"他说。

她的嘴角情不自禁地闪过一抹微笑。

"它确实挺漂亮。"她说着用手轻轻拍了拍帽子。

但她还在假装生气。她小心翼翼地不让他碰到自己的身体。他们一走到摊位尽头，上了主路，她就停下脚步，阴沉地面对着他。

"你给我写那样的信是什么意思？"她说。

"什么样的信？"

"说我让你心碎了。"

"你确实是的。"

"看起来是这样，不是吗？"

"我不知道。感觉上肯定是这样。"

这话是用半开玩笑的口气说的，却让她更加仔细地看着他——看着他那苍白灰败的脸庞，他未经修剪的头发，他整个邋里邋遢、不修边幅的样子。她立刻心软了，但她蹙起了眉头。为什么他不肯照顾好自己呢？这就是她脑子里的想法。他们靠得更近了。他搂住了她的双肩。她让他这样做了，并且用自己小巧的双臂环住他的身体，用力地抱紧了他，半是深情，半是气恼。

"高登，你真是个悲惨的人儿！"她说。

"我为什么是个悲惨的人儿？"

"你怎么就不能好好地照顾自己呢？你成了个完美的稻草人了。看看你穿的这些可怕的旧衣服。"

"它们适合我的境况。靠着一星期两英镑，哪儿能穿得体面呢，你懂的。"

"但总用不着搞得像个破布袋子一样跑来跑去吧？看看你外套上的这纽扣，都裂成两半了！"

她摸了摸那个裂开的纽扣，然后突然把他那条褪色的沃尔沃斯牌领带举到一边。她以某种女性的办法，推知了他的衬衫上没有纽扣。

"果然，又这样！一个扣子都没有。你太差劲了，高登！"

"我跟你说吧，我没法为这种事操心。我的灵魂超越纽扣。"

"但为什么不把它们给我，让我来为你把它们缝上呢？还有，噢，高登！你今天甚至没刮胡子。你真是邋遢得彻彻底底。你至少费点心每天早上刮刮胡子吧。"

"每天早上都刮，我可刮不起。"他倔强地说。

"你这是什么意思，高登？刮胡子又不要钱，要吗？"

"是的，要。样样都要钱。干净、体面、精力、自尊——

样样都要。全都是钱。我不是已经跟你说过千万次了吗?"

她又捏了捏他的肋骨——她强壮得叫人吃惊——并对他皱起眉头,审视他的脸庞,如同一个妈妈看着一个调皮却又让自己莫名喜爱的孩子那样。

"我好傻啊!"她说。

"怎么傻?"

"因为我这么喜欢你。"

"你喜欢我吗?"

"我当然喜欢。你知道我喜欢。我爱慕你。我真是傻。"

"那就到黑暗的地方来。我想吻你。"

"想想被一个连胡子都没刮的男人吻是什么样子!"

"呃,那对你来说是个全新的体验嘛。"

"不,不是,高登。认识你两年了,不是了。"

"噢,好吧,反正来吧。"

他们在房屋背后找到了一条近乎黑暗的小巷。他们所有的亲热都是在这样的地方进行的。他们唯一能有点隐私的地方就是在大街上。他把她的肩膀按在粗砾而潮湿的砖墙上。她积极地抬起自己的脸庞面对着他,以一种渴望的热情紧抓着他,就像个孩子。然而,自始至终,尽管他们身体紧贴着身体,却仍然像是有一面盾牌阻隔在他们中间。她像个孩子一样亲吻他,因为她知道他期待被吻。总是这样,只有在极少数时刻他才能唤醒她体内生理欲望的苗头,而就连这样她似乎后来也会忘记，于是他总是不得不从头再来。总感觉她那小巧、体形优美的身体有一种防备的意味。她渴望了解生理性爱的意义，但她也害怕它。这会摧毁她的青春，摧毁她那青春的无性世界——她选择生活其中的世界。

他把自己的嘴和她的分开，好跟她说话。

"你爱我吗？"他说。

"当然，傻傻地爱着。你为什么总是问我这个？"

"我喜欢听你说爱我。不知怎么地，不听你亲口说出来，我总觉得不能确定你的心意。"

"但为什么呢？"

"哦，呃，你可能改变主意了。毕竟，我算不上是少女所期望的那种梦中情人。我三十岁了，而且这年纪就老气横秋了。"

"别这么荒唐，高登！听你这么说话，谁都以为你一百岁了呢。你知道我和你年纪一样。"

"是的，但没有老气横秋。"

她用自己的脸颊蹭着他的脸，感受着他几天没刮的胡须的粗糙触感。他们的腹部紧贴在一起。他想到了自己一直想要她却从没得到过她的这两年时光。他几乎双唇贴在她耳畔，喃喃说道：

"你到底会不会跟我睡？"

"会，总有一天我会的。但不是现在。总有一天。"

"老是'总有一天'。'总有一天'说到现在都有两年了。"

"我知道。但我没办法。"

他把她按在墙上，扯掉了那顶可笑的平顶帽，把自己的脸埋进她的秀发中。靠她这么近，却全无意义，这实在是折磨人。他将一只手伸到她的颔下，抬起她小巧的脸庞面对自己，努力在伸手不见五指的黑暗中分辨她的五官。

"说，你愿意，露丝玛丽。求求你！说！"

"我知道我以后会的。"

"是的，但不是以后——现在。我不是说此时此刻，但是要快。等我们有机会的时候。说，你愿意！"

"我不能。我没法保证。"

"说'好'，露丝玛丽。拜托你说吧！"

"不。"

他一面仍然轻抚着她看不见的脸庞，一面吟诵道：

"Veuillez ledire donc selon Que vous estes benigne et doulche, Car ce doulx mot n'est pas si long Qu'il vous face mal en la bouche" ①

"这是什么意思？"

他翻译了一遍。

---

① 原文为法文，是维庸的诗句，大意为：请你说吧，以你的善良和柔情，因为你嘴边难以吐露的话语，不过是个短暂的言词。

"我做不到,高登。我就是做不到。"

"说'好',露丝玛丽,求求你。说'好'肯定和说'不'一样容易。"

"不,不是的,这对你来说是够容易。你是个男人。对女人来说这是不一样的。"

"说'好',露丝玛丽!'好'——这个字多容易。来吧,现在,说吧。'好!'"

"谁都会以为你是在教鹦鹉说话呢,高登。"

"噢,该死的!别拿这事开玩笑。"

争吵没有多少作用。一会儿,他们出来到了街道上,继续往南走。露丝玛丽那迅捷利落的动作,属于一个知道如何照顾自己,却主要把生活当成玩笑的姑娘,从这样的动作和整体的气质中,你可以大致猜出她的出身教养和她的心态背景。她是一个食不果腹的大家庭里最小的孩子,家人们仍然散落在中产阶级之中。她家总共有十四个孩子,父亲是一位乡村律师。露丝玛丽的姐姐们有的结婚了,有的是学校老师或在经营打字局①;哥哥们有的在加拿大务农,有的在锡兰的茶园,或在印度军队某些籍籍无名的部队里。像所有经过了丰富的少女时代的女人一样,露丝玛丽想一直做个少女。这就是为什么她在性上面如此不成熟。她将一个大家庭里昂扬的无性氛围保留到了

---

① 指代人手打各类材料,按字数收费的公司。

之后的人生中。她也将公平竞争和宽容并包①的理念吸收到了骨子里。她宽宏大量,根本不会被精神欺凌。她热恋高登,几乎容忍了他的一切。在她与高登相识的这两年里,她一次也没有为他不去尝试过一份体面的生活而责怪他,以此就能衡量,她宽容到什么程度了。

高登对这一切都心知肚明。但这时候他想着别的事情。在路灯柱周围苍白的光圈中,在露丝玛丽娇小、瘦削的身影旁,他觉得自己粗鲁、寒酸、肮脏。他真希望自己今天早上刮过胡子。他偷偷把手伸进口袋,摸了摸他的钱,有些害怕——这是他挥之不去的恐惧——自己可能掉了一枚硬币。但是,他能感觉到一个圆形物体的磨花边,这是他现在最主要的一枚硬币。还剩四先令四便士,他寻思着他不可能带她去吃晚餐。他们得像平时一样,沿着街道沉闷地走来走去,或者顶多去莱昂斯喝杯咖啡。该死!没钱的时候你怎么能玩得开心?他若有所思地说:

"当然全都要归到钱上来。"

这话说得莫名其妙。她抬头惊诧地看着他。

"你是什么意思,全都要归到钱上来?"

"我是说我的生活里一切都出了问题的这副样子。总是钱钱钱,钱就是一切的根源。而尤其是你我之间。这就是为什么

---

① Live and let live,指与人为善,宽容与自己不同的生活方式。

你并不真的爱我。我们之间有一层金钱的隔膜。每次我吻你的时候我都能感觉到它。"

"钱！这和钱有什么关系，高登？"

"钱和一切都有关系。如果我更有钱，你就会更爱我。"

"我当然不会！我为什么要那样？"

"你不由自主。难道你看不出来，如果我更有钱，我就更值得爱吗？现在看着我！看看我的脸，看看我穿的这些衣服，看看关于我的其他一切。你认为我如果一年有两千英镑会像这样吗？我要是更有钱，就会是一个不一样的人。"

"如果你是一个不一样的人，我应该就不爱你了。"

"这也是胡说。但这样来看吧。如果我们结婚了，你会和我睡觉吗？"

"你这问的什么问题！我当然会。要不然，结婚有什么意义呢？"

"那好，假设我收入可观，生活幸福，你会嫁给我吗？"

"说这个有什么好处，高登？你知道我们结不起婚。"

"是的，但假如我们可以。你会吗？"

"我不知道。是的，我会，我敢说。"

"那不就对了！这就是我说的——钱！"

"不，高登，不！这不公平！你是在曲解我的意思。"

"不，我没有。你心底也有这金钱的勾当，每个女人都有。你现在希望我有个好工作了，不是吗？"

"不是像你所说的那样。我希望你能挣更多钱——是的。"

"而且你认为我应该留在新阿尔比恩,不是吗?你想让我现在就回去,为QT酱料和特鲁威早餐脆麦片写广告语,是不是?"

"不,我不是。我从没这么说过。"

"可你是这么想的。任何女人都会这么想。"

他也知道他完全是在无理取闹。露丝玛丽从没说过的一件事,很可能她根本说不出口的事,就是他应该回阿尔比恩。但此时此刻他甚至根本不想讲什么道理。性方面的失望仍在刺痛他。怀着一种哀伤的胜利感,他想到自己毕竟是对的。正是金钱阻隔在他们之间。钱啊钱,都是钱!他噼里啪啦开始了半是认真的长篇大论:

"女人!她们把我们所有的想法都变成了什么样的胡说八道啊!因为人们离不开女人,而每个女人都要人们付出同等的代价。'抛掉你的体面,赚更多的钱。'——这就是女人的话。'抛掉你的体面,舔掉老板靴子上的污迹,然后给我买一件比隔壁屋的女人更好的毛皮大衣。'你眼之所见的每个男人都有一个女人像一条人鱼一样挂在他的脖子上,把他拖得越来越低——低到普特尼(Putney)某间可怕的半独栋小别墅里去,还带分期付款的家具,一台便携收音机,和窗户上的一株叶兰。是女人让一切进步成了可能。倒不是说我相信什么进步。"他相当意犹未尽地补充了一句。

"你都在胡说八道些什么啊,高登!好像什么都该怪在女人头上似的。"

"终究是要怪她们。因为是女人真正相信金钱法则。男人遵守这法则。他们必须要遵守,但他们并不相信它。是女人在维持它的运转。女人和她们的普特尼别墅、她们的毛皮大衣、她们的宝宝和她们的叶兰。"

"不是女人,高登!女人没有发明金钱,有吗?"

"是谁发明的并不重要,关键是,是女人在崇拜它。女人对金钱有一种神秘的感情。善恶在女人心里不过意味着有钱没钱。看看你和我。你不肯跟我睡觉,仅仅是因为我没钱。是的,这就是原因。"他捏着她的胳膊不让她出声。"你一分钟前刚刚承认,如果我有一份体面的收入,你明天就会跟我上床。这不是因为你唯利是图。你并不想让我付钱给你,让你陪我睡觉。没有那么低级。但你内心深处有一种神秘的感觉,觉得不知怎的一个没钱的男人配不上你。他是弱者,算不上真男人——你就是有这样的感觉。赫拉克勒斯(Hercules),既是力量之神也是金钱之神——你看雷蒙皮埃尔①就会发现这一点。是女人维持着所有神话的运转,女人!"

"女人!"露丝玛丽用一种不同的腔调重复了一遍,"我

---

① 指英国古典文学学者约翰·雷蒙皮埃尔(John Lemprière)。他创作了大量考证古典文学名称的著作。

讨厌男人们老是说女人的那副样子。'女人这个''女人那个'的——好像所有的女人全都一模一样!"

"当然所有的女人全都一模一样!除了一份安全的收入和两个孩子、一座普特尼的半独栋别墅和窗户上的叶兰以外,哪个女人还有什么别的需求?"

"哦,你和你的叶兰!"

"恰恰相反,你的叶兰。是你们这个性别养着它们。"

她捏了捏他的胳膊,放声大笑。她真不是一般的好脾气。而且,他说的这些显而易见的胡说八道,甚至都没有激怒她。高登对于女人的诽谤事实上是一种变态的玩笑,实际上,整个性别战争说到底都只是一个玩笑。因为同样的理由,你根据自己的性别扮成女权主义者或者反女权主义者非常好玩。他们一边继续走,一边就男女之争这个永恒而愚蠢的问题开始了一场激烈的辩论。因为他们见一次就要来一次,所以这场辩论的每次交锋总是大同小异。一个说男人残忍,一个说女人无情;一个说女人总是受制于人,一个说女人妥妥的就该受制于人;一个说看看耐心的格丽塞尔达①,一个说看看阿斯特子爵夫人②;一个说一夫多妻和印度教的寡妇算什么,一个说在潘科

---

① Griselda,民间传说人物,以其温顺耐心闻名。
② 指南茜·阿斯特(Nancy Astor,1879—1964),沃尔道夫·阿斯特(Waldorf Astor)子爵的妻子,英国首位女下议院议员,以雄辩著称。

斯特妈妈①大声疾呼的日子,每个良家妇女都在吊带袜上戴着捕鼠器,看见男人都手痒得恨不得阉了他又算什么?高登和露丝玛丽从不会厌倦这样的谈话。两个人都欢快地笑话着另一个人的荒唐。他们之间有一场快乐的战争。即使在针锋相对,他们也高兴地手挽着手,紧紧地贴在一起。他们很高兴。实际上,他们深深地爱着彼此。每个人对另一个来说都是一个经久不衰的笑话,也是一件价值连城的稀世珍宝。一会儿,远处出现了一盏霓虹灯红蓝相间的光晕。他们已经走到了图腾汉厅路的路口。高登搂住她的腰,带她向右一转,走进了一条漆黑的小巷。他们在一起太开心了,非得要亲吻。他们在路灯柱下紧紧拥在一起,仍在笑个不停,两个敌人胸贴着胸。她用自己的脸颊蹭着他的脸。

"高登,你真是个亲爱的老混蛋!我情不自禁地爱着你,哪怕你胡子拉碴,劣迹斑斑呢。"

"你真的爱吗?"

"真真正正。"

她的胳膊仍然环抱着他,她微微往后倾了倾身,用自己的腹部顶住他的肚子,透出一种纯真的妩媚。

"这辈子还真是值得一过啊,是不是,高登?"

---

① 指艾米琳·潘科斯特(1858—1928),英国政治活动家,激进的女性参政运动领导者。

"有时候。"

"要是我们能再稍微多见见就好了！有时候我几个星期都见不到你的面。"

"我知道这很糟糕，你不知道我有多讨厌独自一人的夜晚。"

"似乎做什么都从来没时间，我甚至要接近七点才能离开那个可怕的办公室。你星期天自己都在干吗呢，高登？"

"哦，天哪，到处闲逛，可怜兮兮的，就跟所有其他人一样。"

"为什么我们不找时间去乡下走一走呢？那样我们就可以整天都在一起了。比如说下周日？"

这话让他心中一凛。这让他重又想到了钱，他半个小时前才成功将它逐出脑海。乡间旅行要花钱，远远超过他的承受能力。他用一种暧昧不明的口气，把整件事转入了抽象领域：

"当然，星期天的里士满公园（Richmond Park）还不算太差，或是汉普特斯西斯公园。尤其你要是早上在人潮还没到那儿的时候进去更好。"

"哦，但是让我们直接去乡下吧！比如萨里（Surrey）的哪儿，或者去伯恩汉山毛榉林（Burnham Beeches）。它在这个时节真是太可爱了，地上铺满落叶，你可以走上一天也碰不到一个人。我们将步行很远很远，然后在一家酒吧吃个饭。这会很好玩的。我们去吧！"

金钱勾当又回来了。甚至像伯恩汉山毛榉林那么远的旅行都会花掉整整十先令。他做了一番速算。他或许能搞定五先令，茱莉娅可以"借"他五先令，也就是给他五先令。同一时间，他记起了自己再不跟茱莉娅"借"钱的誓言，这个誓言常立常新，又被不断破除。

他用和之前一样的口气随意地说：

"这会非常有趣的。我想我们或许能做到。不管怎样，这周晚些时候我会让你知道的。"

他们从小街里出来了，仍然手挽着手。转角有个酒吧。露丝玛丽踮着脚，抓着高登的胳膊作为支撑，勉强透过下半截霜雾氤氲的窗户向里张望。

"看，高登，那儿有个钟。快九点半了，难道你不饿得慌吗？"

"没。"他马上撒了句谎。

"我饿，我简直要饿死了。我们进去要点东西上哪儿吃去吧。"又是钱！再过一会儿，他就必须要承认他的全部家当只有四先令四便士了——这四先令四便士要挺到周五。

"我什么也吃不下。"他说，"我敢说我或许能喝下一杯酒。我们去喝点咖啡什么的吧。我想我们能找到一家在营业的莱昂斯餐厅。"

"哦，别去莱昂斯！我知道有一家非常棒的意大利小餐馆，就在这条路上。我们要吃拿波里意面，再来瓶红酒。我爱死意面了,我们去吧。"

他的心一沉,这样没好处,他只得坦白。他们两个人在意大利餐厅吃晚饭的花费不可能少于五先令。他几乎生气地说:

"实际上,这时间我差不多该回家了。"

"哦,高登!这就走?为什么?"

"哦,好吧!如果你非要知道,我的全部家当只有四先令四便士。而且这是要撑到周五的。"

露丝玛丽停住脚步。她太生气了,于是用尽全力捏住了他的胳膊,故意要弄疼他、惩罚他。

"高登,你真是个混蛋!你是个彻头彻尾的傻瓜!你是我见过的最难以形容的傻瓜!"

"我为什么是傻瓜?"

"因为重要的不是你有没有钱!我是在请你和我共进晚餐。"

他从她手中抽出他的手臂,站得离她远了些。他不想看她的脸。

"什么!你觉得我会走进一家餐馆,然后让你为我的晚餐付账吗?"

"但为什么不行呢?"

"因为没人能做那种事。没有这种事。"

"'没有这种事'!待会儿你要说'这不公平'了是吧。什么'没有这种事'?"

"让你请我吃饭。男人可以请女人,女人不能请男人。"

"哦,高登!我们是生活在维多利亚时代吗?"

"是的,就这种事来说,我们就是。观念转变没那么快。"

"但我的观念已经转变了。"

"不,它没变。你觉得它变了,但它没有。你是被作为一个女人养大的,你会不由自主地像一个女人那样行动,无论你自己有多么不愿意。"

"但你说的像一个女人那样行动到底是什么意思呢?"

"我告诉你,说到这种事情,每个女人都一样。女人会鄙视依赖她、吃软饭的男人。她可能说自己不会,她可能以为自己不会,但是她会。如果我让你请我吃饭,你就会鄙视我。"

他已经转过身去了。他知道自己表现得多么可恶。但不知怎的他不得不说这些话。人们——甚至是露丝玛丽——一定在为他的贫穷而鄙视他的这种感觉太过强烈,无法克服。他只能通过硬邦邦、酸溜溜的独立宣言来维护他的自尊。露丝玛丽这次是真的伤心了。她抓着他的胳膊把他扳过来,让他面对着她。她以一种急切的姿势,将自己的胸顶住他,显得生气而又强烈要求被爱。

"高登!我不许你说这种话。你怎么能说我居然会鄙视你呢?"

"我告诉你,如果我任自己吃你的软饭,你就会不由自主地鄙视我。"

"吃我的软饭!你用的什么词儿啊!我请你吃一次晚饭,

怎么就成了吃我的软饭了!"

他能感觉到那两个坚挺浑圆的小巧乳房,就在自己的胸口下。她仰视着他,皱着眉头,却泫然欲泣。她觉得他莫名其妙、不可理喻、残忍狠心。但她近在咫尺的身体让他走神。此时此刻他唯一记得的就是两年来她从来没有以身相许。她在唯一重要的事情上不肯满足他。既然在最根本的问题上她退缩了,那还假装爱他又有什么好处呢?他带着一种残忍的快乐补充道:

"某种意义上你确实鄙视我。哦,是的,我知道你喜欢我。但是你毕竟没有对我太认真。我对你来说有些像笑话。你喜欢我,不过我配不上你——这就是你的感觉。"

这是他之前说过的话,但却有些不同,现在是他的真心话,或者说得像他的真心话。她语带哭腔地吼道:

"我没有,高登,我没有!你知道我没有!"

"你有。这就是为什么你不肯和我睡觉。我之前没有告诉过你这一点吗?"

她又仰头看了他一瞬,然后猛然将自己的脸埋进了他的胸口,仿佛在躲避一记重拳。这是因为她的泪水决堤了。她伏在他的胸口上放声大哭,生他的气,恨他,而又像个孩子般紧紧抓着他。正是她抓着他时那种孩子气的样子——只把这当作一个给她哭泣的男性胸膛——最让他受伤。怀着一种自我厌恶,他想起了另一个以一模一样的方式伏在他胸上哭泣的女人。似乎面对女人，他唯一能做的，就是弄哭她们。他搂着她的双肩，笨拙地抚摸着她，试图安慰她。

"你都把我弄哭了！"她害臊地说。

"对不起！露丝玛丽，亲爱的！别哭了，求求你，别哭了。"

"高登，最亲爱的！你为什么非要对我这么残忍呢？"

"对不起，对不起！我有时候就是不由自主。"

"但是为什么呢？为什么？"

她已经止住了哭泣。她平静多了，松开了他，摸索着找东西擦眼睛。他们俩都没有手绢。她不耐烦地用手背擦去了眼中的泪水。

"我们怎么总这么傻！好了，高登，就体贴一次吧。到餐馆里来，吃点晚饭，让我来付钱。"

"不。"

"就这一次。别管那老套的金钱勾当。就算是让我高兴高兴。"

"我告诉你，我没法做那种事。我必须要坚持我的原则。"

"但你是什么意思，坚持原则？"

"我已经对金钱宣战了，我要遵守规则。第一条规则就是绝不接受施舍。"

"施舍！哦，高登，我真的觉得你是个傻子。"

她又捏了捏他的肋骨。这是和解的信号。她不理解他，大概永远也不会理解他,但她接受他本来的样子,甚至基本上没有反抗他的无理取闹。当她仰起头来吻他的时候,他注意到她的嘴唇有些咸味,有一滴泪珠落到了这里。他紧紧搂住她,那种生硬的戒备感已经从她的身体里消失了。她闭上眼睛,倒在他身上,跌进他怀里,好像她的骨头都软了,她的双唇张开,她小小的舌头寻觅着他的舌,她极少这样做。突然,他意识到她的身体屈服了,他似乎确定他们的斗争结束了。现在,她是他的了,随时任他拿走。不过,或许她并不完全明白自己在奉献什么,这仅仅是一个宽容的本能动作,只是希望安抚他——消除那不值得爱、没有人爱的讨厌感觉。她并没有说任何这种话,似乎是她身体的感觉在说。但即使这就是恰当的时间恰当的地点,他也不能要她。这一刻他爱她,但对她并没有欲望。只有在将来某个时候,当他头脑中没有言犹在耳的争吵,也意识不到自己口袋里有四先令四便士的纠缠的时候,他的欲望才会回来。

一会儿,他们分开了嘴,但还是紧紧搂在一起。

"好傻啊,我们这样吵架,是不是,高登?我们见面的时候那么少。"

"我知道,都是我的错,我控制不了。有些事情激起了我的脾气。追根究底都是钱,总是钱。"

"噢,钱!你过于在意这个了,高登。"

"不可能。这是唯一值得在意的事情。"

"但是，不管怎样，我们下周日要去乡下的，是不是？去伯恩汉山毛榉林之类的。如果我们能去那就太好了。"

"是的，我想去。我们早点出发，在外面呆一整天。我会想办法筹到车费的。"

"但你会让我付我自己那部分钱，不是吗？"

"不，我宁愿我来付，但不管怎样，我们会去的。"

"你真的不肯让我请你吃晚饭吗——就这一次，就为了说明你信任我？"

"不，我不能。对不起。我已经告诉过你为什么了。"

"哎呀，天哪！我想我们该说晚安了。天快晚了。"

但他们继续谈了很长时间，长到露丝玛丽终究还是没吃上晚饭。她必须在11点前回到住处，否则母恐龙们会生气的。高登走到图腾汉厅路的路口搭乘电车。这比坐巴士便宜一便士。他坐在楼上的木头座位上，挤在一个脏兮兮的小个苏格兰人旁边，那人读着足球决赛的新闻，喷着酒气。高登非常高兴，露丝玛丽要成为他的情人了。狂风骤起摧肝胆。伴着电车轰隆的乐声，他低声默念诗中已经完成的七个诗节。一共要有九节，这挺好。他对它、对自己都很有信心。他是个诗人。高登·康斯托克，《鼠》的作者。他甚至对《伦敦拾趣》也再次恢复了信心。

他想到了周日。他们将会九点钟在帕丁顿站见。这会花掉十先令左右，就算要当掉他的衬衫他也要筹到这笔钱。而她将成为他的情人,如果机会合适的话或许就在这个周日。虽然嘴上没有说过一个字,但两人已经莫名达成了约定。

求求上帝,让周日天气晴朗吧!现在已是隆冬,如果那天是个明媚无风的日子——一个几乎热烈得如同夏天,让你可以在枯黄的草地上躺上几小时而丝毫不觉得冷的日子,该有多幸运啊!但这样的日子没有多少,每个冬天顶多不过十一二个。周日很可能会下雨,他怀疑他们究竟能不能有机会出门。除了户外,他们无处可去。伦敦有那么多对情侣都"无处可去",只能去大马路上和公园里,那里没有隐私,而且总是很冷。没钱的时候,想在寒冷的天气里做爱可不容易。小说里对"永远没有合适的时间和地点"这个主题挖掘得还不充分。

乘兴而来，败兴而归

烟尘从烟囱中直直腾起，映衬着灰红色的天空。

高登八点十分赶上了27路车。街道仍然沉陷在周日的睡梦中。各家门前台阶上尚未取走的牛奶瓶静静地等待着，如同一个个小小的白色哨兵。高登手上有十四先令——确切地说是十三先令九便士，因为车费花了三便士。有九便士是他从工资里存下来的——高登知道，这对这周接下来的日子意味着什么！还有五便士是跟茱莉娅借的。

他周三晚上去茱莉娅处串了个门。茱莉娅的房间在厄尔斯苑，虽然只是一个三楼的里间，但和高登那间粗陋的卧室有所不同。这是一间开间，兼做卧室和客厅，重点在客厅。茱莉娅宁愿饿死，也不会忍受高登所处的那种肮脏环境。几年间，她一桌一椅地渐渐积攒起了家具，确确实实每一件都代表着一段半饥半饱的日子。有一张近乎能让人误认成沙发的沙发床,还有一张氨熏橡木小圆桌、两件"古董"硬木椅子、一个装饰性脚凳,以及一个盖着印花布的德拉格牌扶手椅,扶手椅是十三个月分期付款买的,放在小小的煤气炉前。各式各样的架子上放着爸爸妈妈、高登、安吉拉姑姑的装框照片,还有一本白桦林的日历,这是某人的圣诞礼物,上面烙画着"康庄长道,一往无前"几个字。茱莉娅让高登万分沮丧。他总是告诉自己,应该多去看看她,但实际上除了去"借"钱以外,他从不接近她。

高登敲了三次门后——找三楼要敲三次门——茱莉娅带他上楼进了自己房间,然后在煤气炉前跪下来。

"我再把火点上。"她说,"你想喝杯茶吧,是不是?"

他注意到这个"再"字。这房里冷得不像话,今晚没有点过火。茱莉娅一个人时总会"节约用气"。当她跪下时,他看着她狭长的脊背。她的头发白得多厉害呀!整缕整缕的都灰白了。再白一点,就可以直接叫做"白头发"了。

"你喜欢喝浓茶,不是吗?"茱莉娅吐着气,用温和的、鹅一样的动作吹了吹茶杯。

高登站着喝完了茶,眼睛盯着白桦木日历。说出来!了结这事!但他差点就没了勇气。这可恶的吃白食真是卑鄙!这么多年他找她"借"的钱,加起来都有多少了?

"我说,茱莉娅,我万分抱歉——我不想问你,但是你看——"

"怎么了，高登？"她静静地说。她知道接下来是什么。

"你看，茉莉娅，我万分抱歉，但你能不能借我五先令？"

"可以，高登，我想可以。"

她找出藏在衣物抽屉底部的那个又小又破的黑色皮夹。他知道她在想什么。这意味着买圣诞礼物的钱又少了些。这就是她现如今生活中的头等大事——圣诞节，送礼物：在茶馆关门后的深夜里，在灯火寥落的街头，穿梭搜寻，走过一个又一个便宜货柜台，挑拣出女人们莫名其妙爱不释手的那些垃圾。手帕香囊、信件分隔架、茶壶、美甲套装、烙着格言的白桦林日历。一年到头，她都在从自己可怜的工资里一点点抠出来"某某的圣诞礼物"，或者"某某的生日礼物"。难道去年圣诞，她不是因为高登"喜欢诗歌"，就给他送了绿色摩洛哥皮革精装的《约翰·德林克沃特（John Drinkwater）诗选》，结果让他卖了半克朗吗？可怜的茉莉娅！高登拿着他的五先令，尽可能体面地快速离开了。为什么不能向一个富朋友借钱，却可以向一个食不果腹的亲戚借呢？但是，家人当然"不算"。

在巴士顶上他算了算账。手里有十三先令九便士。两张到斯劳（Slough）的当天往返车票，五先令。巴士费，就算再加两先令吧，七先令。酒馆里的面包、奶酪和啤酒，就算每人一先令，九先令。茶水，每份八便士，十二先令。买烟一先令，十三先令。这样还剩下九便士应急。这些钱能撑过去。那这周剩下的日子怎么办？买烟的钱一分都没剩了！但他拒绝为此担心。不管怎样,今天将值得这番辛苦。

露丝玛丽准时和他碰了头。她的一个优点就是从不迟到,而且就算这么大清早她也精神饱满、兴致高昂。和平常一样,她穿得相当漂亮。她又戴着那顶仿铲形宽边帽,因为他说过他喜欢这帽子。他们几乎独享了整个车站。这个巨大的灰色空间,脏乱而荒凉,有一种污秽不洁的空气,仿佛还没从周六夜晚的放荡中苏醒过来。一个胡子拉碴、打着哈欠的工作人员跟他们说了去伯恩汉山毛榉林的最佳路线,于是不一会儿,他们坐在一辆三等蒸汽车上向西驶去。伦敦凄清的荒野渐渐展现,又让位给狭窄、乌黑的原野,上面点缀着卡特牌小肝药的广告。风平浪静,暖意融融。高登的祈祷实现了,这是一个无风的日子,简直和夏天无异。你可以感觉到太阳就藏在雾气后,运气好点的话,一会儿就会放晴了。高登和露丝玛丽万分开心,开心得不像话。走出伦敦有一种疯狂大冒险的感觉,长长的"乡下"的一天就要在他们前方展开。露丝玛丽已经有好几个月没有踏足过"乡下"了,高登也有一年了。他们紧紧挨坐在一起,膝盖上摊着《星期日泰晤士报(Sunday Times)》。但是,他们没有看报纸,而是看着原野、牛羊、房屋、空空的火车、沉睡的大工厂一一闪过。两个人都非常享受这趟火车之旅,甚至希望能坐得更久一点。

到了斯劳,他们下车,搭乘一辆可笑的巧克力色直达巴士前往法纳姆平民区。斯劳仍在半睡半醒间。露丝玛丽现在记起了他们以前去法纳姆平民区的路。沿着一条布满车辙的马路走下去，就会豁然开朗，来到一片鲜美潮湿的茂密草地，光秃秃的小桦树点缀其间。远处是山毛榉林。每一根枝每一片叶都一动不动。树木犹如鬼魅一般，在静谧潮湿的空气中挺立着。露丝玛丽和高登都为这可爱的一切而欢呼雀跃。这露水，这静谧，这桦树光滑的枝干，这脚下柔软的草叶！然而，一开始他们有些胆怯，感觉格格不入，伦敦人出了伦敦就会这样。高登觉得好像自己之前好长时间都一直生活在地下似的。他感到自己无精打采，形容不整。他们走路的时候，他溜到露丝玛丽身后，这样她就不会看到他皱纹交错、毫无血色的脸了。而且，他们还没走多远就已经上气不接下气了，因为他们只习惯在伦敦行走。在开头半个小时里他们几乎没有说话。他们一头扎进树林里，开始向西而行。他们并不太清楚自己在往哪儿走，哪儿都行，只要远离伦敦就好。一株株山毛榉在他们四周拔地而起，树皮光滑如同皮肤，再加上根部的隆起，仿佛奇怪的阴茎。它们根部处寸草未生，只有干枯的落叶铺得厚厚的，使得远处的山坡看起来犹如黄铜色的绸缎。万籁俱寂。不一会儿，高登和露丝玛丽并肩而行。他们手拉手沿着车辙走，飘入其中的黄铜色枯叶在脚下沙沙作响。有时他们走出树林到了马路上，路过荒凉的大宅子，那曾经是马车时代的乡村豪宅，现在却荒无人烟，卖不出去。路的远方，雾气掩映着树篱，呈现出一种奇怪的紫棕色，光秃的草木在冬天就会呈现这种棕色茜草似的颜色。周围有几只鸟——有时是松鸡,在树木之间穿行;还有野鸡,拖着尾巴晃晃悠悠走过马路,简直和母鸡一样温驯,好像知道自己在周日是安全的。但在半个小时里,高登和露丝玛丽一个人也没碰到。睡眠笼罩着乡野,难以相信他们离伦敦不过二十英里。

不一会儿,他们就走得神清气爽了。他们恢复了元气,血脉贲张。在这样的日子里,你会觉得,如果有必要,你能走上一百英里。突然,他们又走到了马路上,树篱上满是露水,闪动着钻石般的光彩。阳光穿透了云层,金光斜斜洒下,原野一片黄澄澄的,万事万物都冒出了精美绝伦、出人意料的缤纷色彩,就像某个巨人国的孩子打翻了一盒新颜料。露丝玛丽抓住高登的手臂,把他拉到自己身边。

"噢,高登,多么可爱的一天啊!"

"确实可爱。"

"还有,哦,看啊看啊!看那片田野里那一大群兔子!"

不错,在田野那头,有数不清的兔子在吃草,简直像一群羊。突然树篱下出现了一阵骚动,原来有只兔子躺在这儿。它从草丛中的巢穴里蹦出来,溅起一片露水,挺着白色的尾巴,沿着田野一路猛冲而去。露丝玛丽扑到高登怀里。天气格外地温暖,暖如夏日。他们将身体贴在一起,体会着与性无关的欢愉,就像孩子一样。在这户外旷野之中,他可以无比清晰地看到她脸上时光的印迹。她快三十了,看起来也像这年纪,他快三十了,看起来还要老些;而这毫无关系。他摘掉那顶可笑的平顶帽,她头顶上的三根白发闪着银光。这一刻他不希望它们消失。它们是她的一部分,因此也可爱起来。

"和你单独在一起多么开心啊!我真高兴我们来了!"

"而且,噢,高登,想想我们可以有一整天都在一起!而且本来很可能会下雨的。我们多幸运啊!"

"是啊。我们来给不死的神明烧点祭品吧,待会儿就干。"

他们兴高采烈。一路走着,他们对见到的一切都生出过分的热情:对他们捡到的一根松鸡羽毛,觉得它蓝如天青矿石;对一汪平静的池水,觉得它如同黑玉镜面,深处倒映着根根粗枝;对树上长出的真菌,觉得它们是怪物横着长的耳朵。这是因为树皮太光滑,而且树枝从茎干上长出来的样子像是奇怪的四肢。高登说树皮上的小树瘤像乳房的乳头,高处树皮光滑乌黑的虬曲树枝,像弯曲的象鼻。他们为了比喻争来争去,按照他们一贯的作风,时不时激烈地吵起来。高登开始给他们路过的每样东西寻找丑陋的比喻来逗她。他说角树的黄褐色叶片像伯恩·琼斯①画的少女的秀发,而常春藤光滑的茎须缠绕着大树,像狄更斯的女主人公勾人的手臂。有一次他坚持要毁掉一些淡紫色的伞菌,因为他说它们让他想起一幅拉克姆的插画,他怀疑有精灵在绕着它们跳舞。露丝玛丽骂他是头没有灵魂的

---

① 指Edward Burne-Jones(1833—1898),英国画家。

猪。她蹚过一片山毛榉落叶，它们足有她膝盖深，在她周围沙沙作响，像是一片没有重量的红金色大海。

"噢，高登，这些叶子！看看阳光洒在它们上面的样子！就像金子一样。真的像金子。"

"还童话里的金子呢。再过会儿你就满嘴巴里①了。事实上，如果你想要一个确切的比喻的话，它们不过是土豆汤的颜色。"

"别跟头猪似的，高登！听听它们沙沙作响的声音。'稠密得像秋天的繁叶，纷纷落满了华笼柏络纱的溪流。'②"

"或者像一片美国早餐麦片。特鲁威早餐脆麦片。'早餐脆麦片，孩子天天念。'"

"你是个畜生！"

她大笑。他们牵手走过，在齐踝深的落叶中窸窣而行，放声高喊：

"稠密得像早餐脆麦片，纷纷落满了韦林花园城（Welwyn Garden City）③的盘子。"

这太好玩了。不久，他们走出了林区。现在已经有很多人出门来了，但如果你远离主路，还是见不到多少车辆。有时他们听见教堂的钟声，就绕道避开去教堂的人群。他们开始穿越

---

① 指《彼得潘》作者巴里。
② 此为弥尔顿《失乐园》中诗句。
③ 英国赫特福德郡的一个花园城镇。

稀疏的村落，村落边郊傲然高耸着遗世独立的仿都铎风格的别墅和车库，还有月桂灌木和荒败的草地。高登玩闹着大骂别墅，以及它们所属的该死的文明——属于股票经纪人和他浓妆艳抹的老婆的文明，属于高尔夫、威士忌、通灵板①，还有名叫乔克的阿伯丁猃犬的文明。他们又这样走了四英里左右，一路畅谈，频频争吵。天空飘过几朵薄云，但几乎一丝风也没有。

他们的脚酸得厉害，肚子也越来越饿。谈话自然而然便开始转向食物。他们都没有表，但他们穿过一个村落时，看到酒馆开门了，所以一定已经过了十二点。他们在一家酒馆门外犹豫不决。酒馆名叫"一鸟在手"，看起来相当低劣。高登赞成进去，他暗暗寻思，在这样的酒馆里，面包奶酪和啤酒最多只花一先令。但露丝玛丽说这地方看起来恶心，事实也确实如此，她希望能在村落那头找到一家宜人的酒馆。他们想象着一间舒适的酒吧厅堂，有一张橡木长椅，或许墙上的玻璃架上还有一条圆滚滚的梭鱼。

但村里再没别的酒吧了，不一会儿，他们又进入了旷野，一幢房子也看不到，连路牌都见不着一个。高登和露丝玛丽警觉起来。到两点酒馆就关门了，然后就找不到食物了，除非能

---

① 一种木制平板，上面标有各类字母、数字等，用于与鬼魂对话，进行占卜。

在哪家乡村糖果店买一包饼干。一想到此,他们就不觉饥火中烧。他们精疲力尽地翻过一座巍峨的大山,希望能在山那边找到一个村庄。没有村庄,但下面远处蜿蜒着一条墨绿的河,沿河似乎散落着一个大镇子,还有一座灰色桥梁横跨河面。他们甚至不知道那是什么河——当然是泰晤士河。

"谢天谢地!"高登说,"那下面肯定有很多酒馆。我们最好就进最先找到的那家。"

"好,我们就这么干。我快饿死了。"

但当他们靠近城镇时,那里似乎安静得出奇。高登怀疑人们是不是全都在教堂,或是在吃周日会餐,直到他意识到这地方完全荒无人烟。这是泰晤士河上的克里克汉(Crickham-on-Thames),是那种避暑旺季才会住人,其余时候都陷于冬眠的河边小镇。它沿着河岸蜿蜒了一英里有余,而且完全是由船屋和平房组成的,现在全都窗扉紧闭,空无一人。到处都没有一点活物的迹象。但是,他们最终碰到了一个肥胖而冷漠的红鼻子男人。他长着参差不齐的胡子,坐在一张折叠椅上,旁边的纤道上放着一罐啤酒。他正在用一根二十英尺长的钓竿钓鱼,平静的绿色水面上,两只天鹅绕着他的浮标打转,每当他把鱼饵拉起来时,它们就想乘机偷走鱼饵。

"您能告诉我们哪儿能弄着点吃的吗?"高登说。

那个胖男人似乎料到了这个问题,并为此暗自窃喜。他看也不看高登,就作了回答。

"你什么吃的也弄不到。在这儿你弄不到。"他说。

"但这不可能！你是说这整片地方就一间酒吧都没有吗？我们可是从法纳姆平民区一路走过来的。"

胖男人鼻子一哼，若有所思，眼睛仍然盯着浮标。"我说你可以去试试拉文斯科洛夫酒店（ravenscroft hotel）吧。"他说，"大约过去半英里。我猜他们会给你弄点什么，前提是他们开着的话。"

"但他们是开着的吗？"

"可能开也可能不开。"胖男人得意地说。

"那你能告诉我们现在几点了吗？"露丝玛丽说。

"刚过一点十分。"

那两只天鹅跟着高登和露丝玛丽沿着纤道走了一小段，显然是指望他们喂点吃的。看来拉文斯科洛夫酒店开着的希望不大。这整片地方都有种凄清而肮脏的气氛，旅游胜地在淡季时就是这样。平房的木板已经龟裂，白色的油漆片片剥落，窗户上灰尘扑扑，几乎看不见内部陈设。就连河岸沿线零星点缀的自动售货机也故障了。似乎镇子那头还有一座桥。高登埋怨个不停。

"我们有机会的时候却不进那家酒吧，真是该死的傻瓜！"

"噢，亲爱的！我真是要饿死了。我们是不是最好掉头回去，你觉得呢？"

"没用的，我们来的这一路上没有酒吧。我们必须继续走。我想拉文斯科洛夫酒店在那座桥对面。如果那是主干道的话,它还有可能开着。不然我们就惨了。"

他们拖着步子总算过了桥。他们的脚现在酸透了。但是看哪!终于出现了他们要找的东西,因为就在桥那边,在一条私家道路上,矗立着一座大气堂皇的酒店,后院的草地一直蔓延到河边。它显然开着。高登和露丝玛丽急切地向它走去,然后停住脚步,气馁了。

"它看起来贵得吓人。"露丝玛丽说。

它确实看起来挺贵。这是一个俗气而装腔作势的地方,处处镀金,刷着白漆——是那种每块砖上都写着漫天要价、服务恶劣的酒店。在车道边,一块势利的公告牌赫然占据着马路,用烫金大字写着:

拉文斯科洛夫酒店
仅对外来人士开放
午宴-下午茶-晚餐
舞厅和网球场
承办聚会

车道上停着两辆锃亮的双座轿车。高登畏缩了。他口袋里的钱似乎缩为无物了,这完全是他们所寻找的舒适酒吧的对立面。但他饿坏了。露丝玛丽拧了拧他的胳膊。

"这看起来是个可怕的地方，我看我们继续走吧。"

"但我们必须弄点吃的，这是我们最后的机会了，我们再找不到酒吧了。"

"这种地方的食物总是非常恶心。恐怖的冷牛肉，尝起来就像是去年攒下来的一样。而且他们还为此狮子大开口。"

"噢，好吧，我们只点面包、奶酪和啤酒。这个价钱总是差不多。"

"但他们讨厌你这么做。他们会试图逼我们点一顿像样的午饭，你看着吧。我们必须要坚定，只说要面包和奶酪。"

"行，我们会坚定的。来吧。"

他们进去了，下定决心要坚定。但透风的门厅里透着一种昂贵的气息——一种印花棉布、枯死的花朵、泰晤士河水和涮酒瓶水的气息。这是河滨酒店特有的气息。高登的心更沉了。他知道这是什么样的地方。这是那种公路上到处都是的荒凉酒店，只有股票经纪人常常在周日的下午，大摇大摆地带着他们的婊子来光顾。在这种地方，受辱挨宰简直是顺理成章的事。露丝玛丽缩了缩，靠近他，她也被吓着了。他们看见一扇门上标着"雅座"，以为是酒吧，于是推开门。但这不是酒吧，而是一个气派而清冷的大房间，布置着灯芯绒装饰的椅子和沙发。要不是所有的烟灰缸上都写着"白马"威士忌的宣传，你会误以为这是一间普通的客厅。一张桌子边围坐着外面轿车上下来的人——两个金发平头、打扮过于年轻的胖男人，还有两个讨厌的优雅少妇。显然他们刚吃完午餐，一名侍者，正俯身为他们奉上餐后甜酒。

高登和露丝玛丽停在门口。桌边的人们已经在用不怀好意的中上阶层的目光盯着他们了。高登和露丝玛丽看起来又累又脏，他们自己也知道。点面包奶酪和啤酒的念头几乎被抛到了九霄云外。在这样的地方，你不可能说得出"面包奶酪和啤酒"，"午餐"是你唯一能说的字眼。除了"午餐"和逃走以外没有别的选择。那个侍者几乎在明目张胆地鄙视他们。只消一眼，他就用"没钱"二字给他们做了总结评估，但他也已经料到他们心里在想着逃走，并决心在他们逃掉之前截住他们。

"先生？"他问道，将托盘从桌上拿起来。

就是现在！不管三七二十一，说"面包奶酪和啤酒"！哎！他的勇气消失了。只能是"午餐"。他用一种貌似随意的姿态，将手伸进自己的口袋。他是在摸索自己的钱，确认它们还在那里，他知道还剩七先令十一便士。侍者的眼睛紧随他的动作，高登有一种讨厌的感觉，好像那个男人其实能够透视布料，数清他口袋里的钱。他竭尽全力用一种高傲的语调回应道：

"请问我们能来点午餐吗？"

"午膳吗，先生？是的，先生。这边走。"

这位侍者是个黑头发的年轻人，长着一张五官精美、皮肤光滑而面色灰黄的脸。他的衣装剪裁精致，可是看起来不大干净，好像他很少脱下来似的。他看起来就像一个俄罗斯王子，很可能他是个英国人，却装出一副外国腔，侍者通常如此。露丝玛丽和高登灰心丧气地跟着他进了餐厅，餐厅在后面，面对草地。它完全就像一家水族馆，完全由青草搭建而成，又湿又冷，几乎让你以为自己置身水下。你可以看到并闻到外面的河水。每一张小圆桌的正中，都有一盆纸花，但在餐厅一边，为了让水族馆的效果更加完美，放了一整个花架的常青树、棕榈树、叶兰等，不一而足，仿佛无精打采的水生植物。在夏天，这样的房间可能足够宜人；而现在，当云层掩蔽了太阳，这一切只显得阴湿凄凉。露丝玛丽几乎和高登一样害怕那个侍者。当他们坐下时，趁他有一刻转过了身，她冲他的背影做了个鬼脸。

"我的午餐我自己出钱。"她隔着桌子对高登悄悄地说。

"不，你不用。"

"多么恐怖的地方啊！这里的食物肯定很糟糕。我真的希望我们没有来。"

"嘘！"

侍者拿着一张脏兮兮的打印菜单回来了。他把菜单递给高登，然后站在他旁边，透着侍者那股知道你口袋里没有多少钱而幸灾乐祸的劲头。高登的心扑通直跳。如果这是价值三先令六便士，甚至半克朗的那种定价套餐①，那他们就完了。他咬

---

① 指总价一定，有好几样菜，但菜品大多固定的套餐。

紧牙关，看着菜单。谢天谢地！这是可以点菜的。单子上最便宜的是冷牛肉和沙拉，价值一先令六便士。他说道，或者是咕哝道：

"我们要冷牛肉吧，谢谢。"

侍者扬了扬精致的眉毛，装出诧异的样子。

"只要冷牛肉吗，先生？"

"是的，反正不够再点吧。"

"但您其他什么都不要了吗，先生？"

"哦，好吧。给我们来点面包吧，当然，还有黄油。"

"但不要开胃的汤吗，先生？"

"不，不要汤。"

"也不要鱼吗，先生？只要冷牛肉？"

"我们要鱼吗，露丝玛丽？我觉得我们不用。不，不要鱼。"

"也不要餐后甜点吗，先生？只要冷牛肉？"

高登好不容易才控制住自己。他觉得自己从没像讨厌这个侍者一样讨厌过谁。

"如果我们还要别的东西的话，之后再告诉你吧。"他说。

"那您喝酒吗，先生？"

高登本打算要啤酒，但他现在没有那个勇气了。在这场冷牛肉的事端之后，他得找回点场子。

"给我拿酒单来。"他断然道。

侍者拿出了另一张脏兮兮的单子。所有的酒都贵得不可思议。但是，在单子最上方有几样没有名字的廉价红葡萄酒，只要两先令九便士一瓶。高登快速盘算了一番。他刚好可以承担两先令九便士。他用拇指指甲示意那种酒。

"给我们来一瓶这个。"他说。

侍者的眉毛又扬了扬，传递了一丝讽刺。

"您要一整瓶吗，先生？您不想要半瓶吗？"

"一整瓶。"高登冷冷地说。

侍者脑袋一点，左肩一耸，转身走了，整个动作一气呵成，微妙地透出轻蔑。这让高登无法忍受。他隔着桌子对视露丝玛丽的眼睛。他们必须想个办法让那侍者也尝尝这滋味！片刻后侍者回来了，抓着瓶颈拿来一瓶廉价红酒，并用外套下摆半遮半掩着，好像那是什么不体面或不干净的东西。高登已经想到了一个为自己报仇的方法。当侍者拿出瓶子的时候，他伸出一只手，摸摸瓶子，然后皱起眉头。

"红酒可不是这么上的。"他说。

侍者愣了一下。"先生？"他说。

"这冰凉凉的。把这瓶拿走，热一下。"

"很好，先生。"

但这并非真正的胜利。侍者看起来并不难堪。这酒值得热吗？他扬起的眉毛像是在说。他带着明显的轻蔑拿着瓶子走了，清清楚楚地向露丝玛丽和高登表明，哪怕后面没给他找这番麻烦，光是点单子上最便宜的酒就够糟糕的了。

牛肉和沙拉冷得像尸体，看起来根本不像食物，尝起来跟水似的。蛋卷也是，虽然不新鲜了，却也潮乎乎的，似乎芦苇丛生的泰晤士河水已经侵入了一切事物。所以酒打开后尝起来跟泥巴一样，也就不足为奇。但酒精度数挺高，这是很棒的事。一旦它滑过你的食道，进入你的胃里，你就会大为惊讶地发现它竟这么刺激。一杯半酒下肚，高登觉得好多了。侍者耐心地站在门边，餐巾搭在胳膊上，面露讽刺，试图用自己的存在让高登和露丝玛丽如坐针毡。一开始他成功了，但高登背对着他，不理他，一会儿就几乎忘了他。渐渐地他们的勇气回来了。他们开始更加轻松地交谈，声音也更大了。

"看，"高登说，"那些天鹅一路跟我们到这儿来了。"

确实，那两只天鹅正若隐若现地徘徊在那边墨绿色的水面上。这一刻，太阳重新放出光芒，餐厅中阴沉的水族馆气氛充满了愉快的绿色光彩。高登和露丝玛丽突然感到温暖又快乐。他们漫无边际地聊开了，简直像那个侍者不在那儿似的。高登拿起酒瓶，又倒了两杯酒。他们越过玻璃杯四目相对。她以一种屈服了的目光，讽刺地看着她。"我是你的情人。"她的眼睛说，"开什么玩笑！"他们的膝盖在小桌下相触，她用自己的双膝挤了挤他的膝盖。某种东西在他的体内翻涌，一阵温暖的情欲和柔情在他的体内升腾。他记起来了，她是他的姑娘，他的情人。待会儿等他们单独相处时，在某个隐秘的空间里，在温暖无风的空气中,他终于要把她裸露的躯体据为己有。诚然,整个上午他都知道会这样,但不知怎么,这种"知道"是不真实的。直到现在他才捕捉到这感觉。没有语言,只有一种身体上的笃定,他知道不出一个小时她就会赤身裸体地投入他的怀抱。他们坐在那儿,在温暖的阳光下,膝盖相抵,四目相对,感到仿佛一切都完满了。他们之间有着深刻的亲密。他们可以在这里坐上几个小时,只是看着彼此,谈论着只对他们有意义、别人都不明所以的鸡毛蒜皮。他们确实在那儿坐了二十分钟或者更久。高登已经忘了那个侍者——甚至已经暂时忘记了这顿糟糕的午餐会刮走他身上的每一分一厘,让他陷入巨大的灾难。但不一会儿,太阳隐没了,房间重新变得昏黑,于是他们意识到该走了。

"结账。"高登半转过身说。

侍者努力最后膈应他们一把。

"结账吗,先生?但您不想要点咖啡吗,先生?"

"不,不要咖啡。结账。"

侍者退下了,然后用托盘拿着一张叠好的纸片回来。高登打开纸片。六先令三便士——而他的全部家当才刚刚七先令十一便士!当然他大概知道账单该有多少,然而事到临头他还是吃了一惊。他站起来,在口袋里摸了摸,然后拿出了自己所有的钱。那个面色灰黄的年轻侍者,一手托着托盘,眼睛盯着这一把钱币,显然他推知了这是高登全部的钱。露丝玛丽也站起来了，绕过桌子。她捏捏高登的手肘，这是个信号，说明她愿意付自己的那份。高登假装没有注意到。他付了六先令三便士，然后，他转身离开时，又往托盘里丢了一先令。侍者把它拿在手中把玩一会儿，翻了个个儿，然后收进自己的马甲口袋里，那神色像在掩饰什么见不得人的东西似的。

当他们走过走廊时，高登感到沮丧、无助——简直是眩晕。他所有的钱全都一下子花光了！怎么会发生这么可怕的事。要是他们没到这该死的地方来就好了！这下整个一天都毁了——全都是因为几盘冷牛肉和一瓶泥浆般的红酒！过会儿还有下午茶要考虑，还有他只剩下六根烟了，还有回斯劳的车费，还有天知道什么别的事项，而他只有八便士来支付这一大堆！他们出酒店的时候，感觉像是被踹出来的，感到门在他们身后砰地关上。片刻之前的所有温暖亲昵都烟消云散了。他们这一出来，似乎一切都变了样。他们的血液似乎在室外的空气中骤然冷却了。露丝玛丽走在他前面，十分紧张，一语不发。她现在有些被自己决心要做的那件事吓着了。他看着她强健而精细的四肢运动着。那就是他渴望了这么久的她的身体。但如今这一刻到来了，它只让他害怕。他希望她是他的，他希望已经拥有了她，但他但愿这已经结束了，过去了。这是个挑战——是一件他必须得给自己鼓劲才能完成的事情。真是奇怪，酒店账单这破事居然能彻底毁了他的心情。早上那种轻松无忧的情绪粉碎了，取而代之的是那讨厌、烦人、熟悉的东西——对钱的忧虑回来了。一分钟内,他就将不得不坦白自己只剩八便士了,他必须要向她借钱让他们回家,这卑鄙又可耻。只有肚里的酒给他壮胆。红酒的温暖,还有只剩八便士的讨厌感觉,在他身体里交锋,相持不下。

他们走得极慢,但很快就离开了河边,又到了高地上。两人都在急切地没话找话,却啥也想不出来。他和她并排走着,牵着她的手,与她十指相握。这样他们感觉好了些。但他的心痛苦地跳动着,他的五脏六腑狠狠抽紧。他怀疑她是否也有同样的感觉。

"周围好像一个人都没有。"她终于说话了。

"这是周日下午。他们都吃过了烤牛肉和大白猪,在叶兰下面呼呼大睡呢。"

又是一阵沉默。他们走了约有五十码。他艰难地控制着自己的声音,勉强说道:

"今天格外温暖呢。要是我们能找着地方的话,可以稍微坐坐。"

"是的,好吧。如果你喜欢的话。"

不久,他们来到路左边的一个小树林里。它看起来空荡而死寂,光秃秃的树下寸草不生。但在树林那头的角落里,有一大片纠缠不清的野李或黑刺李的灌木丛。他一言不发地环抱住她,将她转向那个方向。树篱间有一道空当,有些铁丝网挡着。他替她把铁丝举起来,她敏捷地从下面钻了过去。他的心又蹦起来。她是多么柔韧又强健啊！但当他翻过铁丝网跟上她时，那八便士——一个六便士和两个一便士——在他口袋里丁零作响，又让他泄气了。

当他们走到灌木丛时，他们发现了一个天然的凹槽。周围三面都是荆棘断面，虽然没了树叶，但并不扎人，从另一面往山下看，能俯瞰到一片光秃秃的犁过的田野。山底下伫立着一座低矮的农舍，小得像孩子的玩具。烟囱上不见炊烟，四野万籁俱寂。你再找不到比这更幽僻的地方了。地上有草，是树下生长的那种细密的苔藓一样的东西。

"我们应该带一张橡皮布来的。"他说。他跪下来了。

"不要紧，地上很干。"

他拉她到地面上，坐在他身边，吻她，扯掉那顶平顶帽，胸贴胸地伏在她身上，吻着她脸庞的每个角落。她躺在他身边，屈服了，却没有回应。当他的手摸索到她胸上的时候，她没有抗拒。但在她心里她仍然害怕。她会做的——哦，是的！她会信守她心照不宣的承诺，她不会退缩；但她仍然害怕。而他内心也不太愿意。他沮丧地发现，此时此刻，他对她的渴望其实多么单薄。钱的事仍然让他烦躁。你怎么能在口袋里只有八便士，并且一直想着它的时候做爱呢？但某种意义上他想要她。实际上，他不能没有她。一旦他们成为真正的情人，他的人生将会大不一样。她的脸转向一侧，他的脸贴着她的脖颈和头发，他就这样在她的胸脯上躺了很长时间，再无其他进一步的企图。

　　这时太阳又出来了。现在它低悬在空中。阳光倾洒在他们身上,仿佛一张铺满天幕的大网破了似的。太阳躲在云后的时候,草地上真的有点冷,但现在再次温暖如夏了。两个人都坐起来为此欢呼。

　　"噢,高登,看!看太阳让一切都亮起来了。"

　　云层渐渐散去,一道金光越来越宽,它迅速地滑过山谷,给沿途的一切都镀上了一层金色。原本灰绿的草叶突然闪现出祖母绿的光彩。下面空荡荡的农舍绽放出温暖的色彩,瓷砖是紫蓝色的,砖头是樱桃红的。唯一还提醒你这是冬天的就是听不见鸟儿的歌唱。高登搂着露丝玛丽,把她紧紧抱在怀里。他们脸贴脸坐着,俯瞰山下。他把她转过来,吻了她。

　　"你确实喜欢我,是不是?"

　　"爱慕你,爱得好傻。"

　　"你会对我好的,是不是?"

　　"对你好?"

　　"我想对你怎么样,你都随便我?"

　　"是的,我估计如此。"

　　"什么都行?"

　　"是的,好吧。什么都行。"

　　他把她的背压到草地上。现在大不一样了。太阳的温暖似乎钻进了他们的骨头里。"把你的衣服脱了,求求你。"他低语道。她很爽快地照做了，在他面前她不觉得羞耻。何况，天气这么暖，这里这么偏僻，不管你脱多少衣服都不要紧。他们把她的衣服摊开，做了个床，给她躺上去。她赤身裸体地往后一躺，双手放在脑后，双眼紧闭，微微笑着，好像她已经考虑过一切，现在心中一片宁静。好长时间，他跪着凝视她的身体。她的美吓了他一跳。她裸体时比穿着衣服看起来年轻多了。她的脸，往后仰着，眼睛闭着，看起来简直有些幼稚。他靠近她。他口袋里的硬币再次叮当响了起来。只剩八便士！麻烦近在眼前。但他现在不愿想它。继续，这才是大事，继续，别管什么将来！他把胳膊放在她身下，将自己的身体伏在她身上。

"我可以吗？——现在？"

"行。好的。"

"你没吓着吧？"

"没有。"

"我会尽量温柔地对你的。"

"没关系。"

片刻之后。

"噢，高登，不！不不不！"

"怎么？怎么回事？"

她伸出双手顶住他，猛力地把他推开。她的脸看起来疏远、恐惧，几乎是敌意。在这个时候发觉她把他推开真是糟糕，就好像冷水把他浑身浇了个透。他灰心丧气地从她身上退下来，匆忙整理自己的衣服。

"怎么回事？出什么问题了？"

"噢，高登！我以为你——噢，天哪！"

她用一条手臂挡住脸庞，翻身到另一侧，远离他，她突然羞坏了。

"怎么回事？"他重复道。

"你怎么能这么不管不顾的？"

"你这是什么意思——不管不顾？"

"哦！你知道我什么意思。"

他的心一抽。他确实知道她的意思，但他直到此刻才想到这一点。当然——哦，是的！他早该想到的。他站起来，背转身不看她。突然他明白这事到此为止了。在周日下午，在湿漉漉的野地上——在一个这样的隆冬里！不可能！仅仅一分钟前这看起来还如此正确如此自然，此刻看来却只觉肮脏和丑陋。

"我没料到这个。"他苦涩地说。

"但我控制不住，高登！你应该——你知道的。"

"你不会以为我赞成那种东西吧，啊？"

"但我们还能怎么办呢？我不能怀上孩子，能吗？"

"你必须冒点风险。"

"噢，高登，你真是不可理喻！"

她躺着仰视他，满脸悲痛，一下子太过激动，甚至记不得自己赤身裸体。他的失望转为愤怒。又来了，你看！又是钱！就连你生活中最隐秘的行为也逃不过它，你还是不得不为了钱，用肮脏冷血的警惕小心来破坏所有事情。钱啊钱，总是钱！就连新娘的床头，财神也要染指！上天入地，他都无路可逃。他来来回回走了一两步，双手插在口袋里。

"又是钱，你看！"他说，"就算在这样的时刻，它也有本事践踏我们欺凌我们，哪怕我们在荒郊野外单独相处，连个鬼影都看不到我们。"

"这跟钱有什么关系？"

"我告诉你，要不是因为钱，你脑子里根本就不会起担心孩子的念头。要不是因为钱，你会想要那孩子。你说你'不能'怀上孩子。什么叫你'不能'怀上孩子？你是说你不敢。因为你会丢掉你的工作，而我没有钱，我们全都得饿死。控制生育这档子事！这不过是他们想出的另一招欺凌我们的法子，而你显然想默许此事。"

"但我要怎么办，高登？我要怎么办？"

这时太阳隐没到了云层后。能感觉到变冷了。毕竟，这情形很诡异——躺在草地上的裸体女人，双手插在裤兜里、气冲冲站在边上的男人。她再那样躺在那儿，过会儿就会狠狠地感冒一场。这整个事情都荒唐又下作。

"但我还能怎么办呢？"她重复道。

"我应该认为，你可以先从穿衣服开始。"他冷冷地说。

他说这话只是为了发泄他的恼怒，但结果让她如此痛苦，而且明显觉得难堪，使他不得不转身背对她。她不多时就穿好了衣服。当她跪着系鞋带时，他听见她抽了一两次鼻子。她泫然欲泣，正在竭力控制自己。他觉得万分羞愧。他本想跪倒在她身边，用自己的双臂搂住她，请求她的原谅。但他做不出这样的事情，这场景让他笨拙又别扭。即使是最为平淡的语句，他也是好不容易才控制住自己的声音说了出来。

"你好了吗？"他平板地说。

"好了。"

他们回到马路上，爬过铁丝网，开始一言不发地向山下走去。新鲜的云层正翻涌着掠过太阳，现在冷多了。再过一个小时，暮色就要降临。他们走到山底，拉文斯科洛夫酒店，他们的灾难现场映入眼帘。

"我们去哪儿？"露丝玛丽低沉地小声说道。

"回斯劳吧，我想。我们必须过桥，看看路标。"

他们一路走了几英里，都几乎没再说话。露丝玛丽困窘又可怜。好几次她蹭到他身边，意图抓住他的胳膊，但他躲开她，于是他们隔着马路并列而行。她以为自己大大地触怒了他。她以为这是因为他的失望——因为她在关键时刻推开了他——以为他在生她的气。要是他给她一丝机会，她会道歉的。但实际上他几乎没再想这事了。他的心思已经从这方面转开了。现在让他心烦的是金钱勾当，是他口袋里只有八便士这一事实。很快他就将不得不承认这一点。从法纳姆到斯劳要车费,在斯劳要喝茶,还要烟,他们回伦敦还要更多的车费,或许还要再吃一顿饭,而只有八便士来支付这一大堆!他终究要向露丝玛丽借钱。而这太丢人了。向一个刚刚和你吵过架的人借钱太讨厌了。这让他的清高姿态全都化作了胡扯!看看他,对她说教,摆出高人一等的架子,假装为她把避孕当作理所当然的事而震惊不已,而下一秒就转了性问她借钱!但你又能怎样?你看,这就是金钱的力量。没有钱,或者缺钱揭穿不了的姿态。

到四点半天就几乎黑尽了。他们在雾蒙蒙的公路上跋涉,除了农舍窗户上的裂缝,和偶尔经过的汽车上的黄色光束外,没有一点光亮。天气还冷得不像话,但他们已经走了四英里,运动让他们暖和了。继续互不理睬是不可能的。他们说起话来轻松了些,并且一点点蹭到了一起。露丝玛丽挽起高登的胳膊。这时她拉住高登,把他扭过来面对自己。

"高登,你为什么对我这么残忍?"

"我对你怎么残忍了?"

"走了这一路,你一个字都没说!"

"哦,好吧!"

"你还在为刚才发生的事情生我的气吗?"

"没,我从没生过你的气。我不怪你。"

她抬头看着他,试图在一片漆黑中分辨他脸上的表情。他把她拉到自己身边，然后，似乎如她预料的一样，抬起她的脸，吻了她。她热切地抓着他，她的身子贴着他软了下来。似乎她一直在等着这一刻。

"高登，你确实是爱我的，对吗？"

"我当然爱。"

"事情不知怎么出了岔子。我当时不由自主。我当时突然吓坏了。"

"没关系。以后会好的。"

她软软地贴在他身上，头靠着他的胸口。他可以感觉到她的心跳。它似乎跳得很厉害，好像她在做什么决定似的。

"我不在乎。"她把脸埋在他的外套里，含糊地说。

"不在乎什么？"

"孩子。我愿意冒这个险。你想把我怎么样都行。"

听见这番屈服的话语，一阵微弱的欲望在他体内油然而生，又转瞬即逝。他知道她为什么这么说。这并不是因为她此时此刻真的想做爱。这只是出于一种慷慨的冲动，为了让他知道，她爱他，甘冒可怕的风险也不想让他失望。

"现在？"他说。

"是的，如果你愿意。"

他考虑了一下。他如此渴望确认她是他的！但夜晚清冷的空气流过他们的身体。树篱后的高草肯定又湿又冷。这是个错误的时间错误的地点。而且，八便士的问题占据着他的心神。

他再没那个心情了。

"我不能。"他最终说。

"你不能！但是，高登！我以为——"

"我知道，但现在全然不同了。"

"你还在生气吗？"

"是的，某种意义上。"

"为什么？"

他稍稍把她推离自己。不如现在解释，再拖下去也强不了。然而，他太羞愧了，与其说是说出来，不如说是咕哝着：

"我有件可恶的事情要跟你说。这一路我都在为这事烦心。"

"什么事？"

"是这样。你能借给我点钱吗？我已经完全是个穷光蛋了。我的钱本来刚够今天花，但那张可恶的酒店账单把一切都搞砸了。我只剩八便士了。"

露丝玛丽十分诧异。她惊得一下子挣脱了他的怀抱。

"只剩八便士了！你在说什么啊？就算你只剩八便士了，又有什么要紧？"

"我这不是告诉你，我马上就要找你借钱了吗？你要付自己的车费、我的车费，还有你的茶点还有天知道什么东西。可是，是我约你和我出来的！你应该让我请客，真是该死。"

"你请客！噢，高登。你这半天就在为这个烦心吗？"

"是的。"

"高登,你真是个孩子!你怎么能让自己为那样的事情烦心呢?好像我介意借给你钱似的!难道我不是一直跟你说,咱俩约会的时候我愿意付自己那份钱吗?"

"是的,而你知道我多么讨厌让你掏钱。我们那天晚上就把这说清楚了。"

"哦,多可笑啊,你多可笑啊!你认为没钱有什么丢脸的吗?"

"当然!这是这世上唯一丢脸的事情。"

"但不管怎样,这跟你和我做爱有什么关系?我搞不懂你。一开始你想,然后你又不想了。这跟钱有什么关系?"

"大有关系。"

他挽住她的手臂,开始沿着马路继续走。她永远也不会理解,但他必须要解释。

"难道你不明白,除非口袋里有钱,否则你就不是一个完整的人——感觉没个人样。"

"不。我觉得这完全是傻话。"

"不是说我不想和你做爱。我想。但我告诉你,当我口袋里只有八便士的时候,我不能和你做爱。至少当你知道我只有八便士时不行。我就是没法这么做,这在生理上就不可能。"

"但为什么呢?为什么?"

"你在雷蒙皮埃尔的书里能找到答案。"他含糊地说。

这就终结了这个话题。他们不再谈论这个了。第二次了,他表现得糟糕透顶,却让她觉得好像是她犯了错。他们继续走。她不理解他,另一方面,她原谅他的一切。不久,他们到了法纳姆平民区,然后,在十字路口上等了等,上了一辆去斯劳的巴士。当巴士在黑暗中若隐若现地靠近时,露丝玛丽摸到了高登的手,往他手里悄悄塞了半克朗。这样他就可以付车费,而不用当众承受让女人为他付钱的羞辱了。

在高登自己看来,他宁愿走到斯劳,省下车费,但他知道露丝玛丽会拒绝。在斯劳也是,他赞同搭火车直接回伦敦,但露丝玛丽生气地说,她不会不喝茶就走。于是他们去了车站边一家宽敞、透风而沉闷的酒店。茶水,外加干巴的三明治和油灰球似的岩皮饼,要价每人两先令。让她请他吃东西,对高登来说就是折磨。他生气了,什么也没吃,然后经过一番低声争吵,坚持为茶水费贡献了自己的八便士。

当他们搭乘火车回伦敦时已是七点。火车里装满了穿着卡其短裤、疲惫不堪的徒步旅者。露丝玛丽和高登没多说话。他们紧紧坐在一起,露丝玛丽的手臂勾着他的胳膊,把玩着他的手掌,高登看着窗外。车厢里的人们盯着他们,猜想他们在为什么吵架。高登看着装点着颗颗路灯的黑暗倏忽闪过。他期盼已久的一天就这么结束了,现在要回柳圃路了,身无分文的一个星期在前面等着。整整一个星期,除非发生什么奇迹,否则他连给自己买根烟都不行。他都干了些什么傻事啊!露丝玛丽没有生他的气。她试图通过她手上的压力向他传达,她爱他。

他转到一旁、苍白不满的脸,他寒酸的外套,他凌乱的、鼠灰色的、亟须修剪的头发,都让她充满了深切的怜悯。她对他饱含温柔,比一切顺利时反倒更加温柔,因为她以自己女性的方式,明白了他不高兴,生活对他而言挺艰难。

"送我回家,好不好?"当他们走出帕丁顿车站时,她说。

"如果你不介意走路的话。我可没有车费。"

"但是让我来付车费吧。噢,天哪!我想你不肯。但你自己要怎么回去呢?"

"哦,我走路。我认识路,不是很远。"

"我讨厌想到你要走这大段路。你看起来非常累。求求你,让我付你回家的车费吧,答应吧!"

"不。你已经为我付了够多的了。"

"噢,天哪!你真是太傻了!"

他们在地铁口停下了。他抓起她的手,"我想我们暂时必须说再见了。"他说。

"再见,高登亲爱的。万分感谢你带我出门。今天早上真是太好玩了。"

"啊,今天早上!那时候不一样。"他的思绪回到早上的几个小时,那时他们一起,单独在马路上,他口袋里还有钱。悔恨攫住了他。总的来说他表现糟糕。他把她的手握得更紧了点。"你没生我的气吧,有吗?"

"没有,傻瓜,当然没有。"

"我不是有意要对你残忍的。是钱,总是钱。"

"没关系,下次会更好的。我们会去个更好的地方。我们会去布莱顿过周末什么的。"

"或许吧,等我有钱了。你会很快写信来的,是不是?"

"是的。"

"你的信是唯一让我坚持下去的东西。告诉我你会什么时候写,好让我可以有封你的信当盼头。"

"我明晚就写,周二就寄。然后你就能在周二晚上最后一次邮递时收到。"

"那再见,露丝玛丽亲爱的。"

"再见,高登亲爱的。"

他留她在售票处。他刚走了二十码远,突然感到一只手搭上了他的胳膊。他猛地转身,是露丝玛丽。她把一包二十只装的"金箔"香烟塞进他的口袋,这是她在香烟摊上买的,然后趁他来不及反抗便跑回了地铁。

他穿过马里波恩和摄政公园的荒地,慢慢向家挪去。夜已经深了。街道上一片黑暗死寂,有一种奇怪的周日晚上的倦怠感,人们这时闲了一天,比工作了一天还要累。而且天冷得讨厌。夜幕降临时,风随之而起。狂风骤起摧肝胆。高登已经走了十二或十五英里,他脚酸腿痛,饥肠辘辘。他一整天都没吃多少东西。早上他匆匆离家,没吃上像样的早餐,而在拉文斯科洛夫酒店的午餐也不是那种能顶多大用的饭食,从那以后他就没扎扎实实吃过东西。但是，就算回家了他也不指望能弄到什么。他告诉过维斯比奇太太，他会一整天不在家。

到达汉普斯特德路时，他必须在路沿上等待，让车流通过。即使在这里，一切也看起来黑暗而阴郁，尽管路灯通明，珠宝店的窗户也闪着冷淡的光芒。烈风穿透他单薄的衣衫，让他瑟瑟发抖。狂风骤起摧肝胆，新秃白杨迎风折。他已经完成这首诗了，只剩最后两行了。他又想到了今天上午的那几个小时——那空旷多雾的道路，那种自由和冒险的感觉——你面前摆着整整一天和整个乡野，可以任你随意游逛的感觉。当然，这是有钱造成的功效。今天早上，他口袋里有七先令十一便士。这是对财神的一次短暂胜利。一个早上的叛变，在阿什塔洛斯（Ashtaroth）[①]的树林中度过的一个假日。但这样的事从不持久。你的钱没了，你的自由就随之而去。割除汝之包皮，上帝说。然后我们痛哭流涕地爬回去。

又一波汽车如鱼群般游过。有一辆特别吸引了他的视线，它形状纤长，优雅如飞燕，浑身闪着蓝色和银色的光芒，他想它得值一千基尼[②]呢。驾驶座上坐着一个身着蓝衣的司机，挺得笔直，一动不动，如同一尊趾高气扬的雕像。后座上，在车内粉红色的灯光下，是四个优雅的年轻人，两个青年，两个

---

① Ashtaroth，即Astarte，希伯来神话中的生育和性欲女神。
② 1基尼等于21先令。

姑娘，正在抽烟调笑。他瞥见那些光鲜的美丽脸庞；那脸上透着迷人的粉嫩和光滑，神采奕奕，散发着无可伪造的独特光华——这是金钱柔和温暖的光芒。

他穿过马路。今晚没东西吃了。但是，灯里还有油，谢天谢地，他回去后要偷偷喝杯茶。此时此刻，他审视着自己和自己的生活，毫不粉饰。每天晚上都一样——回到冰冷孤独的卧室，面对毫无进展的诗歌，那肮脏杂乱的纸页。这是条绝路。他永远也完不成《伦敦拾趣》，他永远也娶不了露丝玛丽，他永远也整理不好自己的生活。他只会随波追流，越沉越低，就像家族里的其他人那样，但比他们还糟——下陷，下陷，陷入某个可怕的，至今还只是存在于他朦胧的想象中的世界。这是他在对金钱宣战时就做出的选择。要么侍奉财神，要么永无出头之日，别无他法。

地底深处的某样东西让石头街道耸动起来。是地铁从土地间滑过。他产生了一种对伦敦、对西方世界的幻象。他看见亿万奴隶簇拥着金钱的王座，匍匐劳作。农民耕地，航船出海，矿工们在土块掉落的地下隧道里挥汗如雨，职员们赶着八点十五的时间行色匆匆，害怕老板砸掉他们的饭碗。就连和妻子上床，他们也战战兢兢、唯唯诺诺。对谁唯唯诺诺？那些金钱的传教士，那些红光满面的世界之主，那些上层人士。坐在上千基尼的汽车里，光鲜的年轻女郎，打高尔夫的股票经纪人和世界级的金融家，高级法院的律师和追逐时尚的娘炮，银行家、媒体人、各式各样的小说家、美国拳击手、女飞行员、电影明星、主教、知名诗人和芝加哥大猩猩。

他又走了五十码远，突然脑中灵光一闪，想到了他诗文的最后一节。他一面向家走去，一面低声吟诵这首诗：

狂风骤起摧肝胆，
新秃白杨迎风折。
浓烟低垂如黑缎，
海报拍动声瑟瑟。

电车轰隆马蹄疾，
阵阵寒音催人行。
职员向站忙奔袭，
栗栗远望东天顶。

各人心中同思量：
"握紧饭碗过隆冬！"
冰锋刺骨凄凄惶，
心头思量惹愁容。

房租水电加保险，
气煤靴子用人饷。

学费账单分期钱，
德拉格床要一双。

无忧夏日林间乐，
悠游恣肆翻云雨。
而今风起萧瑟瑟，
痛悔乞怜知几许。

万物之主财神爷，
御我血我手我脑。
为挡风挡雨挡雪，
予夺无常难讨好。

彼以关切嫉妒心，
探我思我梦我秘。
定我言我语我衣，
吾辈行止听其意。

彼冷怒火灭希望，
买我性命偿玩物。
辱无义愤喜无声，
丧行败德求俸禄。

彼能镌锲诗人才,
劳工之力军之勇。
又以纤薄柔滑盾,
离分眷属间雌雄。

Part Two

你赢了,

叶兰!

否极泰来

伴着一点的钟声,高登砰地关上店门,小跑着匆匆赶向街上的西敏寺教堂银行支行。

他以一种不由自主的谨慎姿态,抓着自己的外套领子,把它紧紧地攥着贴在身上。他右边的衣服内袋里,藏着一样东西。对于它的存在,他有些怀疑。这是一个盖着美国邮戳的结实信封,信封里有一张五十美元的支票,而那支票是开给"高登·康斯托克"的!

他能清晰地感觉到信封四四方方的形状贴着自己的身体,好像那信封在火热发红似的。摸到也好,不摸也罢,整个早上他都能感觉到它就在那儿,他左胸下方的皮肤里似乎生出了一块特别敏感的地方。他每隔十分钟,就要把那支票拿出信封,紧张地细细检查一番。毕竟,支票这东西要小心。要是最后发现日期或签名出了什么岔子，那就太可怕了。此外，他可能会弄丢它——它可能像童话里的魔金一样不翼而飞。

这张支票来自《加利福尼亚评论》，就是他几周或几个月前，不抱希望地寄了一首诗的那家美国杂志。他几乎都忘了这首诗，它已经寄去很久了，直到今天早上，他们的信才漂洋过海突然而至。这是封什么样的信啊！没有哪个英语编辑这样写信。他们对他的诗"印象非常不错"。他们会"努力"在下期刊物中采用它。他是否愿意"帮忙"给他们展示一下他的其他作品？（他愿意吗？用弗莱克斯曼的话说就是——噢，小子！）而那张支票正是随信而来。这看起来简直荒唐透顶，在这满目疮痍的1934年，竟还有人为一首诗出价50美元。但是，信就在这里，支票就在这里，无论他如何检查，看起来都如假包换。

在这张支票兑现之前他都没法安生——因为银行很有可能会拒绝它——但他脑海中已经在走马灯似的变换着一系列幻象了。姑娘们脸庞的幻象，结着蜘蛛网的红酒瓶和夸脱①装啤酒罐的幻象，崭新的西装和赎回的外套的幻象，和露丝玛丽在布莱顿共度周末的幻象，他给茱莉娅一张脆生生的五英镑钞票的幻象。当然，最要紧的，就是给茱莉娅的那五英镑。这几乎是他拿到支票时想到的第一件事。不管剩下的钱怎么花，他必

---

① 英美容量单位，1英制夸脱等于2品脱，等于1136.5225毫升。

须要给茱莉娅分一半。想想他这些年都跟她"借"了多少钱，就明白这不过是最基本的道义。整个上午他都想着茱莉娅，他欠她的钱总是时不时地跳出脑海。但是，这个想法隐隐叫他不快。他每半小时地多次将它抛到九霄云外，计划出十几种不同的办法要把他这十英镑花得一分不剩，然后又突然记起茱莉娅来。老好人茱莉娅！茱莉娅应该拿到自己那份。最少最少也要有五英镑。即使这样也不足以偿还他亏欠她的十分之一。带着微微的不舍，他第二十次坚定想法：给茱莉娅五英镑。

银行爽快地兑现了支票。高登没有银行账户，但他们都跟他熟识，因为麦基奇尼先生用这家银行。他们以前也为高登兑现过编辑的支票。仅仅经过一分钟的咨询，出纳就回来了。

"付钞票吗，康斯托克先生？"

"请给一张五英镑的，其余都用一英镑的。"

那张脆薄迷人的五英镑，和五张干干净净的一英镑钞票从黄铜栏杆下沙沙滑过。之后出纳又推出来一小堆半克朗和一便士的硬币。高登数也没数，就趾高气扬地将那些硬币丢进了口袋。这算是点酒钱。他本来预计五十美元只值十英镑呢。美元肯定升值了。但是，他把那张五英镑的钞票小心翼翼地叠起来，收进了那个美国信封里。那是茱莉娅的五英镑，是神圣不可侵犯的。他待会儿就把它寄给她。

他没有回家吃午饭。口袋里有十英镑——确切地说是五英镑的时候（他老是忘记已经抵押给茱莉娅的那一半款项），他为什么要在满是叶兰的餐厅里咀嚼牛皮似的牛肉呢？他眼下还懒得去寄茱莉娅的五英镑。今天晚上寄也够快的了。而且，他非常享受口袋里装着钱的感觉。真是奇怪，有那么多钱在你口袋里，感觉竟会如此不同。不仅是觉得富有，更是觉得安心、活力焕发、犹如新生。他觉得自己和昨天比像换了个人似的。他确实换了个人。他不再是那个在柳圃路31号的煤油炉上偷偷泡茶、饱受他人践踏的可怜人了。他是高登·康斯托克，是大西洋两岸都赫赫有名的诗人。出版著作：《鼠》（1932），《伦敦拾趣》（1935）。他现在想起《伦敦拾趣》来信心满满。三个月内它就该问世了。八开德米纸①，白色硬麻皮。如今时来运转，他觉得自己足以睥睨天下了。

　　他逛到威尔士王子楼去吃点东西。一块羊腿肉、两份素菜，一先令两便士，一品脱麦酒九便士，二十只"金箔"香烟一先令。就算如此奢侈一番他手上还有十英镑多——或者五英镑多。一套新西装，一次乡间周末，一次巴黎一日游，五次酩酊大醉，十顿苏豪区②餐馆的晚餐。就在这时，他想到今晚他、露丝玛丽和拉弗斯通一定得聚个餐。就为庆祝他的天降大运。毕竟，不会每天都有十英镑——五英镑——从天而降落到你头上的。他们三个人可以好酒好菜，共进晚餐，而不用担心

---

① Demy octavo，英国旧制纸张版式，尺寸为216mm×138mm。
② 即SOHO，指伦敦牛津街、查理十字街、沙夫茨伯里街和摄政街围成的一片方形区域，为伦敦繁华中心。

金钱。这个想法抓住了他的心，根本无法抗拒。他尚有一丝谨慎。当然，不能用光所有的钱。不过，一英镑两英镑他还是出得起的。几分钟后，他已经通过酒吧的电话联系上了拉弗斯通。

"是你吗，拉弗斯通？我说，拉弗斯通！看哪，今晚一定要让我请你吃个饭。"

拉弗斯通在电话线那头微微抗议："不，才怪！是我请你吃饭。"但高登压过了他。胡说！今晚必须是他请拉弗斯通吃饭。拉弗斯通不情不愿地同意了。好吧，行，谢谢，他非常乐意。他的声音中有一种歉意的委屈。他猜到了事情原委。高登不知从哪儿弄到了钱，马上就要把它挥霍掉。一如既往，拉弗斯通觉得自己没有权利干涉。他们该去哪呢？高登问。拉弗斯通开始称赞苏豪区那些宜人的小餐厅，在那儿花半克朗就能吃上一顿十分美妙的晚餐。但被拉弗斯通一提，苏豪区的餐厅听起来就太烂了。高登不肯听。胡说！他们必须去个体面的地方。不管三七二十一，我们去吧，就是他内心的想法。很可能要花两英镑——甚至三英镑。拉弗斯通一般去哪里？莫迪利亚尼餐厅，拉弗斯通承认道。但莫迪利亚尼餐厅非常——但是不！即使在电话里，拉弗斯通也憋不出那个讨厌的"贵"字。要怎么提醒高登他的贫穷？他委婉地说，高登可能不会喜欢莫迪利亚尼餐厅。但高登挺满意。莫迪利亚尼？没错儿——八点半。好的！毕竟，就算他晚餐花了三英镑，他也还有两英镑，可以给自己买一双新鞋子、一件背心还有一条短裤。

他又花了五分钟和露丝玛丽约好。新阿尔比恩不喜欢别人打电话找员工，但偶尔一次没有关系。自从五天前那个灾难性的周日之旅以来，他收到过她一封信，但没有和她见过面。她听出是谁的声音后，口气热切起来。她愿意今晚和他共进晚餐吗？当然！多有意思！于是，十分钟内整个事情就敲定了。他一直想让露丝玛丽和拉弗斯通见个面，但不知怎么总是安排不出来。而只消有点钱花，这些事情就容易多了。

出租车载着他穿过暮色四合的街道向西驶去。一段三英里的旅程——不过，他还是坐得起的。为什么要为了省一点小钱而坏了大事？他已经放弃今晚只花两英镑的念头。他要花三英镑，三英镑十便士——四英镑，如果他乐意的话。不管三七二十一大吃一顿，这就是他的打算。还有，哦！顺便说说！茱莉娅的五英镑。他还没寄呢。没关系，明天早上第一件事就去寄。老好人茱莉娅！她应该得到她的五英镑。

他屁股下的出租车坐垫多么舒适啊！他懒洋洋地这样靠靠那样躺躺。当然，他之前在喝酒——离开前喝了两小瓶，可能是三瓶。出租司机是个壮实而明达的人，长着一张饱经风霜的脸和一双洞察世事的眼睛。他和高登互有默契。他们是在高登喝小酒的酒吧结识的。当他们靠近西区的时候，出租司机不待召唤就停在了街角一家不起眼的酒吧旁。他知道高登脑子里在想什么。高登可以喝杯小酒，出租司机也一样，但酒钱要算在高登头上——这也是共识。

"你料到了我的想法。"高登说着爬出车厢。

"是的,先生。"

"我不妨小喝一杯。"

"我就是这么想的,先生。"

"那你感觉自己能来一杯吗?"

"有志者事竟成嘛。"出租司机说。

"进来吧。"高登说。

他们亲密地肘贴着肘靠在黄铜镶边的吧台上,点了两根出租司机的香烟。高登觉得自己妙语连珠、豪气干云。他简直想把自己这辈子的历史都向这个出租司机倾吐。围着白围裙的酒保赶忙向他们走过来。

"你好,先生?"酒保说。

"琴酒。"高登说。

"我也是。"出租司机说。

他们举杯相碰,亲密之状前所未有。

"愿年年有今日。①"高登说。

"您今天过生日吗,先生?"

"只是打个比方。我的重生之日吧,可以这么说。"

---

① Many happy returns是祝寿词,类似于万寿无疆。考虑语境兼字面,用年年有今日。

"我向来没受过多少教育。"出租司机说。

"我说的是格言。"高登说。

"白话就够我受的了。"出租司机说。

"这是莎士比亚的语言。"高登说。

"难道您是个文人吗，先生？"

"我看起来有那么沧桑吗？"

"不是沧桑，先生。就是像个知识分子。"

"你说的对极了，我是个诗人。"

"诗人！如今真是林子大了什么鸟都有啊，是不是？"出租司机说。

"这真是一片好林子。"高登说。

今晚他诗兴大发。他们又喝了一杯琴酒，不一会儿又再来了一杯，然后便一同返回出租车，就差手挽手了。这下，高登今晚已经喝了五杯琴酒了。他血管里有种轻飘飘的感觉，似乎琴酒流进了他的血管，和血液混合了。他靠躺在座位的角落里，看着高楼上刺目的巨大广告牌滑过幽蓝的暗夜。此时此刻，霓虹灯或红或蓝的邪魅灯光让他高兴。这出租车滑行得多顺畅啊！简直像艘小船而非汽车。这是有钱的魔力。金钱润滑了车轮。他想到了即将来临的这个夜晚；美食、美酒、美谈——最重要的是，不必担心钱。不用为了该死的六便士而烦忧，说什么"我们买不起这个""我们买不起那个！"露丝玛丽和拉弗斯通会努力阻止他大手大脚。但他会让他们闭嘴。只要他乐意，他可以花得一分不剩。有整整十英镑可供挥霍！至少，有五英镑。茱莉娅的名字在他脑海中一闪而过，转瞬又消失了。

当到达莫迪利亚尼餐厅的时候，他已经相当清醒了。凶神恶煞的门卫如同一尊闪着光的巨大蜡像，像没什么关节似的，僵硬地踱步过来打开出租车门。他冷峻的眼神狐疑地看着高登的衣着。这可不是莫迪利亚尼餐厅常见的"服饰"。当然，莫迪利亚尼餐厅的服饰都是非常波西米亚风的；但波西米亚也有这样和那样的，而高登这样的就不对头。高登不在乎。他热情地与出租司机道别，在车钱以外还给了他半克朗小费。门卫这才神色稍霁。就在这时，拉弗斯通从门口出现。门卫当然认识拉弗斯通。他悠闲地走到人行道上，身材高挑醒目，透着贵族式的寒酸，眼神郁郁寡欢。他已经在忧心这顿晚餐该让高登如何破费了。

"啊，你在这儿呢，高登！"

"嗨，拉弗斯通！露丝玛丽呢？"

"她也许在里面等着呢。你知道的，我不知道她的长相。但我说，高登，你看！在我们进去之前，我想——"

"啊，看，她在那儿！"

她正向他们走来，动作敏捷，兴高采烈。她从人群中穿梭而过，那样子如一支灵巧的小驱逐舰在庞大笨拙的货船中滑过一般。一如平时，她穿得挺漂亮。那是你的姑娘！能让拉弗斯通见见她,他很自豪。她今晚非常开心,满脸写着她不会提醒自己或高登他们上次那场灾难性的碰面。高登为他们作了介绍,三人往里走去。她又说又笑,或许有点活泼过头了,但拉弗斯通立马喜欢上了她。确实,每个见过露丝玛丽的人都会喜欢她。餐馆的内部装潢把高登震住了,有一会儿回不过味儿来。这里是如此可怕地气派,散发着强烈的艺术气息。沉黑的折叠桌,锡铅的蜡烛台,墙上挂着法国现代画家的画作。有一幅画,是一张街景,看起来像是郁特里罗①的作品。高登挺直双肩。该死,有什么好怕的?那张五英镑的纸币好好地收在他口袋中的信封里。当然,这是茱莉娅的五英镑,他不会花掉它的。不过,它的存在给了他精神支持。这是某种护身符。他们走向最那头的角桌——拉弗斯通最喜欢的桌子。拉弗斯通拉住高登的胳膊,把他往后拉了拉,免得露丝玛丽听见。

"高登,听着!"

"什么?"

"听着,今晚是我请你吃饭。"

"胡说!是我请。"

"我真心希望你让我来。我讨厌看到你把那些钱全都花掉。"

"我们今晚不谈钱。"高登说。

---

① 莫里斯·郁特里罗(Maurice Utrillo)(1883—1955),法国风景画家。

"那就五五分吧。"拉弗斯通恳求道。

"我来请。"高登坚决地说。

拉弗斯通作罢了。那个胖胖的白发意大利侍者正在角桌旁鞠躬微笑。但他是在对拉弗斯通微笑,而非高登。高登坐下来,感到他必须迅速为自己立威。侍者拿出菜单,他挥手挡掉了。

"我们要先决定喝什么。"他说。

"我要啤酒。"拉弗斯通说,带着一种悲观的急切,"啤酒是我唯一喜欢的饮品。"

"我也是。"露丝玛丽附和道。

"哦,瞎说!我们要来点好酒。你们喜欢什么,红酒还是白葡萄酒?把酒单给我。"他对侍者说。

"那就让我们喝普通的波尔多酒吧。梅多克(medoc)或者圣朱利安之类的。"拉弗斯通说。

"我特喜欢圣朱利安。"露丝玛丽说,她记得圣朱利安总是酒单上最便宜的酒。

高登暗自谴责他们的眼神。果不其然,你瞧!他们已经结盟对付起他来了。他们试图阻止他花自己的钱。那种可恶又可怕的"你买不起这个"的气氛要笼罩一切了。这让他更加迫切地想要挥霍一番。片刻之前他会妥协于勃艮第,现在他决定他们必须喝点着实昂贵的东西——某种嘶嘶作响的酒,某种喷薄而出的酒。香槟?不,他们绝不会让他点香槟的。啊!

"你们有阿斯蒂①吗？"他对侍者说。

侍者想到自己的开瓶费，突然容光焕发。他这时明白了，是高登而非拉弗斯通做东。他用着意装出的英法夹杂的独特语言答道：

"阿斯蒂吗，先生？有，先生。非常棒的阿斯蒂！阿斯蒂起泡酒。Tres fin! Tres vif! ②"

拉弗斯通忧虑的双眼与高登隔桌对视。你买不起这个！他的眼睛恳求道。

"是那种嘶嘶响的吗？"露丝玛丽说。

"响得厉害，夫人。非常带劲的酒。Tres vif! 嘭！"他一双胖手做着手势，勾画出气泡喷薄的场景。

"阿斯蒂。"不待露丝玛丽阻止，高登说道。

拉弗斯通看起来很痛苦。他知道一瓶阿斯蒂会花掉高登十到十五先令。高登假装没注意到。他从桑塞福里纳公爵夫人③和她的"阿斯蒂酒之力"联想开去，聊起了司汤达。阿斯蒂是放在一桶冰里端上来的——这是个错误，拉弗斯通本可告诉高登。瓶塞冲出来了。嘭！汹涌的葡萄酒喷着泡沫被倒入了宽口平底玻璃杯中。桌上的气氛发生了奇妙的变化。他们三人

---

① 指阿斯蒂起泡酒，产于意大利皮埃蒙特大区阿斯蒂，是世界上最著名的起泡酒之一。
② 侍者故意用了法语，意为非常棒、非常亮。白葡萄酒清澈闪亮。
③ 司汤达作品《巴马修道院》中的角色。

全都有了些不同。即使还没喝，酒就已经在发挥它的魔力了。露丝玛丽不再紧张，拉弗斯通不再为花费忧心忡忡，高登不再挑衅似的决心大手大脚。他们吃着凤尾鱼，面包和黄油炸板鱼，就着面包酱和薯条吃着烤鸡，但他们主要是在喝酒谈天。而且他们谈得多么精彩啊——反正在他们看来如此！他们大谈现代生活多么该死，现代书籍多么该死。这年头还有什么其他可谈？和平时一样（但是，噢！又是多么不同，现在他口袋里有钱了，他并不真正相信自己所说的话了），高登痛批我们生活的这个时代如何死板和枯燥。避孕套和机关枪！电影和《每日邮报》！当他口袋里装着几个铜板走在街上时，这是深入骨髓的事实；但此时此刻这不过是个笑话。宣称我们生活在一个腐化堕落的世界可真开心——肚子里装着好酒好菜已经很开心了。他风趣地贬斥现代文学，他们全都风趣有加。高登以怀才不遇的文人那无可厚非的轻蔑，击垮了一个又一个名满天下的作家。萧伯纳、济慈、艾略特、乔伊斯、赫胥黎、刘易斯、海明威——个个都被他一语带过，有两个还被丢进了垃圾箱。这真是太开心了，要是好景堪长就好了！当然，在这一刻，高登确实相信好景可长。第一瓶阿斯蒂，高登喝了三杯，拉弗斯通两杯，露丝玛丽一杯。高登发觉对面桌的一个姑娘正在看他。一个高挑优雅的姑娘，生着粉嫩的皮肤，一双杏色的美目。显然，她是个富家女。一个有钱的知识分子，她觉得他有意思——在想他是谁。高登发现自己是在为她编造独特的连珠妙语。而且他确实在妙语连珠,这是毫无疑问的。这也是因为钱。金钱润滑了车轮——不只是出租的车轮,也是思维的齿轮。

但不知怎的,第二瓶阿斯蒂不像第一瓶那么成功。一开始点酒就有些不愉快。高登招呼侍者。

"这个你们还有吗?"

侍者满面荣光。"是的,先生!Mais certainement, monsieur!①"

露丝玛丽蹙眉,在桌下碰了碰高登的脚。"别,高登,别!你别这么干。"

"别干什么?"

"再点一瓶酒。我们不想要了。"

"哦,瞎说!再来一瓶,服务员。"

"是,先生。"

拉弗斯通揉揉鼻子。他太愧疚了,不敢看高登的眼睛,于是盯着自己的酒杯。"听着,高登。让我来买这瓶酒吧。我非常乐意。"

"瞎说!"高登重复一遍。

"那就要半瓶吧。"露丝玛丽说。

"一整瓶,服务员。"高登说。

这之后全都变了。他们仍然在说在笑在争论,但全都变

---

① 法语,意为"当然,先生!"。

了。对面桌那个优雅的姑娘不再看高登了。不知怎的，高登不再风趣了。点第二瓶酒几乎总是错误。这就像在夏天洗第二次澡一样。不管天多热，不管你多么享受第一个澡，要是再来第二次你总会后悔。酒的魔力消失了，似乎气泡少了，也没那么亮了，它只是一种浓稠酸涩的液体，让你半是恶心半是希望快快喝醉而牛饮下去。高登现在绝对醉了，虽然没有表现出来。半个他醉了，半个他还清醒。他开始出现那种特有的恍惚感，好像嘴脸胀大了，手指变粗了，这正是醉酒第二阶段所产生的感觉。但不管怎样，外表上，仍然是他清醒的那半在掌管着大权。谈话变得越来越乏味了。高登和拉弗斯通说起话来显得心不在焉、别别扭扭，就像丢人现眼却不肯承认的那些人一样。他们谈到莎士比亚，有一搭没一搭地扯着，变成了一场关于哈姆雷特之意义的冗长讨论，非常沉闷。露丝玛丽憋着哈欠。高登清醒的那半在说话，而醉了的那半在袖手旁观。醉了的那半很生气。他们毁了他的夜晚，他们该死！谁让他们为第二瓶酒争论的。他现在唯一想做的，就是喝个酩酊大醉，一了百了。第二瓶的六杯酒他喝了四杯——因为露丝玛丽不肯再喝。但这东西太淡，怎么也喝不够。醉了的那半大嚷着要更多的酒，更多，更多。夸脱装、桶装的啤酒！要真正带劲的好酒！以上帝之名！他待会儿要喝那个。他想到了自己衣服内袋里藏的那五英镑。不管怎样，他还有那笔钱可以挥霍呢。

　　藏在莫迪利亚尼餐厅内部某处的音乐钟敲响了十点。

"我们撤吧?"高登说。

桌对面,拉弗斯通的眼神透着恳求和愧疚。让我来分担账单吧!他的眼睛说。高登不理他。

"我提议,我们去皇家咖啡厅。"他说。

账单没能让他清醒。晚餐花了两英镑多一点,酒花了三十先令。当然,他没让他们看到账单,但他们看到他付钱了。他将四张一英镑的钞票丢到侍者的托盘里,大咧咧地说:"不用找了。"这样除了那张五英镑,他还有十先令左右。拉弗斯通在帮露丝玛丽穿外套,当她看到高登向侍者丢钞票时,她的双唇绝望地张了张。她万万没想到这顿晚餐竟然要花四英镑。看见他把钱那样乱扔,她吓坏了。拉弗斯通看起来神色阴郁,并不赞同。高登再次诅咒他们的眼神。为什么他们非要不停地担心呢?他出得起这个钱,不是吗?他还有那张五英镑呢。但是天哪,如果他回家时只剩一分钱了,可怪不得他。

但表面上他还是相当清醒,而且比半小时前收敛得多。他说,"我们最好坐出租去皇家咖啡厅。"

"噢,我们走路去吧!"露丝玛丽说,"就几步路。"

"不,我们要坐出租。"

他们上了出租,乘车远去。高登坐在露丝玛丽旁边。尽管有拉弗斯通在场,他仍然有些想用胳膊搂着她。但就在这时,一阵寒冷的夜风从窗户里钻了进来,吹过高登的额头,让他一个激灵,就像深夜时分你突然从沉睡中彻底苏醒,一时间充满痛苦的了悟一样——比如你注定要死去，或者你的人生一败涂地。约有一分钟时间，他万分清醒。他对自己一清二楚，清楚自己在干糟糕透顶的傻事——清楚自己已经愚不可及地挥霍掉了五英镑，现在还要挥霍掉属于茱莉娅的另外五英镑。他脑中闪过茱莉娅的形象，浮现出她在那凄凉的开间里的情景，她瘦削的脸庞，她灰白的头发。可怜的、善良的茱莉娅啊！为他牺牲了自己整个人生的茱莉娅，借给了他一镑一镑又一镑的茱莉娅。而现在他甚至连这点良心都没有，竟要染指她的五英镑！想到这里他退缩了，他避难般逃回自己的酩酊醉态中。快点，快点，我们要清醒过来了！酒，更多酒！恢复一开始那种美妙的无忧无虑的兴头！车外，一家意大利杂货店仍在营业，它五颜六色的窗户向他们涌来。他清脆地敲敲玻璃，出租停了。高登开始跨过露丝玛丽的膝盖往外爬。

"你去哪儿，高登？"

"恢复一开始那种无忧无虑的兴头！"高登在人行道上说。

"什么？"

"是时候让我们再灌点酒啦。再过半小时酒吧就关门了。"

"别，高登，别！你不要再喝酒了。你今天已经喝得够多了。"

"等会儿。"

他从店里出来，抱着一公升的瓶装基安蒂红葡萄酒。售货员帮他拔出了塞子，然后又把它松松地塞了回去。另两人现在明白他醉了——明白他一定在见他们之前就在喝酒。这让他们都很尴尬。他们走进皇家咖啡厅，但他们脑中的主要想法是带高登走，尽快让他上床睡觉。露丝玛丽在高登身后悄声说："拜托不要让他再喝酒了！"拉弗斯通阴沉地点点头。高登正在他们前面昂首迈向一张空桌，一点也不介意众人投向他胳膊下的酒瓶的目光。他们坐下来，点了咖啡，拉弗斯通好不容易才制止高登再点白兰地。他们全都如坐针毡。在这装饰华丽的咖啡厅，忍受着闷热，还有震耳欲聋的噪声——几百张嘴的聒噪、杯盘碗盏的磕碰、乐队断断续续的哀嚎，太可怕了。三人全都想走。拉弗斯通还在担心花费，露丝玛丽担心高登喝醉了，高登焦躁又口渴。他本来想来这里，但刚一进门他就想逃走。醉了的那半在叫嚣着要找点乐子。而且醉了的那半就快脱离控制了。啤酒、啤酒！醉了的那半呼喊着。高登讨厌这个拥挤的地方。他想象着酒吧的场景，摆着大酒桶和冒着酒沫的夸脱罐。他眼睛盯着钟。快到十点半了，就连西敏寺的酒吧也会在十一点关门。绝不能少了他的啤酒！那瓶葡萄酒是之后等酒吧关门了喝的。露丝玛丽坐在他对面，和拉弗斯通说着话，她并不自在，却尽力假装她很开心，没什么问题。他们还在瞎侃莎士比亚。高登讨厌莎士比亚。他看着露丝玛丽说话的样子，一阵强烈而执拗的欲望淹没了他。她身体前倾，手肘撑着桌子，他可以透过她的裙子清清楚楚地看到她那小小的乳房。他突然想起一件事，让他为之一震，呼吸一滞，差点就再次清醒过来：他曾见过她赤身裸体的样子。她是他的姑娘！只要他愿意，他随时可以拥有她！以上帝之名，他今晚就要她！为什么不呢？这将恰到好处地结束这个夜晚。他们轻易就能找到一个地方；在沙夫茨伯里大街附近有的是旅馆，只要你能付账，他们就不会过问。他还有五英镑。他在桌子下摸索她的脚，打算在脚上印上一记轻柔的爱抚，却只踩到了她的脚趾头。她把脚从他身边移开了。

他突然说："我们从这儿出去吧。"并马上站了起来。

"哦，走吧！"露丝玛丽松了口气。

他们又走上了摄政街。前方左侧的皮卡迪利广场①亮着一汪可怕的灯光，十分刺目。露丝玛丽的眼睛转向对面的公交车站。

"十点半了。"她犹疑地说，"我必须在十一点前回去。"

"哦，胡说！让我们找家像样的酒吧。我绝不能少了我的啤酒。"

"噢，不要，高登！今晚别再进酒吧了。我再喝不了了。你也不该再喝酒了。"

"没关系，这边来。"

他抓住她的胳膊，开始拉着她往摄政街的尽头走去，那紧

---

① 是一片戏院和娱乐场所聚集地。

紧抓着她的样子像是生怕她会跑掉似的。这时他已经忘了拉弗斯通。拉弗斯通跟在后面,不知道自己是该不管他们径自走掉,还是该留下来盯着高登。露丝玛丽犹豫不前,她不喜欢高登那样拉着她的胳膊。

"你要带我去哪儿,高登?"

"转过街角,去黑暗的地方。我想吻你。"

"我不觉得我想被人吻。"

"你当然想。"

"不!"

"是的!"

她跟他走了。拉弗斯通在摄政宫的转角处等着,不确定该怎么办。高登和露丝玛丽转过街角,几乎马上就消失在了更为黑暗狭窄的街道中。妓女们恐怖的面容,如同敷着粉色粉底的骷髅,她们正从几家门口意味深长地窥视着。露丝玛丽瑟缩着躲避她们。高登觉得十分搞笑。

"她们以为你也是她们中的一员呢。"他对她解释道。

他把酒瓶小心翼翼地贴着墙放在人行道上,然后突然抓着她把她向后一扭。他热切地渴望她,并不想在前戏上浪费时间。他开始在她整张脸上大吻特吻,动作笨拙却十分用力。她任他这样做了一会儿,但这吓坏了她。他的脸离她如此之近,看起来苍白、怪异而迷乱。他满身酒气。她挣扎着转过脸,只让他吻自己的头发和脖子。

"高登，你不许！"

"我为什么不许？"

"你在干什么？"

"你以为我在干什么？"

他把她顶在墙上，用醉汉那种仔细而专注的动作，试图解开她裙子的前襟，实际反倒越弄越紧。这下她生气了。她猛烈地挣扎着，把他的手拍到一边。

"高登，马上停下来！"

"为什么？"

"你要是再这样我就扇你一耳光。"

"扇我一耳光！别跟我来女童子军那一套。"

"让我走，好不好！"

"想想上周日。"他淫荡地说。

"高登，你要是还这样我就要打你了，我真的会打的。"

"你才不会。"

他把手径直伸进了她裙子的前襟里。这动作实在太过粗野，好像她对他来说是个陌生人。她从他脸上的表情中看出这一点。她对他来说不再是露丝玛丽，她只是一个姑娘，一具姑娘的肉体。正是这件事让她生气。她挣扎着，并挣脱了他。他又追上来，抓住了她的胳膊。她用尽全力狠狠地扇了他一耳光，敏捷地闪出他的接触范围。

"你这是为什么？"他说。他觉得自己的脸简直被这一下给打伤了。

"我可不会忍受那种事。我要回家了。你明天就不会这样了。"

"放屁!你和我一起走。你要和我上床。"

"晚安!"她说着,沿着黑暗的小街逃走了。

有一刻他想跟上她,却发现自己的双腿太沉了。反正也不值得这样做。他晃荡回去,拉弗斯通还在那儿等着,神色忧郁而孤独,部分是因为他在担心高登,部分是因为他正在努力不去注意那两个满怀希望紧紧逡巡在他身后的妓女。高登看起来醉得厉害,拉弗斯通想。他的头发耷拉在额头前,一侧脸庞十分苍白,另一侧被露丝玛丽扇得红通通的。拉弗斯通以为这一定是醉酒导致的红晕。

"你把露丝玛丽怎么样了?"他说。

"她走了。"高登说,用一个挥手解释了一切,"但长夜未央啊。"

"听着,高登,你该上床睡觉了。"

"上床,是的。但一个人不行。"

他站在路沿上,眺望着瘆人的午夜。有一会儿他觉得生不如死。他脸上火辣辣的。他的整个身体都有一种痛苦、肿胀、炽热的感觉。尤其他头痛欲裂。不知怎的那邪恶的灯光充斥着他的感官。他看见高楼上的广告牌闪闪烁烁,时红时蓝,窜上窜下——可怕而邪恶的光芒,属于一个穷途末路的文明,就像一艘正在沉没的轮船上还在闪耀的灯光。他抓起拉弗斯通的胳膊,用一个手势囊括了整个皮卡迪利广场。

"地狱里的灯光就会像那个样子。"

"我不奇怪。"

拉弗斯通在找空出租车。事不宜迟,他必须赶紧把高登弄回家睡觉。高登不知道他是高兴还是生气。那种火辣辣裂开般的感觉太痛苦了。他清醒的那一半还没死呢。清醒的那半仍然对自己之前和现在的所作所为一清二楚。他做了傻事,明天他会想为此自杀的。他为了莫名其妙的排场挥霍了五英镑,他抢劫了茱莉娅,他侮辱了露丝玛丽。明天——哦,明天,我们会清醒的!回家去,回家去!清醒的那半叫喊着——去你的明天!醉了的那半不屑地说。醉了的那半还在叫嚷着要找点乐子。而醉了的这半更加强大。某处一座火红的时钟吸引了他的目光。十点四十了。快,赶在酒吧关门之前!我的喉咙,我快死了!①他的思绪再一次滑向诗词。他感到自己胳膊下有个硬邦邦的圆形物体,原来是那个基安蒂酒瓶,于是他拔出塞子。拉弗斯通正在挥手招呼一个出租司机,却没能引起他的注意。他听见身后的妓女发出一声惊叫。他转身惊恐地看到高登已经倒转酒瓶,正在喝酒。

---

① 原文为法语"Haro! la gorge m'ard!",是拉封丹叙事诗中的诗句,讲述一个佃农惹怒了主人,为了惩罚要吞吃三十个大蒜并不许喝水。于是他吃到第十二个的时候,痛苦地呼喊自己要死了,请求喝水。

"喂！高登！"

他蹦到他跟前，把他的胳膊强压下来。一滴酒滑下高登的衣领。

"拜托你，小心点！你不想让警察抓你吧，想吗？"

"我想喝酒。"高登抱怨道。

"但是该死的！你不能在这儿开始喝。"

"带我去酒吧。"高登说。

拉弗斯通无助地揉揉鼻子。"哦，高登！我想那比在人行道上喝强。来吧，我们去酒吧。你在那儿喝你的酒吧。"

高登小心地塞好瓶塞。拉弗斯通引导他穿过广场，高登抓着他的手臂，但不是为了寻求支撑，因为他双腿仍然十分稳当。他们在交通岛上停下，然后找准车流的空隙，沿着秣市街（Haymarket）走过去。

酒吧里的空气似乎沾染了啤酒的湿气，全是啤酒的水雾裹挟着威士忌的气味，令人作呕。吧台边的一排男人兴高采烈，都像浮士德一般，正赶在十一点的丧钟敲响之前饥渴地猛灌最后几杯酒。高登轻而易举地从人群中钻过。他没心情在乎几下推搡和拥挤。不一会儿他就已经挤到了吧台边。一边是一个喝着吉尼斯黑啤酒的壮实的旅行推销员。另一边是一个上校模样的男人，高挑纤瘦，一脸颓唐。他胡子低垂，全部的言语似乎都由"哇，哇"和"啥，啥"组成。吧台上滴满了啤酒，湿嗒嗒的，高登往上面扔了半克朗。

"一夸脱苦啤酒,谢谢!"

"这儿没有夸脱杯。"疲倦的酒保喊道。他一面摆弄着威士忌酒架,一只眼睛盯着时钟。

"夸脱杯在顶层架子上,埃斐(Effie)!"掌柜从酒吧那边回头大吼。

酒保匆匆拉了三次打啤酒的拉手。那个巨大的玻璃杯就放到了他的面前。他举起酒杯。多沉啊!一品脱①纯水重1.25磅。喝下去!唰——哗哗!啤酒化为一道长长的溪流,美滋滋地淌下他的喉管。他停下来歇口气,感到有点恶心。来吧,再来一杯。唰——哗哗!啊——!这次差点呛着了他。但是挺住,挺住!啤酒瀑布般沿着高登的喉管涌下,似乎也淹没了他的耳朵。他听见掌柜的吼声:"最后一单啦,先生们,请吧!"他把脸从酒杯上移开一会儿,恢复了呼吸。现在到最后一杯了。唰——哗哗!啊——!高登放下酒杯。三口干——不赖啊。他在吧台上敲敲杯子。

"嗨!给我把另一半拿来——快!"

"哇!"上校说。

"你挺厉害嘛!"旅行推销员说。

拉弗斯通在吧台那边较远的地方,在几个男人的团团包围下,看着高登的所作所为。他对他喊道:"喂,高登!"他皱

---

① 一夸脱等于两品脱。

着眉，摇摇头，实在不好意思当众说"别再喝了"。高登站起身来。他仍然沉稳，但只是意识上沉稳。他的头似乎涨得硕大无比，整个身体和之前一样有种痛苦、肿胀、炽热的感觉。他懒洋洋地举起再度斟满的啤酒杯。他现在不想要它了。它的味道令他恶心。它不过是一种讨厌的浅黄色液体，味道也恶心，简直跟尿一样！一大桶这玩意儿灌进了他的五脏六腑——可怕！但是加油，别退缩！不然我们来这儿还能干吗？把它喝下去！它离我的鼻子是那么近。那就把它喝进去吞下去。唰——哗哗！

就在这时，发生了一件可怕的事。他的食道已经自行关闭了，不然就是啤酒错过了他的嘴巴。酒浇得他满身都是，成了一波啤酒潮。他像《英格尔兹比传说》①中的彼得修士一样，被啤酒淹没了。救命！他试图呼救，他呛到了，失手摔了啤酒杯。他周围一阵骚动。人们都跳到一旁躲避飞溅的啤酒。嘭！酒杯一声巨响。高登摇摇晃晃。人影、酒瓶、镜子在不停转啊转。他往下倒去，快要失去意识。但他面前依稀可见一个竖直的黑色物体，那是眩晕的世界中唯一一个稳定的点——啤酒拉手。他握住它，一拧，紧紧抓住。拉弗斯通向他走来。

酒保气愤地靠在吧台上。飞旋的世界慢慢减速、停下。高

---

① 《英格尔兹比传说》，Ingoldsby Legends，由英国作家托马斯·英格尔兹比（Thomas Ingoldsby）编写的故事集，包含神话、传说、鬼故事等。

登的大脑非常清醒。

"喂!你抓着那个啤酒拉手干吗?"

"该死的溅了我一裤子!"旅行推销员喊道。

"我握着那个啤酒拉手干吗?"

"是啊!你握着那个啤酒拉手干吗?"

高登晃到一边。上校瘦长的脸正俯视着他,湿漉漉的胡子还在滴水。

"这娘们说,'我握着那个啤酒拉手干吗?'"

"哇!啥?"

拉弗斯通挤过几个人,到了他身边。他用力搂住高登的腰,把他拉起来站好。

"站起来,拜托你!你醉了。"

"醉了?"高登说。

所有人都在嘲笑他。拉弗斯通苍白的脸红了。

"杯子值两先令三便士。"酒保怨毒地说。

"还有我这该死的裤子怎么办?"旅行推销员说。

"我来赔杯子。"拉弗斯通说。他赔了。"现在出去吧,你醉了。"

他一只胳膊搂着他的肩,另一只拿着基安蒂酒瓶——这是他之前从他那儿拿过来的——开始带着高登向门边走去。高登挣脱了。他能走得稳稳当当。他用一种庄重的架势说:

"你说我醉了?"

拉弗斯通又拉住他的胳膊。"是的。很显然,恐怕你是醉了。"

"鹅要过河,河要渡鹅,不知是那鹅过河,还是河渡鹅。①"高登说。

"高登,你确实醉了。你越早上床睡觉越好。"

"你这伪善的人!先除掉你自己眼里的梁木,然后才能看得清楚,去掉你兄弟眼中的刺②。"高登说。

到这时拉弗斯通已经把他弄到了人行道上。"我们最好打辆出租。"他说着在街道上张望起来。

但是,附近似乎没有出租车。酒吧要关门了,喧闹的人群从酒吧里涌出来。高登到了室外觉得好些了。他的大脑从没这么清楚过。远处一盏霓虹灯亮着邪魅的红色灯光,给他的头脑注入了一个全新的绝佳主意。他扯扯拉弗斯通的胳膊。

"拉弗斯通!我说,拉弗斯通!"

"什么?"

"我们去找两个妓女吧。"

尽管高登醉了,拉弗斯通还是觉得羞愤。"我亲爱的老弟啊!你不能做那种事。"

"别那副该死的上流样儿!为什么不行?"

---

① 原文为 Swan swam across the sea, well swam swan,押头韵,是广为流传的英语绕口令。高登以此显示自己没有醉,仍然口齿伶俐。
② 出自马太福音,7:5。

"但你怎么能呢,该死!你才刚刚对露丝玛丽——一个那样着实迷人的女孩——道过晚安!"

"夜里猫儿一般黑。"高登说,觉得自己吐露了一句玩世不恭的至理名言。

拉弗斯通决定忽视这句评论。"我们最好走到皮卡迪利广场去。"他说,"那里会有很多出租车。"

剧院正在清场。灯光如死尸般惨白,人群和车流在灯光下熙熙攘攘。高登的大脑万分清醒。他知道自己做了什么、还将做什么蠢事和坏事。然而说到底,这似乎没什么关系。他回想他的三十年岁月、他浪费掉的人生、空白的未来、茱莉娅的五英镑、露丝玛丽,觉得那是很遥远很遥远的事了,就像望远镜拿反了时看见的那样。他带着一种哲学的兴味说:

"看那霓虹灯!看那家橡胶店顶上那些可怕的蓝色灯。看到那些灯,我就知道自己是个下了地狱的灵魂。"

"没错。"拉弗斯通充耳未闻地说,"啊,来了辆出租!"他打着信号。"该死!他没看见我。稍等。"

他把高登留在地铁站,快速穿过街道。有一小会儿,高登的大脑一片空白。然后他意识到两张凶悍却年轻的脸庞,就像幼年捕食动物那样的脸庞,贴近了自己的脸。她们有着漆黑的眉毛,戴的帽子像是露丝玛丽那顶的低劣翻版。他在和她们打情骂俏。他感觉这似乎持续了几分钟。

"哈罗,朵拉!哈罗,芭芭拉!(看来他知道她们的名字。）你怎么样啊？老英格兰的裹尸布①怎么样啊？"

"哦——你这没脸没皮的！"

"那你们这大晚上的是在干什么呢？"

"哦——就是随便逛逛呗。"

"就像狮子，在寻找可以吞食的猎物吗？"

"哦——你真是没脸没皮！是不是没脸没皮，芭芭拉？你有脸的呀！"

拉弗斯通拦到了车，把车领到了高登所站之处。他下车来，看见高登被两个姑娘簇拥着，怔怔地站住了。

"高登！噢，我的上帝啊！你这是造什么孽？"

"我来给你介绍一下。朵拉和芭芭拉。"高登说。

有一下拉弗斯通看起来简直是生气了。实际上，拉弗斯通生不来真正的气。失望、痛苦、尴尬——是的，但不是生气。他向前一步，可怜地尽力去不注意那两个姑娘的存在。一旦他注意到她们，那就完了。他抓住高登的胳膊，想把他强拖到出租车里去。

"过来，高登，求你了！出租车在这儿。我们直接回家，把你放床上去。"

朵拉抓着高登的另一只胳膊，拉着他不让拉弗斯通碰到，

---

① 老英格兰的裹尸布，典出威廉·布莱克诗作《纯真的预言》：The harlot's cry from street to street/Shall weave old England's winding-sheet.（妓女沿街的叫喊，将织就老英格兰的裹尸布）高登此句暗指两女为妓女。

仿佛高登是一只遭偷的手提包似的。

"这到底关你什么事？"她恶狠狠地叫喊道。

"我希望你不是想侮辱这两位女士吧？"高登说。

拉弗斯通哑口无言，他往后一退，揉了揉鼻子。这一刻要坚定，但拉弗斯通这辈子就没坚定过。他从朵拉看到高登，从高登看到芭芭拉。这下完了。一旦他看到她们的脸，他就迷失了。哦，上帝啊！他能怎么办？她们是人，他不能侮辱她们。就像一看到乞丐他就会把手伸到自己口袋里去一样，这种本能让他此刻无能为力。这些贫穷的、可怜的姑娘们！他不忍心弃她们于夜色。他突然意识到，高登引他进入了一场可恶的冒险，而他将不得不去经历。他这辈子第一次陷入了和妓女一起回家的窘境。

"但真是见鬼！"他无力地说。

"我们走吧①。"高登说。

朵拉一点头，出租司机接到了指示。高登窝进角落的座位里，似乎瞬间沉入了某个无边的深渊，然后又慢慢从中爬起，对自己的行为只有模糊的意识。他正在灯光点缀的黑暗中平稳地穿行。还是灯光在动，而他在凝滞？这就像是在海底，在闪闪发光的翔游的鱼群中一样。他再次想象自己是地狱中一个受诅咒的灵魂。色彩邪魅的火山，头顶尽是黑暗。但地狱里应该

---

① 原文为法语。

有苦刑。这是苦刑吗?他努力分辨自己的感官。之前跌入神志不清的那一霎让他虚弱、难受、摇摇欲坠,他的额头似乎要裂开了。他伸出一只手,碰到了一只膝盖,一只吊带袜,还有一只柔软的小手,正在机械地搜寻他的手。他意识到坐在对面的拉弗斯通正在急迫而紧张地点着他的脚趾。

"高登!高登!醒醒!"

"怎么了?"

"高登!噢,该死!我们说法语吧。你都干了些什么?你觉得我想跟一个肮脏的——噢,该死!"①

"Oo-parley-voo francey!②"两个姑娘嗔怪道。

高登觉得有点好笑。这对拉弗斯通有好处,他想。一个空谈社会主义者带妓女回家!这是他这辈子第一个真正的无产阶级举动。拉弗斯通似乎感觉到了这个想法,于是痛苦地默默缩进他那一角,尽量远离芭芭拉。出租车在一条小街上的旅馆前停下。这是个糟糕、粗俗又低级的地方。门上"旅馆"的招牌歪歪斜斜。窗户几乎一片漆黑,但醉意朦胧的浑浊歌声从里面飘了出来。高登蹒跚着爬出出租,摸索朵拉的胳膊。帮我们一把,朵拉。小心台阶。哇哦!

一条窄小幽暗、臭味逼人的走廊,铺着亚麻地毯,看起来

---

① 此句为法语。拉弗斯通不想让妓女明白自己的意思,转换成了法语。
② 两个妓女也学拉弗斯通说法语,但说的是一种错误的简单语句,奚落拉弗斯通。

乱七八糟，有种临时凑合的感觉。歌声变大了，是从左边某处的一个房间里传来的，就像教堂风琴一样哀戚。一个面色不善的对眼女招待凭空冒了出来。她和朵拉似乎认识彼此。真烦！那就不用竞争了。左边的房间里，一个单独的声音接腔继续唱，用故意的滑稽腔着重唱道：

"那人吻了一个漂亮姑娘，去告诉了他妈妈，该把他的嘴巴削掉，该把——"

声音渐渐小了下去，充满了难以言喻的放荡的悲哀。听起来是个非常年轻的声音。某个可怜的、内心只想和自己妈妈姐姐待在家里玩找拖鞋游戏的男孩的声音。房间里面是一群年轻的傻瓜，就着威士忌和姑娘们闹腾。这曲调提醒了高登。他转向拉弗斯通，后者走了进来，芭芭拉跟在后面。

"我的基安蒂哪儿去了？"他说。

拉弗斯通把瓶子给他。他的脸看起来苍白、困倦，甚至是痛苦。他满怀惭愧，手足无措地让自己和芭芭拉保持距离。他不能碰她，甚至不能看她，但他又无法逃走。他的眼睛追寻着高登的双眼。"看在上帝分儿上，我们不能想个办法脱身吗？"他的眼睛发出信号。高登对他皱起眉头。挺住！别退缩！他又抓起了朵拉的胳膊。来吧，朵拉！现在该上楼啦。啊！等会儿。

朵拉搂着他的腰扶着他，把他拉到一旁。一个年轻女人沿着幽暗而浊臭的楼梯下来，装腔作势地扣着手套扣子；她身后跟着一个秃顶的中年男人，穿着晚礼服，黑色的外套和白色的围巾，手里拿着大礼帽。他小嘴紧闭，视而不见地走过他们身边。从他眼中愧疚的神色来看，他是个有家室的男人。高登看着他光秃秃的后脑勺上煤气灯的微光。他的前辈。很可能会上同一张床上。以利沙的斗篷①。那我们现在上去吧，朵拉！啊，这些楼梯！攀上地狱何其艰难！②好啦，我们到了！"小心台阶。"朵拉说。他们到了楼梯顶。黑白相间、棋盘似的亚麻地毡。漆成白色的房门。有一种污水的气味，还有微微的亚麻的腐臭。

我们走这边，你们那边。拉弗斯通停在另一扇门前，手指搭在把手上。他不能——不，他不能这么做。他不能进入这可怕的房间。最后一次，像是一只等着挨打的狗的眼睛一样，他的眼睛转向高登。"我非要这样吗，非要不可？"他的眼睛说。高登严肃地瞪着他。坚持住，拉弗斯通！向你的末日挺进！但他知道芭芭拉③。这可比你做的事情无产阶级得多。然后，突然之间，令人惊讶的是拉弗斯通脸色放晴了。一种解

---

① 圣经中的典故：以利沙的师傅以利亚指定以利沙为接班人，将自己的斗篷给他，就代表让他继承自己的事业。
② 原文为拉丁语Difficilis ascensus Averni，化用《埃涅阿斯纪》中"facilis descensus Averni（堕入地狱何其容易）"。
③ 原文为拉丁语Atqui sciebat quae sibi Barbara，化用贺拉斯的诗句"Atqui sciebat quae sibi barbarus tortor pararet"，barbarus原为野蛮人之意，此处作者利用了它和芭芭拉名字的谐音，开了个玩笑。

脱的表情，几乎是快乐的表情弥漫开来。他有了一种绝妙的主意。毕竟，你总是可以给姑娘付钱，但实际上什么也不做呀！谢天谢地！他耸起肩膀，聚起勇气，走了进去。门关上了。

我们到啦。一件鄙陋可怕的房间。地板上铺着亚麻地毡，有煤气取暖，巨大的双人床上铺着微脏的床单。床上方挂着一张取自《巴黎生活》①的彩色装裱图片。搞错了。有时候原画的对比没有这么好。还有，好家伙！窗户旁的竹桌上，赫然放着一株叶兰！你找到我了吗，哦，我的敌人？但是过来吧，朵拉。让我们看看你！

他好像是躺在床上。他看得不大清楚。她那捕食动物般的年轻面庞，带着深黑的眉毛，伏在他摊开的身体上方。

"我的礼物呢？"她问，半是挑逗，半是威胁。

现在别管那个了。办事！来这儿。嘴上功夫还不错嘛。来这儿。再近点儿。啊！

不。没用。不可能。有志者，却事不成。精神是愿意的，但肉体是虚弱的。再试试。不行。一定是醉酒的原因。看看麦克白。最后试一次。不行，没用。恐怕今晚不行。

没事，朵拉，你别担心。你还是会拿到你那两英镑的。我们不是按结果付费。

他打了个笨拙的手势。"来，把那个瓶子给我。梳妆台上

---

① 1863年创刊的一本法国文娱杂志。

的那个瓶子。"

朵拉拿过来了。啊,这下好些了。这个至少不会失败。他用那双已经肿得老大的手打开了基安蒂的瓶子。葡萄酒流下他的喉咙,又苦又呛人,有些还进入了他的鼻腔。酒淹没了他。他在往下滑,越滑越快,然后摔下了床。他的头碰到了地板,双脚还在床上。他就以这个姿势躺了一会儿。生活就该这样吗?下方,年轻的声音仍在哀戚地唱着:

"今宵且尽欢。今宵且尽欢。今宵且尽欢。今宵且尽欢——明朝再清——醒!"

乐极生悲

好家伙,明朝我们确实清醒了!

高登从一个漫长而难受的梦中醒来,恢复了意识,发现租书屋里的书籍摆放错了。它们全都横躺着。而且,由于某种原因,它们的封面都变成了白色——又白又亮,就像瓷器。

他微微张开眼睛,动了动一只手臂。这动作似乎触发了丝丝细微的疼痛,痛感又流窜到了身体上意想不到的地方——比如,向下到了小腿上,向上到了脑袋两侧。他觉得自己侧躺着,脸颊下有一个硬邦邦的光枕头,一条粗糙的毯子刮着他的下巴,毯子毛钻进了他嘴巴里。除了每次动作时刺激他的小痛以外,还有一种强烈而钝重的大痛,没有具体的位置,而像是萦绕着他全身上下。

突然,他掀开毯子坐了起来。他是在一间警署拘留室里。

这时一阵强烈的恶心席卷了他。他模糊地看到角落里有个马桶,便爬过去,狠狠吐了三四次。

此后有好几分钟,他都处于极度的痛苦之中。他几乎无法站起来,脑袋突突刺痛,仿佛要裂开似的。灯光仿佛某种炽热的白色液体,从他的眼眶中灌入他的大脑。他坐在床上,双手捧着脑袋。一会儿,脑中的刺痛消减了一些,他又看了看周围。这间拘留室长约十二英尺,宽约六英尺,很高。墙壁上全部贴着白色瓷砖,白净得可怕。他懒懒地猜想他们是怎么清理天花板那么高的地方的。或许是用水管,他寻思着。房间一头有一个装有隔栅的小窗,位置很高,另一头,门顶有一只嵌入墙体的电灯泡,用粗实的栅栏保护着。他所坐的地方其实不是床,而是个架子,加一条毯子和一个帆布枕头。门是钢制的,漆成了绿色。门上有一个小孔,可以从外侧掀起。

看到这些,他又躺下了,并把毯子拉起来盖住自己。他对自己的周围环境不再好奇了。至于昨晚发生的事情,他记得一清二楚——至少,他和朵拉一起进入那间带叶兰的房间前的事情他记得一清二楚。天知道之后发生了什么。闹出了事,然后他进了号子。他不知道自己做了什么,就他所知,可能是谋杀。不管怎样,他都无所谓。他把脸转向墙壁,拉起毯子盖住脑袋,以阻挡光线。

过了很长时间,门上的那个窥孔被推开了。高登勉强转过头来。他的颈部肌肉似乎在咯吱作响。透过窥孔他能看见一只蓝色的眼睛,和一片肉嘟嘟的半圆形粉色脸颊。

"你要来杯茶吗?"一个声音说。

高登坐了起来,马上又感到非常恶心。他双手抱头,发出痛苦的呻吟。一杯热茶对他颇有吸引力,但他知道,如果茶里有糖,会让他恶心。

"谢谢。"他说。

巡警将门上方的那半隔板打开,推进来一个厚厚的白杯子,装着一杯茶,里面有糖。巡警是一个壮实乐观的年轻人,大约二十五岁,他有一张和善的脸庞、白色的睫毛和宽阔无比的胸膛。这让高登想起了拉车骏马的胸膛。他口音纯正,但文辞低俗。大约有一分钟,他都站着看着高登。

"你昨晚上可了不得呢。"他最后说。

"我现在就糟糕了。"

"但你昨晚更糟糕。你为什么要打警察队长?"

"我打了警察队长吗?"

"你打了吗?呵!他气惨了。他跟我说——他捂着自己的耳朵,像这样——他说:'要不是这男的醉得站都站不住,我一准打得他满地找牙。'这都在你的案件记录里写着呢。醉酒,闹事。如果你没打警察队长的话,就只是醉酒和无行事能力而已。"

"你知道我会为此获什么刑罚吗?"

"罚款五英镑或者拘留十四天。你归格鲁姆先生判。幸亏不是沃克先生。他会给你一个月,没二话,沃克先生铁定会。他对醉酒罚得很严。他是绝对的禁酒主义者。"

高登喝了些茶。它甜得恶心,但它的温暖给了他力量。他大口大口地咽下茶水。这时,一个刺耳的咆哮声——毫无疑问,是高登打的那个警察队长——在门外某处怒吼道:

"把那男的提出来,给他洗洗。囚车九点半走。"

巡警赶紧打开囚室房门。高登刚一迈出去,就感到前所未有的难受。部分是因为走廊上比囚室里冷得多。他走了一两步,然后突然脑袋眩晕起来。"我要吐了!"他喊道。他要摔了——他伸出一只手撑住墙壁。巡警强壮的手臂搂住了他。高登压着手臂,就像伏在栏杆上一样,软塌塌地弯成两节。一汪呕吐物从他体内喷涌而出。是因为那茶,当然。一条细流沿着石头地面流窜。那个大胡子警察队长,穿着束腰外衣却没系腰带,一手叉腰站在走廊尽头,恶心地看着。

"肮脏的小杂种。"他咕哝着转身走了。

"加油,老弟。"巡警说,"你很快就会好起来的。"

他半领半拽地把高登带到走廊尽头的一个石砌大水池旁,帮他脱去腰部以上的衣物。他温柔得令人吃惊。他对待高登简直像护士对待孩子一样。高登已经恢复了力气,足以自己用冰冷的水清洗身体和漱口了。巡警给了他一条破烂的毛巾擦干自己,然后领他回到囚室。

"现在你安静地坐着,直到囚车过来。还有听我一句劝——上法庭的时候，你要认罪并说自己再也不这么干了。格鲁姆先生不会为难你的。"

"我的领圈和领带呢？"高登说。

"我们昨晚拿走了。你在上法庭前会拿回来的。有一次我们这儿有个家伙用他的领带上吊了。"

高登坐到床上。他靠数墙上的瓷砖数目来分散注意力，数了一小会儿，然后用两肘撑着膝盖双手抱头坐着。他仍然全身疼痛；他觉得虚弱、寒冷、疲惫，更要紧的是，烦。他希望可以想办法避免上法庭这桩麻烦事。想到要被装在一个颠簸的车里横穿伦敦，然后在冷飕飕的囚室和走廊里晃悠，想到不得不回答质问，还要被法官教训，就让他说不出地厌烦。他只想一个人静静。但不一会儿，走廊深处传来几个人的声音，然后有脚步声靠近。门上的隔板打开了。

"有两个人来看你。"巡警说。

光是想到有人来看，高登就烦。他不情愿地抬头一看，只见弗莱克斯曼和拉弗斯通正向里望着他。他俩会碰到一起确实奇怪，但高登对此毫不好奇。他们让他厌烦。他希望他们离开。

"哈罗，哥们儿！"弗莱克斯曼说。

"你来了？"高登带着厌倦的火气说道。

拉弗斯通看起来很难受。他一大早就起来了，一直在找高登。这是他第一次见识警署拘留室的内部。看到这个寒气森森、铺满白瓷砖的地方，还有角落里那个龌龊的马桶，他的脸恶心地抽了抽。但弗莱克斯曼对此习以为常。他冲高登挤了个老练的眼色。

"我见过比他更糟糕的。"他愉快地说,"给他个生鸡蛋,他就生龙活虎了①。你知道自己的眼睛看起来啥样吗,哥们儿?"他对高登补充道,"就像被人取出来偷走了似的。"

"我昨晚喝醉了。"高登双手抱头说道。

"我估计就是这样,老哥们儿。"

"听着,高登,"拉弗斯通说,"我们是来保释你的,但好像我们来得太迟了。几分钟内他们就要把你带上法庭了。场面会很难看。真可惜昨晚他们带你来这儿的时候,你没跟他们说个假名字。"

"我跟他们说了我的名字?"

"你跟他们什么都说了。我祈求上帝,要是我没让你脱离我的视野就好了。你不知怎么溜出了那栋房子,跑到街上去了。"

"一边在沙夫茨伯里街大街荡来荡去,一边就着个瓶子喝酒。"弗莱克斯曼赞赏地说,"但你不该打那个警察队长的,老哥们儿!这就有点该死的愚蠢了。而且我不介意告诉你,维斯比奇大妈盯上你了。今天早上,你朋友过来,告诉她你一晚上花天酒地,她还以为你杀人了。"

"听着,高登。"拉弗斯通说。

---

① 土方用生鸡蛋醒酒。

他的脸上出现了那种熟悉的别扭神色。照旧是和钱有关。高登抬头看着。拉弗斯通盯着远处。

"听着。"

"什么?"

"关于你的罚款,你最好让我来承担,我会付的。"

"不,不要你付。"

"我的老弟!要是我不付,他们会把你送进监狱的。"

"哦,去他的!我不在乎。"

他不在乎。此时此刻,就算他们让他坐一年牢他也不在乎。当然,他自己是付不起罚款的。甚至不用看他还剩多少钱他就知道。他应该已经全都给朵拉了,更有可能是被她摸走了。他再次躺倒在床上,转身背对着其他人。他正处于阴沉倦怠的状态,唯一的愿望就是摆脱他们。他们又试着和他说了几次话,但他不肯回应,过一会儿,他们走了。弗莱克斯曼的声音沿着走廊欢快地回响。他在给拉弗斯通做速成指导,教他怎么做生鸡蛋。

这天后来的时光非常可怕。囚车之旅很可怕,那里面简直跟微型公厕一模一样,两边都是一溜小隔间,你就被锁在隔间里,简直坐都坐不下。然而更可怕的,是在治安法庭隔壁囚室里漫长的等待。这间囚室精准地复制了警署的那间,甚至连瓷砖的数目都分毫不差。但和警署拘留室不同的是,它脏得恶心。囚室寒冷,但空气腐臭不堪,简直无法呼吸。囚犯们不停地进进出出。他们被扔进囚室，一两小时后被带出去，走上法庭，也许之后还会被带回来，等待法官决定刑期或者传唤新的证人。囚室里始终有五六个人，除了木板床外没有别的地方可坐。而最糟糕的是，他们几乎全都用过马桶——就在这间小小的囚室里，在众目睽睽之下上厕所。他们没有办法，因为没有别的地方可去，而那可恶的玩意儿甚至没法好好冲水。

  一直到下午，高登都觉得恶心虚弱。他没机会刮胡子，脸上毛糙得讨厌。一开始他只是坐在木板床的角落里、最靠近门的那端，尽其所能地远离马桶，没有注意其他犯人。他们让他厌烦又恶心。然后，他的头疼慢慢消退，他就兴趣缺缺地观察他们。有一个职业窃贼，他是个满面忧愁、头发花白的瘦削男人，他万分焦虑，不知道要是自己进了监狱，妻子和孩子要怎么办。他是因"在外逡巡，企图闯入"被捕的，这是个轻罪，一般要在有前科的时候才会被判有罪。他不停地来回踱步，以一种神经质的怪异姿势弹着右手手指，大喊冤屈。还有一个聋哑人，散发着白鼬般的臭味。还有一个小个子中年犹太人，披着一件毛领外套，本来在给一家大型犹太屠宰公司当买办。他卷走了二十七英镑，然后哪里不好去，去了亚伯丁（Aberdeen），把钱全花在了妓女身上。他也有一桩烦心事，因为他说他的案子应该在拉比①的法庭上审判，而不是

---

① 拉比是犹太教中地位较高的老师。

由警察经手。还有一个酒店老板，贪污了自己圣诞俱乐部的钱。他是个健硕的大个子男人，看起来财运亨通，大约三十五岁，长着一张大红色的脸膛，穿着刺眼的蓝色外套，一看就知道不是酒店老板就是赌马狂人。他的亲戚已经赔偿了被贪污的钱，只差十二英镑，但俱乐部的成员决定起诉。在这个男人的眼中，有种东西让高登不安。他对什么事都一副趾高气扬的样子，但同时他的眼睛总是空洞地瞪着。他会在每一个谈话的空当陷入沉思。不知怎的，看见他就让人非常难受。他仍然穿着他气派的衣服，残留着仅仅一两个月前身为酒店老板的光辉，而现在他完了，很可能是永远完蛋了。就像所有伦敦的酒店老板一样，他被掌握在酿酒商的魔掌之中，他会倾家荡产，所有的家具和设备都会被查封，等他出狱了，也永远不会再拥有一家酒吧或一份工作了。

上午在沉闷中缓缓过去了。你可以抽烟，虽然禁止用火柴，但外面值班的巡警可以通过门上的挡板给你点个火。大家都没有烟，除了酒吧老板，他满口袋都是，于是大方地给大家分发。犯人们进进出出。一个衣衫褴褛、脏兮兮的男人声称是因妨害罪而"进来"的小贩，被丢进牢里待了半小时。他说了一大堆，但其他人都很怀疑。当他被再次带走的时候，他们都说他是个"内奸"。据说，警察经常安排"内奸"到囚室里，装成犯人来刺探情报。有一次，巡警透过挡板低声透露，有个杀人犯，或者准杀人犯被投到了隔壁囚室，激起了一阵大骚动。那是个18岁小伙子，在他"妓女"的肚子上捅了一刀，她估计是活不了了。还有一次，挡板开了，一个神父疲惫、苍白的脸看了进来。他看到了那个窃贼，疲倦地说："你又来了，琼斯？"然后又走了。大约十二点的时候供应了所谓的"午餐"。你得到的只有一杯茶，两片面包配人造黄油。不过，如果你付得起钱的话，可以叫人送食物进来。酒店老板要了一份美味的午餐，是用盘子盖着送进来的，但他没有胃口，把大部分都送人了。拉弗斯通还在法庭周围流连，等着高登的案子上庭，但他不太了解情况，没能给高登送吃的进来。不一会儿，窃贼和酒店老板被带走，判了刑，又带回来等着囚车来把他们带去监狱。两人各获刑九个月。酒店老板向窃贼打听监狱什么样，于是就那里缺少女人的问题展开了一场让人难以启齿的下流对话。

　　高登的案子两点半上场，其结束之快，让之前如此漫长的等待显得有些荒谬。事后他对法庭的唯一印象只有法官座椅上的盾形徽章。法官以一分钟两个的速度处理着醉酒案。伴着"约翰·史密斯醉酒，六先令，走，下一个"的调子，他们鱼贯走过被告席前的围栏，和在售票处买票的人群别无二致。但是，高登的案子花了两分钟而非三十秒，因为他还闹事，且警察队长还须作证，高登打了他的耳朵，还骂他是个杂种。法庭上还发生了一阵轻微的骚动，因为在警署审讯高登时，他曾说自己是个诗人。他一定是喝醉了才会说这种话。法官怀疑地看了看他。

"看来你自称是个诗人。你是个诗人吗?"

"我写诗。"高登闷闷地说。

"嗯!好吧,看来写诗没教会你怎么守规矩,是不是?你要交五英镑罚款,不然就蹲十四天大牢。下一个!"

这样就结束了。不过,法庭后面某处,一个百无聊赖的记者竖起了耳朵。

法庭的另一边有间房,一位警察队长抱着一大本账簿坐在那儿,记录醉酒犯的罚款并收款。那些交不了钱的就被带回囚室。高登本以为自己也会这样。他毫不在乎被送回监狱。但当他从法庭里出来时,却发现拉弗斯通正等在那儿,已经为他交了罚款。高登没有抗议。他任由拉弗斯通把他塞进出租,带他回到摄政公园的那间公寓。他们一到那里,高登就洗了个热水澡。在经历了过去十二个小时可怕的脏污之后,他需要洗个澡。拉弗斯通借给他一把剃须刀,还借了他一件干净的衬衫、睡衣、袜子和内衣,甚至出门给他买了一把牙刷。他对高登热心得奇怪。他无法摆脱自己的负罪感,总觉得昨晚发生的事情主要是自己的错。他应该坚定立场,高登一出现醉酒的迹象,就该立即带他回家。高登几乎没有注意到他在为自己做什么。即使拉弗斯通为他交了罚款这件事也没能让他上心。在那个下午,他后来一直躺在炉火前的一张扶手椅里,读一本侦探小说。他拒绝考虑将来。他很快就困了,八点就去了客房睡觉,沉沉地睡了九个小时。

直到第二天早上，他才开始认真地思考自己的处境。他在宽大舒适的床上醒来。他从没睡过这么柔软而温暖的床。然后他开始摸索自己的火柴，后来才想起，在这种地方不必用火柴点灯，于是去摸索挂在床头绳上的电灯开关。柔和的灯光淹没了整个房间。床头桌上有一罐汽水。高登发现，即使过了三十六个小时，他的嘴里还是有一种恶心的味道。他喝了汽水，然后看着周围。

这感觉很奇怪，穿着别人的睡衣躺在别人的床上。他觉得自己在这里格格不入，觉得这种地方不是自己待的。他现在身败名裂、一文不名，躺在这样奢华的地方让他有一种负罪感。因为他已经彻底毁了，这是毫无疑问的。他似乎万分确定自己的工作丢了。高登知道接下来会发生什么。那番愚蠢而放荡的记忆在他脑海里卷土重来，生动得可怕。从他出发前的第一杯红杜松子酒，到朵拉桃红色的吊带袜，全都历历在目。想到朵拉他就不舒服。为什么会有人做这种事？又是钱，总是钱！富人不会那样做。富人就算作起恶来也是优雅的。但如果你没有钱，就算有朝一日发了财你也不知道怎么花。你只是疯狂地把它挥霍出去，就像水手上岸第一晚进妓院一样。

他进了号子，十二个小时。他回想起警署那间囚室的寒冷、肮脏和恶臭。这是未来岁月的一个预告。所有人都会知道他进了号子。运气好的话可能瞒得过安吉拉姑姑和沃尔特叔叔，但茱莉娅和露丝玛丽很可能已经知道了。对露丝玛丽，这可能不太要紧，但茱莉娅会羞愤难过。他想到茱莉娅。她伏在茶叶罐上时那瘦长的背，她那善良、灰败、鹅一样的脸。她从没为自己活过。从孩提时代她就在为他牺牲——为了高登，为了"男孩子"。这么多年他可能已经向她"借"了一百英镑，而他连五英镑都没法留给她。他为她留出来五英镑，然后花在了一个妓女身上！

他关上灯，仰躺着，万分清醒。这一刻他把自己看得清清楚楚，清楚得可怕。他梳理了一下自己和自己的财产。高登·康斯托克，康斯托克家族的最后一名成员，三十岁，还剩二十六颗牙；没钱也没工作；穿着借来的睡衣，躺在借来的床上；前路漫漫，只有吃白食、受穷苦，回首往事，只有肮脏和愚蠢。他全部的财富就是一具孱弱的身体和两箱破烂的衣衫。

七点时，拉弗斯通被一声敲门声唤醒了。他翻了个身，睡意蒙眬地说："哈啰？"高登进来了，憔悴的身影几乎在借来的丝绸睡衣里没了踪影。拉弗斯通爬起来，打着哈欠。理论上他应该像无产阶级一样在七点钟起来。实际上他很少在女佣比弗太太（Mrs Beaver）八点钟赶来之前起身。高登拂开眼睛前的发丝，在拉弗斯通的床脚旁坐下。

"我说，拉弗斯通，这真该死。我一直在考虑这些事。代价惨重。"

"什么？"

"我会丢掉工作。麦基奇尼先生在我进过号子以后不能再留我了。而且,我昨天应该上班的。很可能书店一整天都没开。"

拉弗斯通打着哈欠。"会没事的,我想。那个胖哥们儿——他叫什么来着?弗莱克斯曼——跟麦基奇尼打了电话,跟他说你感冒病倒了。他说得有板有眼的。说你高烧四十三度。当然你的女房东知道了。但我觉得她不会告诉麦基奇尼的。"

"但要是这个上报纸了呢!"

"哦,天哪!我想这有可能。女佣八点钟会把报纸拿上来。但他们报道醉酒案吗?肯定不会吧?"

比弗太太拿来了《邮报》和《先驱报》。拉弗斯通让她出去买《邮报》和《快报》。他们匆匆搜索着治安法庭新闻。谢天谢地!这到底没有"上报纸"。事实上,它也没理由该上报。高登又不是什么赛车手,也不是职业足球运动员。高登感觉好些了,勉强吃了些早餐,早餐后拉弗斯通出去了。他们说好了,由他去店里见见麦基奇尼先生,告诉他高登病情的其他细节,探探风头。浪费好几天时间帮高登摆脱困境,对拉弗斯通来说似乎十分自然。整个早上高登都在那间公寓里晃荡,他坐立不安,心绪不宁,没完没了地抽烟。现在他独自一人了,就丧失了希望。他有着深深的直觉,麦基奇尼先生已经听说他被捕的消息了。这不是瞒得住的事情。他已经丢了工作,就这么简单。

他踱到窗户边,向外眺望。荒凉的一天,灰白的天空看起来仿佛永远不会再放蓝了,光秃秃的树木慢慢地飘着落叶,落到下水道里。煤贩子的叫卖声哀凄地回荡在下面一条邻街里。再过两个星期就是圣诞节了。这时候失业可真不错!但这个念头没有吓到他,只是让他厌烦。醉酒后那种特别的昏昏欲睡的感觉,眼睛后面那种郁闷的沉重感,似乎已经永久驻扎在他体内了。想到要另找工作,比贫穷的前景更让他厌烦。而且,他绝对再也找不到工作了。这年头没有工作。他在沉沦,沉入失业者的地下世界——沉沦,沉入天知道哪家济贫院中,沉入那厚厚的灰尘、饥饿和枉然之中。而他主要是迫不及待地想尽可能听天由命地度过这一切。

拉弗斯通大约一点时回来了。他脱下手套,扔到椅子上。他看起来疲倦而沮丧。高登一眼就看出完蛋了。

"自然,他听说了?"他说。

"恐怕听得一清二楚。"

"怎么回事?我猜是那个叫维斯比奇的恶婆娘跑去跟他告密了?"

"没有。这终究还是上报纸了。本地的报纸。他从那上面知道的。"

"哦,该死!我忘了这事。"

拉弗斯通从外套口袋里掏出一本折起来的双周刊报纸。这是他们店里订的报纸,因为麦基奇尼先生在这上面打广告——高登忘了这事。他打开报纸。天啊!好大的阵仗!这占据了整个中间跨页。

> 书店助理挨罚款
> 法官铁面严批评
> "败坏斯文"

几乎有两个专栏都是关于此事。高登出这么大的名，真是前所未有，也再无下回了。他们一定是太缺新闻了。但这些本地报纸有一种奇怪的乡土热情。它们对于本地新闻高涨的热情，使得哈罗路（Harrow Road）的一场自行车事故都能占据比欧洲危机还大的版面，而像"汉普斯特德男子被控谋杀"或"坎伯维尔（Camberwell）地窖中婴儿遭肢解"这样的新闻，报道起来更是自豪之情溢于言表。

拉弗斯通描述了一下他和麦基奇尼先生的会面。他一方面对高登勃然大怒，一方面又不愿意冒犯像拉弗斯通这样的优质客户，似乎为此左右为难。但是当然，发生了这样的事情，你很难指望他再接纳高登。这些丑闻会妨碍生意，何况他也气弗莱克斯曼在电话里对他撒的谎，这无可厚非。但他最气的是想到他的助手竟然醉酒闹事。拉弗斯通说，似乎醉酒让他格外生气。他给人的印象是，他简直宁愿高登是偷了抽屉里的钱。当然，他本身就是个绝对禁酒主义者。高登有时猜想他是不是也按照传统的苏格兰作风，偷偷喝酒。他的鼻子无疑是红扑扑的。但或许这是鼻炎的作用。不管怎么说,事情就是这样。高登成了落水狗,再无出头之日了。

"我想维斯比奇会扣押我的衣服和物品。"他说,"我不打算过去取东西了。而且,我还欠她一周的房租。"

"哦,别担心这个。我会帮你解决房租和一应事务的。"

"我亲爱的伙计,我不能让你给我付房租!"

"噢,该死!"拉弗斯通的脸微微发红。他痛苦地看向远方,然后突然一口气说出了那不得不说的话:"你瞧,高登,我们必须解决这事儿。你必须待在这里直到风头过去。我会帮你解决钱啊等等一切问题。你不必觉得自己添了麻烦,因为你没有。反正也只是到你找到别的工作为止。"

高登双手插在口袋里,郁郁不乐地离他远了一些。当然,他已经预见到了这一切。他知道他应该拒绝,他想拒绝,然而他没有那么大勇气。

"我不会那样当你的寄生虫。"他阴沉地说。

"别说这种话,拜托你!而且,不待在这儿你还能去哪儿呢?"

"我不知道——去下水道吧,我想。我属于那里。我越早去那儿越好。"

"瞎说!你会待在这里,直到你找到另一份工作。"

"但这世上没有工作。我可能要一年以后才找得到工作。我不想要工作。"

"不许你说这种话。你很快就会找到工作的。肯定会碰上什么事的。而且拜托你别说什么当我的寄生虫。这不过是朋友间的照应。如果你真想的话,可以等你有钱了全还给我。"

"是啊——等到什么时候!"

但最后他还是听从了。他早知道他会听从的。他留在了公寓,允许拉弗斯通去柳圃路付了他的房租,拿回了他的两个硬纸板箱;他甚至允许拉弗斯通又"借"给他两英镑作为日常花销。他这么做的时候心里一阵恶心。他在靠拉弗斯通过活——当拉弗斯通的寄生虫。他们之间还怎么能再存在真正的友谊?而且,他内心并不想受人帮助。他只想一个人静静。他注定要去下水道了,快点下去了一了百了倒还好些。不过目前他还是待在这儿,仅仅是因为他没勇气再另做打算。

但要说找工作这事,从一开始就是毫无希望。就算是拉弗斯通,纵然家财万贯,也不能凭空造出工作来。高登事先就知道,图书行业没有什么急缺人手的工作。接下来三天,他跋涉于一家又一家书店之间,把鞋都磨破了。在一家又一家店,他咬紧牙关昂首挺进,要求见经理,三分钟后又鼻子冲天昂首走出。答案总是一样的——没有职位空缺。有几个书商想为圣诞高峰多雇一个人手,但高登不是他们寻找的那类型。他既算不上气派,也不肯奴颜婢膝;他穿着寒酸的衣服,又说着绅士的腔调。而且,总会在问上几个问题后发现他原来是因醉酒而被上一份工作解雇了。三天后他放弃了。他知道这没用。只是为了让拉弗斯通高兴,他才假装在找工作。

晚上他慢慢逛回公寓,双脚酸疼,且因一系列的冷落而精神紧张。他一路都是步行去的,好俭省拉弗斯通的两英镑。当他回来时,拉弗斯通刚刚从办公室上来,正坐在炉火前的一张扶手椅上,膝盖上放着一些长条校样①。高登进来时,他抬头一看。

"运气好吗?"他照旧问道。

高登没有回答。他要是回答的话,就会是一连串脏话。他看也没看拉弗斯通,就径直进了他的卧室,踢掉鞋子,把自己扔到床上。这一刻他厌恶自己。他为什么要回来?既然他没打算再找工作了,他还有什么权利回来,当拉弗斯通的寄生虫?他应该待在大街上,露宿特拉法加广场,乞讨任何东西。但他至今没有胆量露宿街头。对温暖和庇护的想象把他拽了回来。他双手枕在头下躺着,麻木和自我厌恶在他心头交织。大约过了半小时,他听见门铃响了,拉弗斯通起身应门。想必是那个贱人赫迈妮·斯莱特。拉弗斯通几天前向赫迈妮介绍了高登,而她根本不把他放在眼里。但过了一会儿,卧室门上传来一声敲门声。

"什么事?"高登说。

"有人来看你了。"拉弗斯通说。

---

① 将尚未定版仍需改动的书稿印成没排版式的长条,进行审校。

"来看我?"

"是的。到另一间房间来。"

高登骂了一声,懒懒地翻身下床。到了另一间房间,他发现这个访客是露丝玛丽。当然,他隐隐料到了会是她,但跟她见面让他厌烦。他知道她为什么过来,来同情他,来可怜他,来责备他——这全都一样。他心情沮丧又烦闷,不想费力跟她说话。他只想一个人静静。但拉弗斯通很高兴见到她。他们见过一次,他就挺喜欢她的,觉得她或许能让高登高兴起来。他找了个明显的借口下楼去了办公室,留他俩在一块儿。

他们现在独处一室,高登却没有动身拥抱她。他塌着肩,双手插在外套口袋里,站在炉火前,双脚揣在拉弗斯通的拖鞋里。这鞋对他来说太大了。她犹豫不决地向他走来,连帽子和羊皮领外套都还没摘。看着他让她心痛。不到一个星期,他的样貌就奇怪地恶化了。他已经染上了那种没精打采的慵懒神色,无疑是失业的男人才有的。他的脸似乎变瘦了,两眼周围有黑眼圈。此外,他今天明显没有刮胡子。

她把手搭在他胳膊上,十分别扭。当女人不得不主动做出第一个拥抱时,就会这样。

"高登——"

"怎么?"

他的口气近乎阴沉。下一秒她就在他怀里了。但是是她做出了第一个动作,而不是他。她的头靠在他的胸口,而且看哪！她在竭尽全力地挣扎，不让泪水淹没自己。这让高登万分厌烦。他似乎总是害她流泪！而且他不想别人为他哭，他只想一个人静静——一个人去懊恼去绝望。当他在那儿抱着她，一只手机械地轻抚她的肩膀时，主要的感觉是厌烦。她到这儿来更让他为难了。他的面前是灰败、寒冷、饥饿、街头、济贫院和监狱。正是这些需要他硬起头皮来面对。只要她不管他，不来用这些无关的情绪侵染他，他就能够硬起头皮来。

他把她推离自己一点。她很快平复了情绪，她总是这样。

"高登，我亲爱的！哦，我很抱歉，非常抱歉！"

"为什么抱歉？"

"你丢了工作，还有一切。你看起来多么不高兴。"

"我没有不高兴。不要可怜我，拜托你。"

他脱离了她的怀抱。她摘下帽子，把它丢到椅子上。她到这儿来是因为一定有话要说。这是她这么多年一直忍住没说的话——对她而言，似乎是为了一种骑士精神而不能说的话。但现在必须说出来，她会直截了当地说出来。她生性不爱拐弯抹角。

"高登，有件事你愿意吗，好叫我开心？"

"什么？"

"你愿意回新阿尔比恩吗？"

这就是了！他当然预见到了这一点。她会开始对他喋喋不休，就像其他所有人那样。她要加入那些人的行列，来烦他，吵着要他"成事"。但你还能指望什么呢?这是任何女人都会说的话。神奇的是她以前从没说过。回新阿尔比恩!他人生中唯一一件有意义的行动,就是离开新阿尔比恩。你可以说,远离肮脏的金钱世界是他的宗教。可是此时此刻,他一点也记不清自己离开阿尔比恩的动机了。他唯一知道的是,哪怕天塌了他也不会回去。他预见到一场争论近在眼前,已经提前感到厌烦了。

他耸耸肩,看向一旁。"新阿尔比恩不会要我回去的。"他简短地说。

"不,他们会的。你记得厄斯金先生说的话吧。还没过太久——才两年。而且他们一直在寻找优秀文案。办公室里的所有人都这么说。我肯定如果你去问他们的话,他们会给你一份工作的。而且他们至少会付你一周四英镑。"

"一周四英镑!太棒了!靠这笔钱我就养得起一株叶兰了,是不是?"

"不,高登,现在别拿这个开玩笑。"

"我没有开玩笑。我是认真的。"

"你的意思是,你不肯回去找他们——就算他们给你工作也不去?"

"想都别想。就算他们一周付我五十英镑也不去。"

"但是为什么呢?为什么?"

"我已经告诉你为什么了。"他疲惫地说。

她无助地看着他。这终究是没用的。是金钱勾当在作祟——这些无意义的顾忌,她从没理解过,但仅仅因为是他的顾忌,她接受了。她感到了作为一个女人,看见一个抽象的概念战胜了常识时那种满心的无力和怨愤。这是多么疯狂,他竟会让那样的事情把自己逼上绝路!她近乎生气地说:

"我搞不懂你,高登,我真的不懂。你看看你,丢了工作,眼看着自己可能过不多久就会饿死。然而明明有一份工作,只要你张口,就能拿到,你却不肯要。"

"是,你说的很对。我不肯。"

"但你必须要有个什么工作啊,是不是?"

"一份工作,但不是一份好工作。我不知道已经解释过多少遍了。我敢说我迟早会找到一份工作的。和我之前做的那个一样的工作。"

"但我觉得你甚至没有试图找工作,你有吗?"

"是的,我有。我今天一整天都在外面见书商。"

"那你今早连胡子都没刮!"她说着,以女性的敏捷转换了攻击阵地。

他摸摸自己的下巴。"事实上是没刮。"

"那你还指望别人给你份工作!噢,高登!"

"哦,好吧,这有什么关系?每天刮胡子太累人了。"

"你这是任自己粉身碎骨。"她苦涩地说,"看来你不想做任何努力。你想沉沦——就是沉沦!"

"我不知道——或许吧。我宁愿沉沦也不想崛起。"

之后继续争论了一番。这是她第一次这样对他说话。泪水再一次漫上她的眼眶，而她再一次将它们逼了回去。她来这里时，已经对自己发誓不哭了。可恶的是，她的眼泪没有让他难受，只是让他厌烦。就好像他在乎不起来，但在他内心深处，又在乎着自己的这种在乎不起来。如果她肯给他个清静就好了！清静、清静！不用对他的失败念念不忘喋喋不休。自在地沉沦，就像她说的那样，沉沦、沉沦，沉入金钱、努力和道德义务统统不存在的清净之地。终于，他离开她，回到客房里。这是一场不折不扣的吵架——是他们有史以来第一次真正撕破脸的吵架。他不知道这会不会是最后一次。此时此刻，他也不在乎。他反身锁上门，躺在床上抽了根烟。他必须离开这地方，而且要快！明天早上他就走。再不当拉弗斯通的寄生虫！再不勒索正直的神明！下沉、下沉，沉入泥土——沉入街道、济贫院、监狱。只有在那儿他才能安宁。

拉弗斯通上楼来，却发现只有露丝玛丽一个人，她正要走。她道了再见，然后突然转身面对着他，一只手搭着他的胳膊。她觉得他们现在已经足够熟悉，可以信任他了。

"拉弗斯通先生，求求你——你愿意劝劝高登，让他去找个工作吗？"

"我会尽力的。当然这总是不大容易。但我认为要不了多久，我们就会给他找到个什么工作的。"

"看到他这个样子实在太可怕了！毫无疑问他已经崩溃了。你看，一直以来都有一份工作，只要他愿意干，就唾手可得——一份真正的好工作。不是他干不了，他只是不肯干。"

她说明了新阿尔比恩的情况。拉弗斯通揉揉鼻子。

"是的。实际上，我已经听说过这整个情况。在他离开新阿尔比恩的时候我们就讨论过此事。"

"但你不会认为他离开他们是对的吧？"她说着，马上就猜到拉弗斯通确实认为高登是对的。

"嗯——我保证这不是非常明智。但他说的话也有一些道理。资本主义腐化堕落，我们不该同流合污——这就是他的理念。这不切实际，但某种意义上，也站得住脚。"

"哦，我敢说理论上这毫无问题！但现在他没了工作，而有份工作他唾手可得——你肯定不会认为他拒绝是对的吧？"

"从常识的观点来看，不对。但是原则上——好吧，是对的。"

"哦，原则上！我们这样的人，可讲不起原则。看起来高登就是没明白这一点。"

高登第二天早上没有离开公寓。这种事就是这样，人们下决心去干，人们也想去干，但时候到了，寒气侵人，晨光熹微，不知怎的这事情就是干不了。他告诉自己，他会再待一天，然后又是"再待一天"，直到距露丝玛丽来访已经过去五天了，他还流连在这里，靠拉弗斯通过活，一点工作的影子都看不见。他还在假装找工作，但这么做只是为了挽回自己的脸面。他会出门去公共图书馆里泡上几个小时，然后回来，只脱鞋子，和衣躺在客房的床上，没完没了地抽烟。这种强烈的惯性和对露宿街头的恐惧仍然把他拴在这里，这五天真是可怕、该死、难以启齿。这世上没有比白白住在别人的房子里，白白吃着别人的面包更加可恶的事情了。或许最糟糕的一点是你的恩人还坚决不承认他是你的恩人。没有什么比得过拉弗斯通的体贴。他宁死也不会承认高登在当他的寄生虫。他付了高登的罚款，付了他拖欠的房租，收留了他一个星期，另外还"借"给了他两英镑，但这都没什么，这不过是朋友间的照应，下回高登也会为他做同样的事。高登时不时会做出微弱的努力想要逃跑，却总是以同样的方式告终。

"你看，拉弗斯通，我不能再在这儿待下去了。你已经收留我够久的了。我明天早上就搬出去。"

"但是我的老弟啊！别说傻话吧！你没有——"但是不！即使是现在，高登已经公开破产了，拉弗斯通也说不出口："你没有钱。"没人能说那种话。他让步道："不管怎么说，你要去哪儿呢？"

"天知道——我不在乎。旅馆什么的到处都是。我还剩几先令呢。"

"别说混账话。你最好在找到工作之前都待在这儿。"

"但可能要几个月呀。我告诉你，我不能这样靠你过日子。"

"瞎说，我亲爱的伙计！我喜欢有你在这儿。"

但是当然了，内心深处，他并不真的喜欢有高登在这儿。他怎么会喜欢呢？这是不可能的情形。他们之间总有一种紧张感。当一个人靠另一个人过日子的时候总是如此。无论伪装得多么小心，施舍仍然可怕。施者与受者之间存在一种别扭，几乎是隐秘的憎恶。高登知道自己和拉弗斯通之间的友谊永远也不复从前了。不管今后发生什么，这段困难时光的记忆将会始终横亘在他们之间。这种寄人篱下的滋味，这种碍事、累赘、恶心的感觉，将会日夜纠缠着他。吃饭时他几乎不吃什么，他不肯抽拉弗斯通的烟，而是用自己仅剩的几先令来买烟。他甚至不肯点自己卧室里的煤气生火。要是可以，他会让自己变成隐形人。当然，每天都有人在公寓和办公室里进进出出。他们全都见过高登，了解他的处境。又是拉弗斯通养的一个乞丐，他们都说。他甚至在一两个《反基督教》的门客身上发现了一丝职业性的嫉妒。赫迈妮·斯莱特这一周来了三次。自从他们第一次见面后，只要她一出现，他就立即逃出公寓。有一次，她是晚上过来的，他不得不在门外一直待过半夜。女佣比弗太太也"看透了"高登。她清楚他这种人。又是一个一无是处的年轻"作家"，寄生在可怜的拉弗斯通先生身上。于是她毫不掩饰地给高登添堵。她最喜欢的把戏就是不管高登待在哪个房间，都用扫帚和笤箕把他赶出去——"现在，康斯托克先生，我得打扫这间屋子了。请。"

但是最终，出人意料地，高登得到了一份工作，而且并没费他自己一点力气。一天早上，麦基奇尼先生给拉弗斯通来了封信。麦基奇尼先生宽大为怀——当然，还不至于到接纳高登回去的程度，但足以帮他另找一份工作。从他所说的来看，如果高登应聘的话，显然就能得到这份工作；同样显然的是，这份工作也有些弊端。高登曾隐约听说过齐斯曼先生（Mr. Cheeseman）——图书业里大家都彼此认识。在他心里，这个消息让他厌烦。他并不真的想要这份工作。他永远也不想再工作了。他想做的只是沉沦、沉沦，听天由命地沉入泥土里。但在拉弗斯通为他做了这一切之后，他不能叫拉弗斯通失望。于是，当天早上他就去朗伯斯区打听这份工作。

店铺在滑铁卢桥南边的荒凉小路上。这是个狭小破陋的店面。褪了色的烫金招牌上写的不是齐斯曼，而是艾德里奇（Eldridge）。然而，橱窗里却摆着些珍贵的牛皮大书，还有些高登认定很值钱的十六世纪地图。显然齐斯曼专营"珍本"图书。高登鼓起勇气，走了进去。

门铃叮咚一响，一个长着尖鼻子、粗黑眉，凶神恶煞的小个子闻声从书店后的办公室里冒了出来。他抬头看看高登，透着一种打探的恶意。他说起话来格外缺音省字，好像他要在每个字吐出体外之前把它咬断。"有什么事？"——听起来大概就是这样。高登说明了自己的来意。齐斯曼先生意味深长地扫他一眼，用一如既往的缺音省字的腔调说：

"哦，呃？康斯托克，呃？这边来。到我后面的办公室这儿来。就等着你呢。"

高登随他过去。齐斯曼先生非常矮小，几乎足以称作侏儒，他头发漆黑，略显凌乱。通常来说，侏儒身量畸形，躯干大小完整，却几乎没有双腿。齐斯曼先生却恰恰相反。他的双腿长度正常，上半身却过于短小，使得臀部像是直接从肩胛骨下冒出来的。这使得他走起路来像把剪刀似的。他拥有侏儒那孔武有力的肩膀，又大又丑的双手，以及一颗精明敏锐的脑袋。他的衣服带着又旧又脏的布料所特有的坚挺和油亮。他们正要进入办公室，门铃又突然响了，一位顾客走了进来，伸手递出外面六便士类箱子里的一本书和半克朗。齐斯曼先生没有从抽屉里找零钱——显然没有抽屉——而是从他背心下某个秘密之处摸出了一个油腻腻的可洗皮革钱包。钱包在他硕大的双手中几乎看不见，他用一种怪异的鬼鬼祟祟的样子拿着钱包，像是藏着掖着免得被人看见似的。

"我喜欢把钱放我口袋里。"他解释道，说着向上一瞥，一面和高登走进办公室。

很明显，齐斯曼先生之所以缺音省字，是因为他认为语言也要花钱，不应该浪费。他们在办公室里聊了聊，齐斯曼先生就套出了高登的坦白，知道他是因醉酒而被解雇的。事实上，他对此早已一清二楚。他在几天前的一场拍卖会上碰到麦基奇尼先生，从他那里听说了高登。他听说这事便竖起了耳朵，因为他正在寻找一名助手，而显然一名因醉酒遭解雇的助手会愿意接受较低的薪水。高登明白自己醉酒一事将会成为对付自己的武器。不过齐斯曼先生还不算十分过分。他看起来是那种只要他能，就会欺骗你，只要你给他机会，他就会欺负你的人，但他也会用一种透着鄙夷的好脾气来对待你。他跟高登透了底，谈到生意状况，洋洋得意地吹嘘自己的精明。他咯咯的笑很特别，两边嘴角上弯，大大的鼻子像是要消失到嘴里一样。

他告诉高登，最近他想到了一项有利可图的副业。他要开办一个两便士的租书屋，但是这必须和书店完全隔开，因为这种底层人民的东西会吓走那些来店里寻找"珍本"图书的爱书人。他已经选好了几处店址，午饭时他带高登去看了看。它们在那条阴沉的街道的深处，在一家聚满蚊蝇的火腿牛排店和一家时髦的殡葬店之间。殡葬店橱窗里的广告吸引了高登的目光。看来这年头只需花两英镑就可以入土为安了。你甚至还可以分期付款下葬。还有一条火葬广告——"庄重，卫生，实惠"。

店面是一个窄小的单间——只能说是一条管子似的细长房间，有一面和房子一样宽的窗户，陈设着一张便宜的桌子、一把椅子和一张索引卡。新漆的书架已经就位，空荡荡的。高登一眼就看出来，这不会是他在麦基奇尼先生店里管理过的那种租书屋。麦基奇尼先生的租书屋相对来说是高端的，最次也是戴尔之流，甚至还有劳伦斯和赫胥黎的作品。这却是一家那种廉价无聊又邪恶的小租书屋（人称"蘑菇租书屋"），在整个伦敦遍地开花，有意瞄准没文化的民众。这样的租书屋里，没有一本在书评中提到的书，也没有任何文化人听说过的书。这些书都是由专门的低级公司出版，由落魄的写手以一年四本的速度生产出来的，像做香肠一样机械，还不如做香肠的技术含量高。实际上，它们只是伪装成长篇小说的四便士中篇小说，租书屋老板只花一先令八便士就能买一整卷。齐斯曼先生解释自己还没有预定书籍。他说起"预定书籍"的口气，跟说预定一吨煤一样。他打算先弄五百本各种不同类型的书，他说。书架已经标出了不同的区域——"两性""犯罪""西部荒野"，不一而足。

他给了高登工作。这很简单。你要做的，就是在这里一天待上十个小时，交书收钱，制止过于明显的损坏书籍的行为。报酬嘛，他斜眼审视一番，补充说，为一周三十先令。

高登马上就接受了。齐斯曼先生或许还有些失望。他预料会有一番争执，然后他会提醒高登"饥不择食"，从而享受践踏他的乐趣。但高登挺满意。这工作不错。这样的工作没有麻烦，容不下野心，用不着努力，也没有希望。少了十先令——离泥土又近了十先令。这就是他想要的。

他又向拉弗斯通"借"了两英镑，租了一间带家具的开间，一周八先令，位于和朗伯斯断路（Lambeth Cut）平行的一条肮脏的小巷里。齐斯曼先生订了五百本不同种类的书，高登从十二月十二号开始工作了。那天正好是他三十岁生日。

下去，下去！

　　去地下，去地下！没入大地安全而柔软的子宫，那里不存在找工作也没有丢工作，没有亲朋好友来烦你，没有希望、恐惧、抱负、荣誉、责任——没有任何形式的债。这就是他的祈望之所。

　　但他祈望的并非是死亡，真正的生理上的死亡。他有种奇怪的感觉。自他在警局拘留室醒来的那个早上，这感觉就一直伴随着他。醉酒后那种难受狂躁的情绪似乎已经化为了一种习惯。那个沉醉之夜标志着他人生中一个段落的结束。它突如其来地把他向下拽去。从前，他与金钱法则抗争，可还是保留着自己可怜的仅存的体面。但是现在，他想要逃离的恰恰就是体面。他想放低自己，低入万丈深渊，低入某个体面再也无关紧要的世界中去，想切断自尊的束缚，淹没自我——用露丝玛丽的话说，就是想沉沦。这一切在他脑海里融为一体，化作去"地下"这一个念头。他喜欢想到那些迷失的人群，那些地下的人：流浪汉、乞丐、罪犯、妓女。他们生存的那些地底的棚屋陋巷，是一个美好的世界。他喜欢想到，在这个金钱世界之下，还有一个巨大的放浪世界，让成功失败都没有了意义，一个众鬼平等的王国。这就是他的祈望之所——抱负之下的，地底的幽灵王国。想到伦敦南城那些绵延不断、烟雾缭绕、阴沉灰暗的贫民区，想到那一片粗蛮的宏大荒野，能任你永远迷失自我，这给了他莫名的安慰。

某种意义上，这份工作正是他想要的，至少已经接近了他想要的。在朗伯斯，在冬日阴沉的街道中，看着一张张"茶鬼"①的乌紫面孔从迷雾里飘过，你会有一种被淹没了的感觉。在这下面，你不会接触金钱和文化。没有什么让你非得高雅应对的高雅顾客；没人有本事用那种发达人士的猎奇姿态，问你"有你这样的脑子和文化，怎么在做这样的工作？"。你只是贫民区的一分子，和所有贫民区的住民一样，被当成理所应当。那些来租书屋的年轻男女和邋遢的中年妇女，甚至很少发现高登是个文化人这一事实。他只是"阅览室的那家伙"，基本和他们没什么两样。

当然，这份工作本身令人难以置信地无聊。你只是干坐在

---

① 化用"酒鬼"的说法。

那里，一天十小时，周四六小时，递书、登记、收两便士。空闲时间除了阅读完全无事可做。外面街道荒凉，没有什么值得一看的东西。每天的大事就是灵车开到隔壁殡葬店来的时候。这让高登略有兴趣，因为有一匹马身上的颜料在消退，使得它逐渐呈现出一种怪异的紫棕色。没有客人来的时候，他大部分时间都花在阅读租书屋里的黄皮垃圾上。这类书你可以一小时读一本。现在他也正适合看这类书。这些两便士租书屋里的玩意儿，是真正的"排解文学"①。从古至今人类再没有创造过比这更不费脑子的了，即使是一部电影，相比起来也要耗费一定的心力。因此，每当有客人要找一本这类那类的书，不论是"两性"还是"犯罪"，又或"西部荒野"还是"言情"（总会重读"言"字②），高登总能给出专业建议。

齐斯曼先生不是个坏老板，只是你要明白，就算你干到末日审判的那天，也不可能涨一回工资。不必说，他怀疑高登偷了抽屉里的钱。过了一两个星期，他就设计出一种新的登记制度，好让他知道借出了多少书，并与当日的借出记录核对。但他寻思着这样还是让高登有办法在不做记录的情况下出借书籍，所以高登每天骗走他六便士甚至一先令的可能性持续困扰

---

① Escape literature指讲述从某处险恶环境，如战场、幽禁中逃脱的小说，此处根据上下文，实际应该是escapist literature，指纯粹用于消遣，没有深意的文学作品。
② Romance，重音应在后一个音节上。意指来借书的人没文化。

着他,就像公主床垫下的那粒豌豆一样。但他这奸诈的侏儒行径也并非全无可爱之处。晚上他关了店门以后,过来租书屋收当日账目时,会留下来和高登说会儿话,伴着鼻音浓重的咯咯笑声,讲述他最近偷奸耍滑的事迹。从这些谈话中,高登拼凑出了齐斯曼先生的历史。他是做旧衣行当出身的——这可以说是他的精神职业——三年前从一位叔叔那里继承了这间书店。那时候,这还是间破烂书店,连个书架都没有,书都堆得乱七八糟,满布灰尘,完全没有分类。藏书家算得上常常光顾这里,因为在一堆堆垃圾中,偶尔会出现一本珍贵的书籍,但它主要还是靠以两便士一本的价格出售二手平装本惊悚小说来维持运转。一开始,齐斯曼先生是怀着强烈的厌恶在管理这个垃圾堆。他讨厌书籍,尚未明白这里面有钱可赚。他仍然通过一位副手维持着他的旧衣店,并打算一旦把书店卖个好价钱,就去重操旧业。但是不久,他发现只要经营得法,书也能值钱。发现这点以后,他马上就发展出惊人的图书经营资质。不到两年他就把自己的小店做起来了,变成了伦敦同规模书店中最好的"珍本"书店之一。对他而言,一本书纯粹是一件商品,和一条二手裤子没有两样。他本人这辈子从没读过一本书,他也不明白为什么会有人想读。对那些饱含爱意地注视着他的珍本书籍的藏书家,他的态度就像一个性感冷艳的妓女对待恩客一样。但他似乎单凭感觉就能知道一本书珍贵与否。他的头脑就是一座拍卖纪录和首版日期的完美矿藏,而且他嗅觉卓绝,总能打听到便宜货。他最喜欢的进货方式就是买断刚死之人，尤其是教士的藏书房。每当一位教士去世，齐斯曼先生就会如秃鹫般迅速赶到。他对高登解释说，教士们通常都有上好的藏书和无知的遗孀。他住在店里，当然没有结婚，没有娱乐也似乎没有朋友。高登有时会好奇，齐斯曼先生晚上没有出门探查生意时，独自一人会做些什么。他脑中出现一幅图景，齐斯曼先生坐在锁得严严实实的房间里，百叶窗遮着窗户，数着一堆堆半克朗硬币和大把大把的一英镑钞票，然后小心翼翼地把它们收在香烟盒里。

齐斯曼先生欺负高登，寻找借口削减他的工资，但他并非对高登怀有什么特别的恶意。有时，他晚上来租书屋时，会从口袋里掏出一包油腻腻的史密斯炸薯条，递过来，用他那缺音省字的风格说道：

"来点儿薯条？"

那包薯片总在他的一只大手里被攥得紧紧的，怎么也只能拿出两三根来。但他意在表现一个友好的姿态。

至于高登住的地方，在啤酒厂大院街，啤酒厂大街是朗伯斯断路南边一条和它平行的街。那是一间肮脏的客栈。他的开间要一星期八先令，位于顶楼，这间房形如楔形奶酪，有着倾斜的屋顶和一盏天窗，是他住过的地方里，最接近人们常说的"诗人的阁楼"的一个。屋里有一张又大又低、床架残破的床，床上是破布拼接成的被子和床单，两星期换一次；一张牌桌上放着新旧不一的茶壶；一张摇摇欲坠的高背椅；一个用来洗漱的锡盆；一只炉围里的小煤气炉。裸露的地板从无污迹，而是黑乎乎地满是灰尘。粉色墙纸的裂缝中蜗居着一团团蚊虫；不过，现在是冬天，只要房间不弄得过于温暖，它们就只会沉寂酣眠。你要自己整理床铺。房东弥金太太（Mrs Meakin）理论上会每天"打扫"房间，但五天里有四天，她都会觉得楼梯太难走。几乎所有的房客都自己在卧室里做恶心的饭食。当然，没有煤气灶，只有炉围里的小煤气炉，和两段阶梯下一个发着恶臭的大水池，这是整栋房子公用的。

高登隔壁的阁楼里住着一个健朗的高个子老妇，她脑筋不太好，一张脸常常弄得像是从泥里爬出来的黑鬼。高登一直弄不清那些泥是从哪儿来的，看起来像煤灰。当她如同一个悲剧女王，沿着人行道踱步而行，自言自语时，街坊的小孩老爱在她后面喊"黑子"！楼下的那层是一个妇人和她的婴儿，这孩子总是没完没了地哭啊哭；还有一对年轻夫妇，常常吵得不可开交，然后又好得如胶似漆，让整栋房子都不得安宁。一楼有个房屋粉刷匠，还有他的妻子和五个孩子，靠救济金和偶尔的零工过活。房东弥金太太住在地下室里的某处洞穴中。高登喜欢这房子。这和维斯比奇太太的房子是如此不同。这里没有什么下层中产阶级可怜的体面，没有被人窥探、遭人嫌弃的感觉。你只要付了房租，几乎就能随心所欲了。酩酊大醉地回家，爬楼梯，随时带女人进来。如果你愿意，可以在床上躺一整天。弥金大妈不是那种爱管闲事的人。她是个散漫柔和的老人家,体形像块大面包似的。据说她年轻时不太检点,很可能确实如此。她对任何男人都态度爱怜。不过她的胸中似乎还残留着几分体面。高登入住的那天,他听见她气喘吁吁挣扎着爬上楼梯,显然是背着什么重负。她轻柔地用膝盖,或者说应该是她膝盖所在之处,敲了敲门。他让她进来。

"那就给你吧。"她双臂抱得满满地,呼哧呼哧亲切地说,"我知道你会喜欢这个的。我喜欢让所有的房客感到舒服。让我给你把它放桌上吧。那儿!现在它让这房间看起来有点儿家的味道了,不是吗?"

这是一株叶兰。看到它让他一阵刺痛。即使在这儿,在这最后的避难所!你也找到我了吗,哦,我的敌人?但这是一株可怜的瘦弱植株——确实,它显然是要死了。

在这个地方,只要人们不来打扰他,他就可以过得高高兴兴。这是你可以高兴的地方,一种放浪形骸的高兴。把你的光阴用于毫无意义的机械工作,在昏迷中就能混过去的工作;回家点火,如果有煤的话(杂货店有六便士一袋的),可以把满当当的小阁楼弄得暖暖和和的;坐着吃一顿脏兮兮的饭,包括在小煤炉上做的腌肉、面包配人造黄油和茶,躺在发臭的床上,读本惊悚小说,或者做做《拾零》(Tit-bits)杂志上的益智题直至深夜;这就是他想要的生活。他所有的习惯都在迅速恶化。他现在一星期刮胡子不超过三次,不洗澡,只洗洗露在外面的身体部分。周围有不错的公共浴室,但他一个月也去不了一次。他从不好好整理床铺,只是把被子翻过来,仅有的几样餐具也要全都用过两回之后才肯洗。所有东西上都蒙着一层灰尘。围炉里总是放着一张油腻腻的煎锅和几个沾着煎蛋碎屑的盘子。有天晚上,蚊虫从一个裂缝中钻了出来,两两一组地横穿天花板。他躺在床上,双手枕着脑袋,饶有兴趣地看着它们。他毫不后悔地,几乎是自觉自愿地,任由自己崩溃。他的全部感受,根本上都有一种面对世界"我不在乎"①的消沉。生活打败了他,但你仍然可以靠转过脸去来打败生活。沉沦比崛起好。下沉、下沉,沉入幽灵王国,沉入羞耻、努力、体面全不存在的阴暗世界。

沉沦!这本该多么容易,因为竞争如此之少!但奇怪的是,常常沉沦比崛起还要困难。总有什么东西把人往上拉。毕竟,人从来不是完全的独自一人,总是有友人、恋人、亲人。高登认识的每个人似乎都在给他写信,可怜他或是威吓他。安吉拉姑姑写了,沃尔特叔叔写了,露丝玛丽写了一封又一封,拉弗斯通写了,茱莉娅写了。就连弗莱克斯曼也给他寄来一句话,祝他好运。高登现在讨厌收到信。信是与他试图逃离的另一个世界之间的联系。

就连拉弗斯通也倒戈了。那是在他过来看到高登的新住所

---

① 原文为法语。

之后。直到这次拜访,他才意识到高登到底住在什么样的街区里。当他的出租车在滑铁卢路的街角停下时,一帮衣衫褴褛、蓬头垢面的男孩不知从哪儿猛然扑了过去,如同鱼儿抢饵般在出租车门前争抢。其中三个抓住把手,同时拉开车门。他们那卑微、肮脏的小脸,充溢着疯狂的希望,让他觉得恶心。他向他们撒了几个便士,然后夺路而逃,再没看他们一眼。狭窄的人行道上遍布狗屎,叫人诧异,因为目之所及根本看不到狗。弥金大妈在地下室里煮黑线鳕,你在楼梯半道上都能闻得到。到了阁楼,拉弗斯通坐在那把摇摇欲坠的椅子上,天花板就在他脑后倾斜而下。火已经灭了,屋内黯淡无光,只有四根蜡烛在叶兰旁的一个茶托里默默流泪。高登在破烂的床上和衣躺着,只脱了鞋。拉弗斯通进来的时候,他几乎一动没动,只是直挺挺地仰躺在那儿,时不时笑笑,仿佛他和天花板之间有什么不足为外人道的笑话似的。房间里已经有了那种住了很久而从不打扫的沉闷而甜腻的气息。围炉边躺着脏碗盘。

"你想来杯茶吗?"高登动也没动地说。

"不必了非常感谢——不。"拉弗斯通说得有点太急了。

他已经看到了围炉里那些沾着棕色污迹的杯子,和楼下那个恶心的公用水池。高登十分清楚拉弗斯通为何拒绝喝茶。这地方整个的气氛给了拉弗斯通一种冲击。楼梯上污水和鳕鱼混合而成的那股可怕的味道!他看着高登仰躺在破烂的床上。该死的,高登是个绅士!换了别的时候他会拒绝这个想法。但在这样的气氛下，是没法自欺欺人的。所有他以为自己并不具有的阶级本能全都揭竿而起。想到一个有头脑有品位的人住在这样的地方，真叫人难受。他想告诉高登离开这里，振作起来，挣一份体面的收入，像个绅士一样生活。但他当然没有这么说。你不能说这种话。高登知道拉弗斯通的脑子里在想些什么，这让他觉得非常可笑。他对拉弗斯通来这里看自己全无感激；另一方面，他对自己的周围环境全不害臊，他曾经是会的。他说起话来有一丝幸灾乐祸。

"你觉得我是个大傻帽，当然。"他对着天花板说。

"不，我没有。我为什么要这样？"

"有，你有。你觉得我待在这种肮脏的地方，而不找份像样的工作，是个大傻帽。你觉得我应该去试试那份新阿尔比恩的工作。"

"不，可恶！我从没那样想。我完全明白你的观点。我以前就告诉过你。我认为从原则上来说，你完全正确。"

"而且你认为原则都没问题，只要不应用于实践就好。"

"不。但问题始终是，什么时候应用于实践了？"

"很简单，我已经对金钱宣战了，这就是我的下场。"

拉弗斯通揉揉鼻子，然后在椅子上不安地挪了挪。

"难道你看不出来，你错就错在，以为人可以出淤泥而不染。话说回来，你拒绝赚钱又能达到什么目的呢？你努力表现得好像有人可以独立于我们的经济体制之外一样。但没人可以。人要么得改变这个体制，要么就什么都不改变。人不能通过龟缩政策来拨乱反正，如果你明白我的意思的话。"

高登冲着聚满蚊虫的天花板晃了晃脚丫。

"当然这的确是一个龟缩政策，我承认。"

"我不是那个意思。"拉弗斯通痛苦地说。

"但让我们面对现实吧。你认为我应该去找个好工作，不是吗？"

"那得看是什么工作。我觉得你不肯将自己出卖给那家广告公司是非常正确的。但你要是继续干你现在这份可怜的工作，确实令人惋惜。毕竟，你确实有些天赋。你应该想办法运用这天赋。"

"我写了诗。"高登说，为他那不足为外人道的笑话微微一笑。

拉弗斯通面露窘色。这话让他无言以对。当然，高登确实写了诗。比如，写了《伦敦拾趣》。拉弗斯通知道，高登也知道，彼此也知道对方知道，《伦敦拾趣》永远也不会完成。很有可能，高登永远不会再写一句诗歌。至少，在他留在这个鄙陋之所，继续这份毫无前途的工作，保持这份颓丧的心绪时再不会写了。但这话不能说，目前还不行。仍然要保持这个假象：高登是一位奋斗中的诗人——一个司空见惯的阁楼诗人。

没过多久，拉弗斯通起身离开。这个臭烘烘的地方使他压抑，而且越来越明显，高登不想要他在这儿。他犹犹豫豫地走向房门，戴上他的手套，然后又回来了，脱下左手手套，拿它拍打着自己的大腿。

"你看，高登，你别介意我这么说——这是个肮脏的地方，你知道的。这房子，这街道——这一切。"

"我知道。这是个猪圈。这适合我。"

"但你非要住在这样的地方不可吗？"

"我亲爱的伙计，你知道我的工资有多少。一周三十先令。"

"是的，但是——！肯定有更好的地方吧？你的房租要多少？"

"八先令。"

"八先令？这价钱你可以弄到一个相当体面的不带家具的房间。反正比这儿要好些。听着，你为什么不租个不带家具的地方，然后我借你十英镑买家具？"

"'借'我十英镑！在你已经'借'了我这么多之后还借？给我十英镑吧，你的意思是。"

"好吧，如果你喜欢那么说的话。给你十英镑。"

"但是不巧，你看，我不想要。"

"但全是见鬼！你最好有个体面的地方住。"

"但我不想要个体面的地方。我想要个不体面的地方。比如说，这地方。"

"但是为什么呢？为什么？"

"它适合我的处境。"高登说着，把脸转向墙壁。

几天以后，拉弗斯通给他写了一封言辞谦卑的长信，重申了他在他们的谈话中所说的大部分内容。信的整体效果是，拉弗斯通完全明白高登的观点，明白高登所说的很有道理，明白高登原则上是绝对正确的，但是——！就是那种显而易见、无可避免的"但是"。高登没有回信。直到几个月后他才再次见到拉弗斯通。拉弗斯通想方设法与他联系。这是个奇怪的事实——从社会主义者的角度来看是相当可耻的事实——想到高登，一个有头脑且出身绅士之家的人，蜗居在那个鄙陋的地方，干着那样一份几乎算得上卑贱的工作，比想到米德尔斯堡的上万失业者更让他忧心。好几次，他希望振奋高登，于是写信请他给《反基督教》投稿。高登从不回信。在他看来，这份友谊已经终结。他靠拉弗斯通过活的那段困难时光毁了一切。施舍扼杀友谊。

然后还有茱莉娅和露丝玛丽。这一点上她们和拉弗斯通不同，她们不讳言自己的所思所想。她们没有委婉地说什么高登"原则上是正确的"，她们知道拒绝一份"好"工作绝不正确。她们一遍遍地恳求他回新阿尔比恩。最糟糕的是她们两人联合起来纠缠他。在这事之前，她们从没见过面，但现在露丝玛丽不知怎的认识了茱莉娅。她们结成了女性同盟来对付他。她们常常聚在一起，谈论高登的"疯狂"表现。她们唯一的共同语言，就是对他"疯狂"行为的女性的愤怒。要么异口同声,要么前赴后继;要么口诛,要么笔伐,她们折磨着他。这真是让人难以忍受。

感谢上帝,她们都还没见过他在弥金太太这里的房间。露丝玛丽或许可以忍受,但看到那个肮脏的阁楼简直能要了茱莉娅的命。她们来租书屋看过他,露丝玛丽来过几次,茱莉娅找到借口离开茶馆的时候来过一次。即使那样也够糟糕的。看到那间租书屋是怎样一个寒酸破陋的地方,她们实在灰心丧气。麦基奇尼的那份工作,虽然工资可怜,但不是那种真会让你为之羞愧的工作。它让高登接触文化人,既然他自己是个"作家",就还能让人相信这可能"带来点什么"。但是这里,在一条近乎贫民窟的街道里,拿着一星期三十先令的工资分发黄皮垃圾——这样的工作能有什么盼头?这就是一个狗不理的工作,一个毫无前景的工作。夜复一夜,在关了租书屋,在凄凉多雾的街道上游逛时,高登和露丝玛丽都会为此争吵。她一遍遍揪着他不放。他愿意回新阿尔比恩吗?他为什么不愿意回新阿尔比恩?他总是告诉她,新阿尔比恩不会要他回去。毕竟,他没有申请这份工作,就无法知道他能不能得到它,他乐于保持这种未知。现在他身上有种什么东西,让她丧气让她害怕。他似乎变了,变质了,变得如此突然。虽然他没有跟她说过此事,但她猜到了他渴望逃离所有努力所有体面,渴望沉沦,沉入终极的泥淖。他不是在逃避金钱,而是在逃避生活本身。他们现在的争吵不像过去,高登丢掉工作之前那样了。那时候,她没怎么注意他荒谬的理论。他对金钱道义的大加挞伐是他们之间的一种玩笑。时间在流逝,高登挣得体面营生的机会几乎无限渺茫,那时似乎并不重要。她仍然当自己是个小姑娘,有着无限的未来。她看着他挥霍掉了他的两年人生——就此而言,也是她的两年人生,而她以前觉得反对显得小气。

但是现在她开始害怕了。时间的战车插翅奔来。当高登丢掉工作时,她突然意识到,感觉像做出了一个惊人的发现,发现她毕竟还是不再年轻了。高登的三十岁生日已经过去;她自己的也指日可待。他们的前路又如何呢?高登自暴自弃,沉入阴沉致命的失败。他似乎想沉沦。他们现在还有什么希望结婚呢?高登知道她是对的。这样下去是不可能的。所以尽管没有宣之于口,但两人心中都渐渐萌生了这个想法:他们将不得不分手了——永远。

一天晚上他们约好在铁路拱桥下见面。这是一个可怕的一月夜晚,难得没有起雾,只有一阵阴风呼啸着扫过转角,扬起的尘土和废纸拍到你的脸上。他等着她,一个小小的身影没精打采,寒酸得简直像穿着破衣烂衫,头发被风刮得歪七扭八。她照旧准时抵达。她跑向他,拉下他的脸庞,亲吻他冰冷的脸颊。

"高登,亲爱的,你太冷了!你怎么不穿件大衣就出门了?"

"我的大衣当掉了。我还以为你知道呢。"

"哦，亲爱的！是的。"

她仰头看着他，黑色秀眉微微蹙起。他看起来如此憔悴、如此沮丧，在这光线暗淡的拱门下，脸上满是阴影。她挽起他的胳膊，把他拉到灯下。

"我们接着走吧。站着不动太冷了。我有些正经事要跟你说。"

"什么？"

"我估计你会非常生我的气。"

"什么事？"

"今天下午我去见了厄斯金先生。我请了假去跟他谈了几分钟。"

他知道接下来是什么了。他试图从她手中抽出自己的手臂，但她抓住了他。

"那？"他闷闷地说。

"我跟他说了你的事。我问了他愿不愿意要你回去。当然他说生意不好，他们雇不起新员工了什么什么的。但我提醒他，他曾经对你说过的话，于是他说，是的，他一直认为你很有潜力。最后他说，要是你愿意回来的话，他非常乐意给你找个工作。所以你看，我之前说的对。他们会给你工作。"

他没有回答。她捏了捏他的胳膊。"所以，你现在对此有何想法？"她说。

"你知道我有何想法。"他冷冷地说。

他暗暗觉得又惊又怒。这就是他一直害怕的。他一直都知道,她迟早会这么做。这让问题更加明确,也让他本人的责任更加无可推诿。他塌下肩膀,双手仍然插在他的外套口袋里,任她挽着自己的胳膊,却不看她。

"你生我的气了吗?"她说。

"不,我没有。但我不明白你为什么非要这么做——背着我。"

这伤了她的心。她费了九牛二虎之力才求得厄斯金先生做出这个承诺。她是鼓起了全部的勇气才敢在常务董事自己的地盘上忤逆他。她万分恐惧自己可能因此被解雇。但她不会告诉高登所有这些。

"我觉得你不该说背着你。毕竟,我只是想帮你。"

"弄到一个我碰也不想碰的工作对我又有何帮助呢?"

"你的意思是,事到如今,你也不肯回去?"

"永远也不会。"

"为什么?"

"我们非得再来一遍吗?"他疲惫地说。

她用尽全力抓住他的胳膊把他转过来,让他面对她。她抓着他的样子有一种绝望。她已经做了最后的努力,却失败了,就好像她可以感觉到,他像一个幽灵一样与她渐行渐远,慢慢消散。

"你要是继续这样会让我心碎。"她说。

"我希望你不要为我烦心。如果你不这样的话会简单得多。"

"但你为什么非要浪掷自己的人生呢?"

"告诉你,我无能为力。我必须坚定立场。"

"你知道这意味着什么吗?"

他心中一阵寒意,却又有一种放手,甚至解脱的感觉。他说:

"你是说,我们将不得不分开——彼此再不相见?"

他们继续走着,现在已经上了西敏寺桥路(Westminster Bridge Road)。狂风啸叫着,裹挟着一团烟尘席卷而来,让两人都低头闪避。他们再次停下。她的小脸上满是纹路,寒冷的风和冷淡的灯光并没带来改善。

"你想甩掉我。"他说。

"不。不。准确地说不是那样。"

"但你觉得我们应该分开。"

"我们继续这样下去怎么行?"她落寞地说。

"是很难,我承认。"

"全都如此悲惨,如此无望!这样能有什么结果?"

"所以你终究是不爱我?"他说。

"我爱,我爱!你知道我爱你。"

"或许有一些吧。但还不足以在明确我绝不可能有钱养你后继续爱我。你会让我做一个丈夫,但不是一个情人。这仍然是钱的问题,你看。"

"这不是钱,高登!不是那样的。"

"是的,就是钱而已。从一开始就是钱横亘在我们之间。钱,总是钱!"

这场面持续了一阵,但没有太久。两个人都冷得瑟瑟发抖。当你顶着刺骨的寒风站在街角时,任何情绪都是无关紧要的。他们最终分手时,并没有斩钉截铁地诀别。她仅仅是说:"我必须回去了。"吻了他,然后跑过马路去了电车站。目送着她走开,他主要是一种解脱的情绪。他现在不能停下来问自己是否爱她。他单单只想离开——离开这寒风呼啸的街道,离开事件现场和情感需求,回到他那阁楼里污秽的孤独之中。如果他的眼中有泪,那不过是冷风所致。

茱莉娅这边简直更加糟糕。一天晚上她让他去见她。这是在她从露丝玛丽那儿听说厄斯金先生提供了工作的事之后。茱莉娅的可怕之处在于她对他的动机一丝一毫也不理解。她所理解的唯有有人给他一份"好"工作,而他拒绝了。她几乎是跪下来求他不要扔掉这个机会。而当他告诉她自己心意已决时,她号啕大哭,真正地号啕大哭。这叫人难受。这个可怜的像鹅似的姑娘,头发中夹杂着几缕银丝,在她陈设着德拉格家具的小小开间里,不顾形象毫无尊严地号啕大哭!她所有的希望就此死去。她眼看着家族一点点败落,没有钱也没有孩子,没入灰败阴暗之境。独有高登有本事成功;可他,鬼迷心窍,偏偏不肯。他知道她在想什么,他不得不硬起心肠,坚定立场。他仅仅在乎露丝玛丽和茱莉娅。拉弗斯通无所谓,因为拉弗斯通理解。当然,安吉拉姑姑和沃尔特叔叔,在一封封冗长的信中无力地嚼着舌根。但他们,他是无视的。

绝望之下,茱莉娅问他,既然他扔掉了他最后的人生成功的机会,那他打算做什么呢?他简单地答道:"我的诗。"他对露丝玛丽和拉弗斯通也是这么说的。对拉弗斯通,这答案已经足够。露丝玛丽已经不再相信他的诗了,但她不会这么说。至于茱莉娅,无论何时,他的诗对她从来没有任何意义。"如果你没法从中赚钱的话,我看不出写诗有什么意义。"她一贯都这么说。而且他自己也不再相信他的诗了。但他仍然努力想"写作",至少有时会写。换了住处后不久,他就把《伦敦拾趣》完成的那部分誊到了干净的纸上——他发现,还不足四百行。就连誊抄的辛苦都烦得要死。但他仍然偶尔鼓捣一下它,这里删去一行,那里修改一下,却不做,甚至没打算做任何进展。没过多久,那些纸页又和以前一样了,成了一座缭乱肮脏的文字迷宫。他常常在口袋里随身带着一团脏兮兮的手稿。感到它在那里,会让他振奋一点;毕竟这是一种成就,虽然不足为外人道,却可以展示给自己。那就是两年时光,或者一千个小时的辛苦的唯一成果。他不再把它当成一首诗。诗歌这整个概念现在对他都毫无意义了。只是,如果《伦敦拾趣》最终能完成,就将是从命运手中夺来的胜果,是在金钱世界之外创造出的一样东西。但他明白,远比以往明白得多,它永远不会完成。他过着现在这种生活,怎么可能还残留着什么创作的冲动?随着时间的流逝,就连完成《伦敦拾趣》的欲望也消失了。他仍然在口袋里随身带着手稿,但这只是一种姿态,一个象征,代表了他一个人的战争。他已经永远结束了成为"作家"的白日梦。毕竟,那难道不是一种抱负的变种?他想逃离所有这些,去所有这些之下。下去,下去!沉入幽灵王国,脱离希望,脱离恐惧!去地下,去地下!那就是他祈望之所。

可是从某种意义上来说这并不容易。一天晚上,大约九点,他躺在自己床上,脚上盖着破烂的被单,双手枕在脑袋下取暖。火灭了。所有东西上都积着厚厚的灰尘。叶兰一周前死了,正在花盆里直挺挺地枯萎。他从被单下划出一只没穿鞋的脚,把它举起来,看着它。他的袜子上满是破洞——洞的面积仿佛比袜子还大。他就那样躺在这儿,高登·康斯托克,在一个贫民窟的阁楼里,一张破烂的床上,双脚顶出袜子外,全部家当一先令四便士,过了三十年却一件事都没有做成!他现在肯定无药可救了吧?就算他们再怎么努力,也肯定没法把他从这样的地洞里挖出去了吧?他本来就想低入泥土的——好啊,这就是泥土了,不是吗?

但他知道不是这样。另一个世界,那个金钱和成功的世界,总是如此靠近,近得奇怪。仅靠在尘埃和悲惨中避难,你是逃不掉它的。当露丝玛丽告诉他厄斯金先生给他工作时,他不仅生气,而且害怕。它使得危险如此靠近他。一封信,一个电话口信,就能让他从他的肮脏中径直回到金钱世界——回到一星期四英镑,回到努力、体面和奴役。毁灭并不像听起来那么容易。有时候救赎会像天犬一样追着你不放。

好一会儿,他盯着天花板,近乎放空的状态。仅仅是躺在这里,又脏又冷,这种完全的虚无让他稍感安慰。可不一会儿,他被门上的一声轻敲唤醒了。他没有动弹。想必是弥金太太,尽管听起来不像她在敲门。

"进来。"他说。

门开了,是露丝玛丽。

她迈步进来,房间里那种满蘸灰尘的甜腻气息扑面而来,使她刹住了脚步。即使在台灯的黯淡灯光下,她也可以看出这房间多么肮脏——桌上乱七八糟的食物和纸堆,积满灰烬的壁炉,炉围里脏兮兮的餐具,死去的叶兰。她一边缓缓走向床边,一边摘下自己的帽子,把它扔到椅子上。

"你住的是个什么地方啊!"她说。

"这么说你回来了?"他说。

"是的。"

他稍稍远离她一些,用胳膊挡着自己的脸。"回来继续教育我是吗,我想?"

"不是。"

"那是为什么?"

"因为——"

她已经跪倒在床边。她拉开他的胳膊,伸出脖子吻他,然后吃了一惊,缩了回去,开始用指尖抚弄他太阳穴边的头发。

"噢,高登!"

"怎么?"

"你有白头发了!"

"是吗?哪里?"

"这儿——太阳穴上。有好一片呢。一定是突然出现的。"

"'时间的魔法,让我金丝转银发'。"他漠然说道。

"这么说我们都在生白发。"

她低下脑袋,给他看自己脑袋顶上的三根白发。然后她趴到床上,在他旁边,伸出一只胳膊到他身下,把他拉向自己,吻遍他的脸。他任她这么做。他不想这样——这正是他最不想要的事。但她挤到了他身下,他们胸贴着胸,她的身体似乎融入了他的身体中。从她脸上的表情,他明白她是为什么而来。毕竟,她是处女。她不知道自己在做什么。是慷慨,纯粹的慷慨打动了她。他的惨状让她回到了他身边。仅仅是因为他身无分文,一败涂地,她才对他屈服了,哪怕只有一次。

"我不得不回来。"她说。

"为什么?"

"想到你孤身一人在这里,我受不了。这太糟糕了,任你那个样子。"

"你离开我做得很对。你最好不要回来。你知道我们永远也没法结婚。"

"我不在乎。人不该这么对待自己所爱的人。我不在乎你跟不跟我结婚。我爱你。"

"这不明智。"他说。

"我不在乎。我希望我几年前就已经这样做了。"

"我们最好不要。"

"要。"

"不。"

"要！"

毕竟，她对他来说太重要了。他已经渴望她太久了，他无法停下来权衡后果。于是到底还是做了，在弥金大妈脏乱的床上，并没多少欢愉。一会儿，露丝玛丽起身，整理衣衫。房间里尽管拥挤，却冷得可怕。他们都有些发抖。她把被单又往高登身上拉了拉。他一动不动地躺着，背对着她，脸藏在胳膊下。她跪在床边，拿起他另一只手，把它在自己脸颊上贴了一会儿。他几乎没有注意她。然后她静静地关上门，踮着脚走下裸露的臭烘烘的楼梯。她觉得沮丧、失望，而且非常冷。

战败，回归

春天，春天！三月依依，四月毗连，甘霖随春降①！绿树华滋，草木向荣，叶片大且长！②当此之时，春的猎犬追逐着冬的足迹，春日时光，唯一美丽的喧闹时光；当此之时，百鸟争鸣，嘿-叮-啊-叮叮，咕咕呱呱，啾啾唧唧！等等等等。看看从青铜时代到1805年间几乎随便哪个诗人的作品就知道啦。

但是，即使现在，在有中央供暖和水蜜桃罐头的时代，成百上千所谓的诗人还在写着同样的陈词滥调，多么荒唐！这年

---

① 为中世纪诗歌Alisoun中的诗句：Bytuene Mershe ant Averil, when spray biginneth to spring！
② 为英文古诗《罗宾汉与吉斯本的盖伊》（Robin Hood and Guy of Gisborne）：WHEN shaws beene sheene, and shradds full fayre, And leaves both large and longe.

头,春天也好,冬天也罢,或者随便哪个时节,对普通的文明人来说又有什么区别?在伦敦这样的城市,最显著的季节变化,除了简单的温度变化之外,就是你在人行道上看到的东西不同了。冬末春初时主要是卷心菜叶,七月里你踩着樱桃核,十一月是燃尽的烟花,临近圣诞节时橘子皮就变厚了。中世纪时是另一回事。当春天意味着在某个没有窗户的小屋里,靠吃咸鱼和发霉的面包闷了好几个月后,终于有了新鲜肉食和绿色蔬菜时,写诗歌颂春天尚有些意义。

如果这是春天,高登也没能注意到。朗伯斯的三月不会让你想起珀尔塞福涅[1]。白天变长了,有阵阵携尘夹污的风,有时天空中会出现几片湛蓝。如果你费心去找的话,很可能会发现几个被熏得乌黑的嫩芽。原来,那株叶兰终究没死,枯萎的叶片脱落了,但它从基部附近抽出了几片暗绿色的新芽。

高登现在已经在租书屋里待了三个月了。他并不厌烦这愚蠢而懒散的日常工作。租书屋已经扩展到了一千本"分类图书",每周为齐斯曼先生带来一英镑的净利润,所以齐斯曼先生笑口常开。不过,他对高登暗怀恨意。可以说,高登是作为一个醉鬼出售给他的。他原指望,至少一次,高登醉酒误了一天的工作,从而给他足够的借口削减工资。但是高登没能喝醉。奇怪得很,他最近没有喝酒的冲动。即使买得起,他也不

---

[1] 宙斯之女,丰收之神。

喝啤酒。茶似乎是更好的毒药。他全部的欲望和不满都平息了。他现在靠一周三十先令反倒比以前两英镑的时候过得好了。没有太过拮据，这三十先令就支付了他的房租、烟钱、一星期大约一先令的洗衣费、一点儿燃料还有他的一日三餐——几乎全由腌肉、面包配人造黄油和茶组成，包含煤气一天才花两先令。有时他甚至能多出六便士，去西敏寺桥路附近一家便宜但肮脏的电影院里坐一坐。他仍然口袋里揣着脏兮兮的《伦敦拾趣》手稿来来去去，但这纯粹只是出于习惯的力量，他甚至连装模作样都已经放弃了。他所有的夜晚都是同样的过法。在那间远离人世、臭烘烘的阁楼里，如果还剩了煤的话就在炉火旁，如果没剩就在床上，手边放着茶壶和香烟，读书，总在读书。现如今，他除了两便士的周报外什么也不读。《拾零》《答案》《佩格报》《遗珠》《磁石》《家庭笔记》《女生自己的报纸》——它们统统都一样。他常常从店里一次拿一打。齐斯曼先生有好几大堆这些报纸，蒙满了灰尘，是从他叔叔手上遗留下来的，用作包装纸。有些都有二十年的历史了。

他最近几个星期都没见过露丝玛丽。她写了几次信，然后，由于某种原因，突然停止了写信。拉弗斯通写过一次，请他为《反基督教》写一篇关于两便士租书屋的稿子。茱莉娅寄来了一封凄凉的短信，讲述家族近况。安吉拉姑姑整个冬天都患着重感冒，沃尔特叔叔抱怨膀胱问题。高登谁的信也没回，如果可以，他宁愿忘掉他们的存在。他们和他们的感情都只是累赘。不斩断与他们所有人的联系，甚至是与露丝玛丽的联系，他就不会自由，不会自由地沉入终极的泥淖。

一天下午，他正在给一个浅金发色的年轻女工选书，正在这时他眼角瞟到某个人进了租书屋，在门边犹豫不决。

"您想要哪种书呢？"他说。

"哦——就是那种言情的，谢谢。"

高登选了一本言情的书。他一转身，心脏便猛烈地跳动起来。刚刚进来的人是露丝玛丽。她没做任何表示，而是站着等待，面色苍白，神态忧虑，那模样流露着某种不祥之兆。

他坐下来给女孩的那本书入账，但他的双手开始剧烈抖动，使他几乎无法做到此事。他把橡皮图章按错了地方。女孩施然出门，一边走一边翻书。露丝玛丽看着高登的脸。她已经很久没有在青天白日里见过他了，她被他的变化震住了。他寒酸到了衣衫褴褛的地步，他的脸瘦多了，有了那种靠面包和人造黄油过活的人的灰暗和苍白。他看起来老多了——至少三十五岁。但露丝玛丽自己也不太像平时。她已经失去了她欢快整洁的模样，她的衣服看着像是匆匆穿上的。明显出了什么问题。

他在年轻女工身后关上了门。"我没想到你会来。"他开口道。

"我不得不来。我是午餐时间从工作室出来的。我跟他们说我病了。"

"你气色不好。来,你最好坐下。"

租书屋里只有一把椅子。他把它从柜台后拿出来,走向她,非常含糊地爱抚了一下。露丝玛丽没有坐下,而是脱下手套,把一只小手搭在椅背顶部的横挡上。从她指尖的力道,他可以看出她有多么激动。

"高登,我有件可怕的事情要跟你说。终究还是发生了。"

"发生了什么?"

"我有孩子了。"

"孩子?噢,天哪!"

他猛然停住了。有一刻,他感到仿佛有谁在他的肋骨下狠狠打了他一拳。他问了那个惯常的愚蠢问题:

"你确定吗?"

"万分确定。到现在已经几个星期了。你不知道我是怎么过的!我不断地希望啊希望——我吃药了——哦,太可怕了!"

"孩子!噢,上帝啊,我们真是傻子!好像我们没法预见这事似的。"

"我知道。我想这是我的错。我——"

"该死!有人来了。"

门铃叮咚一响。一个满脸雀斑、下唇丑陋的胖女人摇摇摆摆地走了进来,要"里面有谋杀的东西"。露丝玛丽坐下了,不停地拿手套在手指上绞。胖女人很挑剔。高登挑的每本书她都拒绝了,理由是她"已经看过了"或者它"看起来没劲"。

露丝玛丽带来的致命消息让高登焦躁不已。他的心扑通直跳，他的五脏六腑缩成一团，而他不得不抽出一本又一本书，向胖女人担保这就是她要找的。终于，在将近十分钟后，他成功地用一本她勉强说"觉得自己以前没看过"的书把她打发走了。

他转身面向露丝玛丽。"好吧，那我们到底拿这事怎么办？"他一关上门就赶紧说。

"我不知道我能怎么办。我要这个孩子就当然会丢了工作。但我担心的不止这个，而是怕我的家人发现。我妈——噢，天哪！光是想想就受不了。"

"啊，你的家人！我还没想过他们。家人！他们是多么沉重的负担啊！"

"我的家人挺好。他们对我一向不错。但这样的事情就不同了。"

他来回走了一两步。尽管这个消息吓坏了他，但他还没有真正明白这事。想到一个孩子，他的孩子，正在她的子宫里生长，除了沮丧以外没有唤起他的任何情绪。他没把那个孩子当成一个活生生的生命；它纯粹是、仅仅是一场灾难。而且他已经看到它将引发什么后果。

"我想我们必须要结婚了。"他平板地说。

"好吧，结吗？我是来问你这事的。"

"但我想你想要我娶你，不是吗？"

"除非你不想。我不会强迫你的。我知道结婚违背你的理念，你必须自己决定。"

"但我们别无选择——如果你真想要这个孩子的话。"

"不一定，这必须由你来决定。因为毕竟还是有另一个办法。"

"什么办法？"

"哦，你知道的。工作室里的一个姑娘给了我一个地址。她一个朋友花五英镑做过。"

这让他一个激灵。第一次，他产生了唯一有意义的认识，明白了他们到底在说什么。"孩子"这个词有了新的意义。这不再只是一个抽象的概念，它意味着一团血肉，他自己的一小点，在她的肚子里，活生生的，正在成长。他们四目交汇。他们有了一刻奇怪的共鸣，是以前从未有过的。有一刻他确实感到，以某种神秘的方式，他们血肉与共。尽管他们相隔咫尺，他却感到他们好像融为了一体——好像某种活生生的隐形纽带从她的五脏六腑伸展到了他的五脏六腑。这时，他明白了，他们考虑的是一件可怕的事情——一种亵渎，如果这个词有何意义的话。不过如果换了别的说法，他可能就不会畏缩了。是五英镑这个肮脏的细节让他彻底认清了。

"别怕！"他说，"不管发生什么事我们都不会那么做的。那太恶心了。"

"我知道它恶心。但我不能未婚生子。"

"不！如果只有这个选择的话我就和你结婚。我宁愿砍断自己的右手也不愿做那样的事情。"

叮!门铃响了。两个穿着亮蓝色西装的蠢货和一个傻笑着的姑娘走了进来。一个年轻人鼓起勇气怯怯地要"一本有料的——淫秽的东西"。高登默不作声地示意"两性"书籍所在的书架。租书屋里有成百上千本这种东西。都是些像《巴黎的秘密》和《她信任的男人》之类的书名,破碎的黄色封面上印着半裸女郎躺在沙发上,穿着晚礼服的男人站在旁边俯视她们的图片。但是,里面的故事都健康得叫人痛苦。那两个年轻人和那个姑娘穿梭在书堆中,对着封面上的图片窃笑,女孩发出阵阵低呼,假装震惊不已。他们让高登万分恶心,他一直背对着他们,直到他们选好所要的书。

他们走后,他回到露丝玛丽的座椅旁。他站在她身后,握住她僵硬的瘦小双肩,然后将一只手伸入她的外套,感受着她胸前的温暖。他喜欢她身体中那强烈的春天般的气息。他喜欢想到,在那下面,一粒备受保护的种子——他的孩子正在生长。她抬起一只手,抚摸着她胸脯上的那只手,但没有说话。她等着他来决定。

"如果我要娶你,我得先变成个体面人。"他若有所思地说。

"你能吗?"她话中带着一丝从前的样子。

"我是说,我得找个像样的工作——回新阿尔比恩。我想他们会接纳我回去的。"

他感到她一动不动,明白她一直在等这句话。可是她决心公平行事。她不会对他威逼利诱。

"我从没说过我想让你这么做。我想让你娶我——没错,因为这个孩子。但这并不意味着必须让你养我。"

"如果我养不起你,结婚就没有意义。难道像我现在这个样子——没钱也没个像样的工作就娶你?那你到时候怎么办?"

"我不知道。我会尽量继续工作。之后显怀了——嗯,我想我就回娘家去。"

"那你就好受了,是不是?但你以前那么渴望我回新阿尔比恩的。你没改变主意吧?"

"我考虑过了。我知道你讨厌被一个固定的工作束缚。我不怪你,你有自己的人生要过。"

他又考虑了片刻。"归根到底是这样。要么我娶你,并回新阿尔比恩去,要么你去找个肮脏大夫花五英镑毁了自己。"

这时她扭动着挣脱他的怀抱,站起来面对他。他直白的话语让她难受。这些话把这个问题弄得比之前更加清楚更加丑陋了。

"噢,你为什么那么说?"

"呃,这就是仅有的选择。"

"我从没这么想。我来这里是为了公平。而现在,听起来就像我想逼你那么做似的——想借威胁打掉孩子来操纵你的感情。一种残忍的要挟。"

"我不是这个意思。我只是在陈述事实。"

她满脸皱起,两条黑眉拧成一团。但她对自己发过誓,决不吵闹丢人。他猜得到这对她意味着什么。他从没见过她的家人,但他想象得出来。他多少明白,带着私生子回到乡间小镇可能意味着什么;或者,半斤八两,带着一个养不起你的丈夫回去意味着什么。但她要公平行事,绝不要挟!她猛吸一口气,做了决定。

"好吧,那,我不会把那个推到你头上。那太过分了。娶我或者不娶我,随你的便。但不管怎样,我会生下孩子。"

"你要那么做?真的吗?"

"是的,我想是的。"

他将她搂入怀中。她的外套敞开着,她的身体温暖地贴着他。他想,如果他让她走了,就是天下第一大傻瓜。可是不让她走,也是不可能的,并不因为他抱着她,就不明白这一点。

"当然了,你想让我回新阿尔比恩。"他说。

"不,我没有。如果你不愿意就不回。"

"是的,你有。毕竟,这无可厚非。你想看到我重新挣一份体面的收入。有一份好工作,一星期四英镑,窗台上有株叶兰。你没有吗,现在?承认吧。"

"那好吧——是,我有。但我只是乐见其成;我不会叫你那么做。如果你不是真心想做,那我就讨厌让你去做。我想让你感到自由。"

"真真正正的自由?"

"是的。"

"你知道那意味着什么吗?想想,我要是决定任你和孩子孤苦无依?"

"好吧——如果你真想那么做的话。你是自由的——十分自由。"

过了一会儿她走了。晚上或者明天他会让她知道他做何决定。当然,即使他去请求他们,新阿尔比恩也不是说百分百会给他一份工作;但考虑到厄斯金先生说过的话,他们应该会。高登试图思考却做不到。这天下午的客人似乎比平时要多。他简直要疯了,每次他刚一坐下就要从椅子上蹦起来,对付新来的一波傻瓜,给他们找犯罪故事、两性故事和言情小说。突然,六点左右,他关上灯,锁上门,出去了。他必须要一个人静一静。租书屋还要两小时才该关门。天知道齐斯曼先生发现了会说什么。他甚至可能开除高登。高登不在乎。

他转头向西,沿着朗伯斯断路走着。这是个沉闷的夜晚,不冷。脚底的泥泞,白色的灯光,叫卖的小贩。他必须把这件事情想清楚,而走起来可以更好地思考。但这太难了,太难了!回到新阿尔比恩,或者让露丝玛丽为难,没有别的选择。比如,假想他能找到某个稍微不那么伤害他良知的"好"工作,是没用的。没有这么多"好"工作等着老气横秋年过三十的人。新阿尔比恩是他现有的、将来能有的唯一机会。

在和西敏寺桥路交会处,他停了一刻。对面有些海报,在灯光下泛着铁青。一张至少十英尺的巨幅海报在给博伟做广告。博伟的人已经放弃了角桌,换了新花样。他们搞了一系列四行诗——他们称之为"博伟民谣"。画上是胃口好得可怕的一家人,顶着一张张火腿红的脸膛,坐着吃早餐;下面,赫然写着:

"你为何要瘦弱苍白?忍受那精疲力竭的感觉?只要每晚来杯热腾腾的博伟——精力充沛——元气大增!"

高登盯着那玩意儿。他品味着它令人揪心的愚蠢。上帝啊,这是什么垃圾!"精力充沛——元气大增!"多么单薄无力!就连坏,也不能像真正戳人心窝的标语那样坏得触目惊心。就是这种不知所云毫无生命力的屁话。若不是想到这张海报贴满了整个伦敦乃至整个英国的大城小镇,腐蚀着人们的心智,它的孱弱简直叫人可怜。他沿着破败的街道左右张望。是的,战争很快就要来了。看到博伟的广告,你就绝不会怀疑。我们街头的电钻预示着机关枪的咔嗒之音。不消一会儿,飞机就要来了。嗡嗡——嘭!几吨TNT炸药将我们的文明送入它地狱的归宿。

他穿过马路,继续向南走去。他猛然有了一个奇怪的想法。他不再想让战争发生了。这是几个月来——或许几年来——他第一次想到战争却不想它发生。

如果他回新阿尔比恩,可能不出一个月,他自己就在写

"博伟民谣"了。回去做那个！任何"好"工作都已经够糟糕了，但还要和那个混在一起！天哪！他当然不该回去。这不过是硬起心肠坚定立场的问题。但露丝玛丽怎么办？他想到她住在家里，在她父母家中，有个孩子却没有钱，会过怎样的生活。想到这个消息在那个可怕的家族里不胫而走，说露丝玛丽嫁了个甚至养不起她的大混蛋。他们所有人会一齐唠叨她。而且，还有孩子要考虑。财神真是狡猾。如果他只是用游艇和赛马，妓女和香槟布诱饵设陷阱，躲避起来是多么容易。偏偏他通过你的良知来对付你，那你就无能为力了。

"博伟民谣"在高登脑子里挥之不去。他应该坚定立场。他已经对金钱宣战了——他要坚持到底。毕竟，迄今为止他都勉强算是坚持住了。他回首自己的人生。欺骗自己是没用的。这是悲惨的一生——寂寞、卑微、一事无成。他已经活了三十年，除了悲惨别无成就。但这是他选择的，这是他想要的，即使现在也是。他想要沉沦，沉入不归金钱统治的泥淖中。但孩子这事搞砸了一切。毕竟，这是一个老套的窘境。私恶，公德——这是亘古就有的两难选择。

他抬头一看，只见自己正路过一个公共图书馆。他突然有了一个想法。孩子，到底有了孩子意味着什么？此时此刻，露丝玛丽身上究竟在发生什么？他对怀孕的意义只有模糊的大致概念。毫无疑问，那里会有书能告诉他这一点。他进去了，借阅室在左边，要去那儿找参考书。

柜台边的女人是个大学毕业生，年轻，苍白，戴着眼镜，脾气极差。她有一种固执的怀疑，认为没有人——至少，没有哪个男人——咨询参考书不是为了寻找淫秽内容。你一靠近，她夹鼻眼镜上寒光一闪，目光就穿透了你，让你明白，你肮脏的秘密对她来说绝非秘密。毕竟，所有的参考书都是淫秽的，或许惠特克的万年历除外。哪怕是牛津词典，你也能用于邪道，查些XX和XX之类的词。

高登一眼就看穿了她是什么样的人，但他心不在焉，懒得理会。"你们有没有妇科方面的书？"他说。

"什么书？"年轻女人喝问，夹鼻眼镜上寒光一闪，透出明明白白的胜利的喜悦。老样子！又一个来找脏东西的男人！

"呃，接生方面的书？关于生孩子之类的。"

"这样的书我们不借给公众。"年轻女人冷峻地说。

"对不起——我有一个特别想查的问题。"

"你是医学生吗？"

"不是。"

"那我就不太明白你要接生的书干吗了。"

这该死的女人！高登想。换了别的时候他会怕她，可是现在，她只是让他厌烦。

"你非要问的话，是因为我妻子怀了孩子，我们俩都不懂这事。我是想看看能不能找到点有用的东西。"

年轻女人不相信他。她认为，他看起来如此寒酸落魄，不像个新婚男人。但是,她的工作就是给人借书,而且她其实很少真的拒绝他们,除了孩子。你认识到了自己的卑劣肮脏之后,最终会拿到书的。她端着高高在上的架子,领高登到了图书馆中央的一张小桌子旁,给他拿了两本棕色封皮的大部头。之后她不再管他,却从图书馆里每一个她所到之处注意着他。他可以感觉到她夹鼻眼镜下的目光远距离扎在他的后颈上,试图从他的一举一动中看出他是否真的在寻找信息,又或在专挑下流部分看。

他打开其中一本书,磕磕绊绊地搜索起来。处处是长篇大论密密麻麻的文字,挤满了拉丁单词。这没用,他想要点简单的——要选的话,就是图片。这事儿有多久了? 六周——或许九周吧。啊! 一定是这个。

他翻到了一张九周大的胎儿的图片。看到这图让他一惊,因为他压根没有想到看起来会像这样。这是个不成形的小矮人一样的东西,像一幅拙劣的人像漫画,一颗圆圆的大头和整个身子不相上下。在宽阔的脑袋中央有一个小突起,是一只耳朵。这是一张侧视图,胎儿的胳膊没有骨头,弯着,一只手像海豹的鳍一样浑然原始,遮着小脸——或许该庆幸它遮住了。下面是两条小细腿,像猴子腿一样扭曲着,脚趾内弯。这是个怪物,却又奇怪地有些像人。胎儿竟然这么早就开始像人,让他惊讶不已。他本来想象的原始得多,只是一团细胞,就像一泡蛙卵一样。但是当然,它一定非常微小。他看了看下面标注的尺寸，长30毫米。大约一颗大醋栗大小。

但是或许变成这样还没多久。他往前翻了一两页，找了一张六周大胎儿的照片。这次真是个可怕的东西——一个他简直不忍直视的玩意。奇怪，我们的初始与终结都是这么丑陋——胎儿和死者一样丑陋。这东西看起来就像已经死了似的。它硕大的脑袋，好像重得抬不起来，在应该是脖子的地方弯成了一个直角。你完全看不到能称之为脸的东西，只有一丝褶皱代表眼睛——或是嘴巴？这次一点不像人，这更像一只死了的小狗。它短粗的胳膊很像狗，两只小手只是短胖的爪子。长15.5毫米——不比一颗榛子大。

他对着这两张图片凝视了很久。它们的丑陋让它们更加真实，因此也更加动人。从露丝玛丽说起人流时，他的孩子对他就有了真实感。但那种真实不具备视觉形象——是发生在黑暗中的事情，只有发生之后才变得重要。但是这儿，是一个正在发生的真实过程。这个可怜的丑东西，还没一颗醋栗大，是他的轻率行为创造出来的。它的未来，或许还有它的继续存在，取决于他。而且，这是他自己的一小部分——这就是他自己。谁胆敢逃避这样的责任？

但如何选择呢？他站起来，将书递给那个坏脾气的年轻女人，走了出去。然后，心血来潮，转回来去了图书馆另一边存放期刊的地方。那群模样邋遢的常客趴在书报上打着瞌睡。妇女读物有一张单独的桌子。他随意抓起一本，拿到另一张桌子上。

这是一本美国杂志，比较生活化，主要都是广告，几个故事不好意思地夹杂其间。而且都是些什么广告啊！他快速地翻过那些闪亮的彩页。酒水、珠宝、化妆品、毛大衣、丝光袜上下翻飞，如同儿童西洋镜中的图案。一页又一页，一个广告又一个广告。口红、内衣、面霜、罐头食品、专利药品、减肥治疗。一种金钱世界的横断面。无知、贪婪、粗俗、势利、卖淫、疾病的全景相。

而这就是他们想让他重新进入的世界。这就是他有机会"混得好"的行业。他慢慢翻动书页。翻啊翻。"可爱——直到她笑了。""枪管里射出来的食物。""你是否让疲惫的双足影响了你的性格？""睡美人床垫，带你重回桃花源。""只有穿透性面霜才能深入表皮下的污渍。""粉色牙刷是她的烦恼。""如何瞬间碱化你的肠胃。""壮实孩子吃粗粮。""你属于这五分之四吗？""世界知名的文化速览书籍。""不过是个鼓手，他却引用但丁。"

天哪，都是些什么垃圾！

但是，这当然是本美国杂志。不论是冰淇淋、敲诈还是装神弄鬼，美国人总是在任何恶行上都更胜一筹。他回到女性的桌子旁，拿起另一本杂志。这次是一本英国的。或许英国书报上的广告不会那么糟糕吧——稍稍没那么赤裸裸地惹人讨厌？

他打开杂志。翻啊翻。英国人绝不做奴隶！

翻啊翻。"让腰围回到正常！""她嘴里说着'万分感谢您载我。'但她心里想的是：'可怜的小伙，怎么就没人跟他说一声？'一个32岁的女人如何从一个20岁姑娘手里抢走了年轻小伙。""肾虚的及时雨。""丝绒——柔滑的卫生纸。""哮喘让她透不过气！""你为你的内衣害臊吗？""早餐脆麦片，孩子天天念。""现在我全身上下都是一副学生妹的肌肤。""一口维生素，能走十里路！"

和那种东西同流合污！参与其间，融为一体——成为它的一砖一瓦！天哪，天哪，天哪！

不久，他走了出去。难受的是，他已经知道自己将怎么做了。他已经决定了——很久以前就决定了。这个问题出现时，解决之道也随之而来；他所有的犹豫都是惺惺作态。他觉得，似乎有种外在的力量在推动他。附近有一个电话亭。露丝玛丽的招待所有电话，她现在应该到家了。他走进电话亭，在口袋里摸了摸。不错，正好两便士。他把钱丢进投币口，转动拨号盘。

一个粗声粗气、鼻音浓重的女声接了电话，道："谁啊，请问？"

箭已开弓，看来没法回头了。①

"沃特洛小姐在吗？"

"请问您是谁？"

"就说是康斯托克先生，她知道的。她在家吗？"

---

① Pressed button A, die was cast指已经按下确定，已经发射出去，木已成舟。结合上下文，换成中文俗语，开弓没有回头箭。

"我看看，请别挂断。"

停了一下。

"喂？是你吗，高登？"

"喂？喂？是你吗，露丝玛丽？我只是想告诉你，我想好了——我下定决心了。"

"哦！"又停了一下。她艰难地控制住自己的声音，又道："好吧，你怎么决定的？"

"没关系，我愿干那份工作——我是说，如果他们给我工作的话。"

"噢，高登，我太高兴了！你没生我的气吧？你没有觉得是我怎么逼你这么做的吧？"

"没有，没关系。这是我唯一能做的事情。我已经把一切都想通了。我明天就去办公室见他们。"

"我真是太高兴了！"

"当然，这是假设他们会给我那份工作。但我想他们会的，既然老厄斯金这么说了。"

"我肯定他们会的。但是，高登，有一件事。你要穿得漂亮点去，好吗？这会大不一样的。"

"我知道，我得把我最好的那件西装赎出来。拉弗斯通会借给我钱的。"

"别管拉弗斯通了，我给你借钱。我存了四英镑下来，我把钱取出来，在邮局关门前汇给你。我估计你还要双新鞋子和一条新领带。还有,噢,高登!"

"什么?"

"去办公室的时候戴顶帽子吧,好吗?戴顶帽子看起来好点。"

"帽子!上帝啊!我已经两年没戴过帽子了。非戴不可吗?"

"呃——那样看起来正式一点嘛,不是吗?"

"哦,好吧。只要你觉得我该戴,哪怕圆顶礼帽都行。"

"我觉得一顶软呢帽就可以了。但是把你的头发剪一剪,好吗,拜托了?"

"行,你别担心。我会变个年轻潇洒的生意人的。衣着得体,诸如此类。"

"感激不尽,高登亲爱的。我必须把那笔钱取出来去汇了。晚安,祝你好运。"

"晚安。"

他走出电话亭,看来就是这样了。他这下完了,彻底完了。

他快步走开。他干了什么?认输投降了!打破了所有的誓言!他漫长而孤独的战争以可耻的失败告终了。割除汝之包皮,上帝说。他回归失败,痛哭忏悔。他似乎比平时走得快些。他的心中、四肢百骸、全身上下,都有一种特殊的感觉,一种真正的生理上的感觉。这是什么?羞耻、凄惨、绝望?为回到金钱的魔掌而愤怒?想到生不如死的未来而厌烦?他将这感觉逼出来，面对他，检视它。这是解脱。

是的，真相就是如此。现在尘埃落定，他唯一的感觉就是解脱。为他现在终于告别了肮脏、寒冷、饥饿和孤独，可以回归体面的、完整的人的生活而解脱。既然他已经反悔，他的那些决心看起来就不过是可怕的负担，总算被他抛开了。而且，他知道他只是在完成自己的宿命。在脑海中的某个角落，他一直都知道这终究会发生。他想到他在新阿尔比恩辞职的那天；想到厄斯金先生和善、红润、牛肉色的脸庞，温和地建议他不要白白放弃一份"好"工作。那时，他是多么信誓旦旦地说自己永远和"好"工作一刀两断了！然而，一早就注定他会回来，甚至那时他就知道。他不仅是因为露丝玛丽和孩子而这么做。这是表面原因，直接原因，但即使没有这回事，结果也会是一样。如果不用考虑孩子，也会有别的事情逼他行动。因为，这就是他暗地里所渴望的。

他毕竟还是不缺乏活力，他让自己陷入了穷困的生活，是这种生活将他无情地抛出了生命的洪流。他回首过去可怕的两年。他亵渎金钱，反抗金钱，企图像个隐士一样生活在金钱世界之外。而这带给他的不止是凄惨，更是一种可怕的空虚，一种无可逃避的徒劳感。弃绝金钱就是弃绝生命，也没有多少正义。人为什么应该在气数耗尽之前死去？现在他回到了金钱世界，或者很快要回去。明天他就穿上最好的西装和大衣（他一定要记得把大衣和西装一块儿赎出来），戴上得体的豪车公子风格的小礼帽,刮净胡子,剪短头发,去新阿尔比恩。他会如同重生一般。今日邋里邋遢的诗人,和明天形容整肃的年轻生意人,将会判若两人。他们会要他回去,肯定如此。他具备他们需要的才能。他将拼命干活,出卖灵魂,保住这份工作。

将来怎么办?或许这两年其实并没在他身上留下多少痕迹。这段岁月只是一个空当,是他职业生涯中的一个小小挫折。他既然已经迈出了第一步,那很快就会养成那种玩世不恭、狭隘短浅的市侩思维。他将忘却自己高雅的恶心,不再为金钱暴政愤怒——甚至不再意识到这一点——不再为博伟和早餐脆麦片的广告痛苦。他将彻底出卖自己的灵魂,彻底到忘记自己曾有过灵魂。他将结婚生子,安定下来,踏入小康,推着婴儿车,有栋别墅、收音机和叶兰。他将做一个遵纪守法的小市民,和其他任何遵纪守法的小市民没有两样——地铁上拉着吊环的大军中的一个普通士兵。八成这样更好。

他稍稍减慢了步伐。他年过三十,早生华发,可他有种奇怪的感觉,感到自己只是刚刚长大成人。他突然明白,自己只是在重复每一个人类的命运。每个人都反抗金钱法则,每个人也都迟早会屈服。他的反抗比大多数人坚持得久了一些,仅此而已。而他因此遭受了这般可悲的失败!他怀疑是否每个幽居陋室的隐士都在暗暗渴望着回归人间烟火。或许有些没有。有人说过,现代世界只有圣人和恶棍才住得。他,高登,不是圣人。那么,就和其他人一起爽快地做个无赖更好,这就是他所暗暗渴望的。现在他承认了自己的渴望,并屈服于它,他就安宁了。

他大致在向家的方向前进。他抬头看着经过的一栋栋房子。这是一条他不认识的街道。老式的房子,外表粗陋且非常黑暗,大部分都做了小公寓和单间。围着栏杆的区域,烟雾熏黑的墙砖,刷成白色的台阶,肮脏的花边窗帘。一半窗户上都挂着"公寓"的牌子,几乎全部都放着叶兰。一条典型的中下阶层的街道。但整体上,不是他想看到被炸得灰飞烟灭的那种街道。

他猜想着什么样的人会住在这些房子里。比如,他们会是些小职员、店员、旅行推销员和保险推销员。他们知道自己只是在金钱的操纵下跳舞的傀儡吗?他们八成不知道。而且就算他们知道,他们哪会在乎?他们忙着出生、结婚、生子、工作、死亡。如果你办得到,能感觉自己是他们中的一员,是普罗大众中的一分子,或许也不是坏事,我们的文明是建立在贪婪和恐惧之上,但在普通人的生活中,这种贪婪和恐惧莫名地转化成了某种高尚些的东西。那些中下阶层的人,与他们的孩子和几件家具还有叶兰一起,躲在他们的花边窗帘之后——不错,他们是按照金钱法则生活的,但他们竭力保持着自己的尊严。按照他们的解读,金钱法则并不仅仅是玩世不恭和自私自利。他们有他们的标准,他们不可侵犯的荣誉观念。他们"维持着自己的体面"——维持着叶兰的飞扬。而且,他们活着。他们全身心投入了生命。他们生儿育女,这是圣人和灵魂救主绝对做不到的。

叶兰是生命之树,他突然想到。

他发觉衣服内侧的口袋里有一团笨重的东西,是《伦敦拾趣》的手稿。他把它拿出来,借着路灯看了看。一大团纸,又脏又破,边缘污迹斑斑,是那种在口袋里待久了而特有的恶心样子。总共大约四百行,他流放岁月的唯一成果,两年的孕育,永远也不会诞生。好吧,1935年,他彻底告别这一切。诗!确实是诗!

他该把手稿怎么办呢?最好是把它揉到厕所里去。但他离家还很远,上公厕又没有那一便士。他在一个下水道的铁栅旁停下了。最近那所房子的窗台上,一株叶兰,一株条纹叶兰,透过黄色的花边窗帘窥看着。

他展开一张《伦敦拾趣》的纸页。缭乱的迷宫中央,一行诗句抓住了他的目光。一刹那的悔恨刺痛了他。毕竟,有些部分还是很不赖的!要是能完成就好了!在他为之付出了那么多的辛苦之后却把它丢掉,似乎太可惜了。或许,该把它留下?把它留在身边,在业余时间偷偷完成?哪怕是现在,它也还是有可能一鸣惊人的。

不,不!信守你的诺言。要么屈服,要么不屈。

他折起手稿,把它从下水道的栏杆间塞了进去。它"扑"的一声落进了下面的水中。

你赢了[①],哦,叶兰!

[①] 原文为拉丁语。

尘埃落定

拉弗斯通想在登记处分手道别，但他们不听，坚持拉他与他们一块儿吃个午饭。不过不在莫迪利亚尼，而是去了一家小巧宜人的苏豪区餐馆，在这里，花上半克朗，你就能吃一顿美味的四菜大餐。他们吃了蒜肠加面包配黄油，油炸比目鱼，牛排炸薯条，和一份十分水润甜蜜的布丁，还要了一瓶梅多克尊享红酒，这一瓶花了三先令六便士。

只有拉弗斯通参加了婚礼。另一位见证人是一个可怜巴巴的软蛋，牙都掉光了，是从登记处外面挑的一个职业见证人，要收半克朗的小费。茱莉娅没法从茶馆里出来，高登和露丝玛丽老早就精心编好了借口，也只请到这一天假不用上班。除了拉弗斯通和茱莉娅，没人知道他们要结婚了。露丝玛丽会继续在工作室里工作一两个月。在事情结束之前，她不想走漏结婚的消息,这主要是为了她那数不清的兄弟姐妹,他们没一个买得起结婚礼物。就高登自己而言,他倒想办得更像样点,他甚至想去教堂结婚,但露丝玛丽一票否决了这个想法。

　　高登现在已经回去上了两个月的班了,领着一周四英镑十先令的工资。等露丝玛丽辞职后,会有些拮据,但明年工资有望上涨。当然,到孩子快生的时候,他们必须得跟露丝玛丽的父母要点钱。克鲁先生一年前离开了新阿尔比恩,华纳先生接替了他的位置,他是个加拿大人,曾在纽约一家广告公司干过五年。华纳先生是个火爆脾气,不过相当讨人喜欢。眼下他和高登手头有个大项目。示巴女王卫浴用品公司正在为他们的除臭剂"四月雨露"开展宣传攻势,打算横扫全国,搞得轰轰烈烈。他们觉得狐臭和口臭已经是强弩之末,或者快了,已经绞尽脑汁想了很久,要弄出个新办法来吓唬公众。然后某人灵光一现,建议说,脚臭怎么样?这个领域从来没有被发掘过,有着无限的可能。示巴女王把这个想法转达给了新阿尔比恩。他们想要的是一句真正广为流传的广告语,和"渴夜症"①一个级别的东西——会像毒箭一样感染公众神经的东西。华纳先生冥思苦想了三天三夜,然后想出了一个令人过目不忘的短

---

① "渴夜":night-starvation,指缺乏睡眠。这是由好立克(Horlicks)公司1931创造的一个短语,用于推广好立克帮助睡眠的奶制饮品,后来成为风靡一时的流行语。

语——"PP"。"PP"代表"Pedic Perspiration"①。这真是神来之笔。这是如此简洁又如此引人注目。一旦你知道了它们代表什么意思,你就再也不可能看着"PP"两个字母却不产生愧疚的战栗。高登在牛津词典里查了查"pedic"这个词,发现它根本不存在。但华纳先生说了,管他的!反正这有什么关系?它一样能掀起风潮。当然,示巴女王也为这个创意欢呼雀跃。

他们倾家荡产投入到这场宣传攻势中。大不列颠群岛的每一块广告牌上都挂着触目惊心的巨幅海报,把"PP"钉入公众的脑海。所有的海报都一模一样。它们没有浪费口舌,只是以邪恶的简洁当头棒喝:

"PP"
你
有吗?

就是这样——没有图片,没有解释。不必再说"P.P."所指为何,到现在英国的男女老少全都知道这个词了。华纳先生在高登的帮助下,正在为报纸杂志设计小幅广告。是华纳先生提出了这个大胆的颠覆性创意,草拟了广告的整体格局,确定

---

① 意为脚汗,Pedic是医学用词,指与脚有关的东西,日常较少使用。

需要何种图片,但大部分文章是高登写的。他写了些令人扼腕的小故事,每个都是一部百来字的现实主义小说,讲述三十来岁的绝望老处男和莫名其妙被女朋友甩掉的寂寞单身汉,还有劳累过度却没钱每周换一次长袜,眼睁睁看着丈夫落入"别的女人"手心的故事。他干得非常漂亮,在这件事上他取得了人生中前所未有的成就,华纳先生对他赞不绝口,高登的文学才能毋庸置疑。他用词简练,这是多年的积累才能练就的。所以,或许他为了成为"作家"而做的长期艰苦的努力终究没有白费。

  他们在餐馆外和拉弗斯通道别。出租车载着他们离开了。拉弗斯通坚持付了从登记处离开时的出租车费,于是他们觉得还坐得起一次出租。酒暖了身子,他们懒洋洋地靠在一起,沾满灰尘的五月的阳光透过出租车窗照在身上。露丝玛丽的头枕着高登的肩膀,他们双手交握放在她的膝头。他拨弄着露丝玛丽无名指上那颗极细的婚戒。包金的,价值五先令六便士,但还看得过去。

  "我明天去上班之前一定要记得把它摘下来。"露丝玛丽若有所思地说。

  "想想我们真的结婚了!白头偕老,至死不渝。我们现在做到了,好得很。"

  "怪吓人的,不是吗?"

  "不过我看我们会安定下来的。有个我们自己的房子、婴儿车和叶兰。"

他抬起她的脸庞吻她。她今天化了淡妆,这是他第一次见她化妆,化得不太高明。两个人的脸都不太受得住春天的阳光。露丝玛丽脸上出现了明显的细纹,高登脸上呈现深深的沟壑。露丝玛丽看来或许28岁,高登看来至少35岁。但露丝玛丽昨天从头顶上拔了两根白头发。

"你爱我吗?"他说。

"爱慕你,爱得好傻。"

"我相信。奇怪,我三十岁了,还满面沧桑。"

"我不在乎。"

他们开始亲吻,然后发现有两个骨瘦如柴的中上阶层妇女正乘车与他们齐头并进,正饶有兴趣地狡黠地看着他们,就赶紧分开了。

艾奇韦尔路(Edgware Road)边的那家公寓还不算太差。这是个沉闷的片区,而且是相当穷困的一条街道,但地处伦敦中心,交通便利,而且这是个死胡同,因而挺安静。从屋后的窗户(是在顶层),你可以看到帕丁顿站的屋顶。不带家具,一星期二十一先令六便士。一间卧室、一间客厅,还有厨房、浴室(带锅炉)和厕所。他们已经置办了自己的家具,大部分都是分期付款买来的。拉弗斯通送了他们全套杯盘碗盏作为结婚礼物——这实在想得周到。茱莉娅送了他们一张相当差劲的"临时"餐桌,胡桃木贴面包边。高登千求万告,让她不要送东西。可怜的茱莉娅！一如既往,圣诞节害她彻底破产了,三月又送了安吉拉姑姑生日礼物。但结婚不送礼在茱莉娅看来是一种泯灭天良的大罪。高登知道她为了凑够买"临时"餐桌的三十先令做了什么样的牺牲。他们还紧缺床单被套和刀叉餐具。东西得等他们有了盈余之后,一点点再买。

  他们兴奋地奔上最后一段楼梯,回到公寓。万事俱备,可供居住了。好几个星期以来,他们每晚忙着搬东西进来。在他们看来,拥有这个自己的地盘像是一场宏大的冒险。两人都不曾有过自己的家具,从孩提时代起,他们就住在带家具的出租房里。他们一进房间,就仔仔细细把屋里转了个遍,检查、审视、欣赏着一切,好像他们还没把每样东西都记得清清楚楚似的。每一小件家具都让他们喜不自禁。双人床上铺着干净的床单,盖着粉色的凫绒被!衣物毛巾都在抽屉里收得好好的!那张折叠桌,那四把硬椅子,那两张扶手椅,那张长沙发,那个书架,那张红色的印度地毯,那个他们在苏格兰市场上便宜买到的铜煤斗!这全是他们的,每一桩每一件都是他们自己的——至少,只要他们按时还款就行!他们走进小厨房。万事俱备,没漏掉最小的细节。煤气炉、食品柜、珐琅面餐桌、餐具架、小炖锅、炊壶、水池、菜篮、抹布、洗碗布——甚至是一听罐头,一包肥皂片,果酱罐里装的一磅洗衣粉。全都就位,准备着使用,准备着生活。你此时此地就可以在这儿做一顿饭出来。他们手拉手站在珐琅面餐桌旁,欣赏着帕丁顿车站的景色。

"噢,高登,真是太有意思了!有一个真正属于自己的地盘,没有房东来指手画脚!"

"我最喜欢的就是想到一起吃早餐。你坐在我对面,在餐桌的另一边,倒着咖啡。太奇怪了!我们已经认识了那么多年,却从没一起吃过早餐。"

"我们现在就来做点什么东西吧。我太想用用这些小炖锅了。"

她做了点咖啡,然后用他们在塞尔弗里奇平价地下市场(Selfridge's Bargain Basement)买来的红漆托盘端到前厅里。高登缓步走到窗边的"临时"餐桌旁。遥远下方的街道沉浸在迷蒙的阳光中,仿佛一片透明的黄色海洋将它淹没在数英寻①之下。他将咖啡杯放在"临时"餐桌上。

"我们就把叶兰放在这里。"他说。

"放什么?"

"叶兰。"

她大笑。他知道她以为他在开玩笑,于是补充道:"我们要记着,在花店全关门前出去订一株。"

"高登!你不是认真的吧?你不是真的想养株叶兰吧?"

"我是认真的。而且我们不会让我们的叶兰沾上灰尘。他

---

① 英寻为测量水深的长度单位,1英寻等于1.8288米。

们说用旧牙刷清理叶兰最好了。"

她走到他身边,捏了捏他的胳膊。

"你不是认真的吧,不可能,对吗?"

"为什么不是呢?"

"一株叶兰!想在这里养一株那样的可怕压抑的东西!何况我们把它放哪儿呢?我们不能把它放在这间房里,放在卧室里就更糟糕了。想想,在卧室里有株叶兰!"

"我们不会在卧室里放。这是放叶兰的地方。在正面的窗台上,对面的人可以看得到。"

"高登,你是在开玩笑——你一定在开玩笑!"

"不,我没有。我告诉你,我们必须有株叶兰。"

"但为什么呢?"

"就该有这东西。这是结婚后要买的第一样东西。实际上,这简直是结婚典礼的一部分。"

"别说胡话!我就是受不了有个这样的东西放这儿。要是你非要的话,你就养个天竺葵吧。但叶兰不行。"

"天竺葵不好。我们要的是叶兰。"

"好了,我们不会养叶兰的,绝无二话。"

"不,我们要养。你不是刚刚才承诺了要服从我吗?"

"不,我没有。我们不是在教堂结的婚。"

"哦,好吧,这是在婚礼仪式上暗示了的。'爱,荣誉和服从'诸如此类。"

"不，没有。反正我们不养什么叶兰。"

"不，我们要养。"

"我们不，高登！"

"养。"

"不！"

"养。"

"不！"

  她不理解他。她觉得他是在无理取闹。他们面红耳赤，然后按照素来的习惯，吵得天翻地覆。这是他们作为夫妻的第一次吵架。半小时后，他们出门去花店订一株叶兰。

  但他们第一段楼梯刚下到半路，露丝玛丽突然停住脚步，抓紧了扶手。她双唇张开，一下子显得怪怪的。她一只手按住肚子。

"噢，高登！"

"怎么了？"

"我感到它动了！"

"感到什么动了？"

"孩子。我感到它在我身体里动了。"

"是吗？"

  一种奇怪的、简直可怕的感觉，一种暖烘烘的震撼，在他的脏腑中翻腾。一刹那间，他感到好像自己和她血脉相连，但却是以一种他从未想到的微妙方式连在一起的。他停在她下方一两步处,跪下来,把耳朵贴到她的肚子上,谛听。

"我什么都听不见。"他最后说。

"当然听不见啦,傻子!还没几个月呢。"

"但我以后会听见的,对吗?"

"我想是的。你在七个月的时候就能听见,我在四个月的时候能感觉到。我想是这样的。"

"哦,是的。它动了。"

很长一段时间,他一直跪在那里,头贴着她柔软的肚皮。她抱着他的头顶,把他的脑袋拉近一些。他什么也听不见,只有自己耳朵里血液的嗡鸣。但她肯定没弄错。在那某处,在那安全、温暖、柔软的黑暗中,它活着,在动弹。

好吧,康斯托克家总算又有事发生了。